Bei einem romantischen Picknick am Fluss will Moritz Hanna einen Heiratsantrag machen. Doch in dieser Nacht taucht auf der Krückau eine geheimnisvolle Gestalt in einem Boot auf, die seinen Plan durchkreuzt. Als das Paar der Polizei von dem nächtlichen Sensenmann berichtet, geben die zuständigen Kollegen den scheinbar albernen Fall an Hauke Thomsen und Peter Brandt ab. Und das ausgerechnet jetzt, wo Philip Goldberg, ihr Dienststellenleiter, seinen gesamten Jahresurlaub genommen und Kophusen Hals über Kopf verlassen hat.

Auf sich allein gestellt, entdecken sie wenig später einen mysteriösen Scheiterhaufen, der auf seinen Einsatz zu warten scheint, und im Fährverein werden zwei Männer vermisst. Bislang fehlt jede Spur von ihnen. Zufall oder gibt es da Zusammenhänge? Als sie kurz darauf zu einem brennenden Floß gerufen werden, stoßen sie auf einen Abschiedsbrief, der sie tiefer in das Rätsel um die verschwundenen Fährmänner führt, als ihnen lieb ist. Spätestens jetzt ist klar, dass sie sich einem Jäger gegenübersehen, der nach dem nächsten Opfer trachtet.

Nicole Wollschlaeger, 1974 in Pinneberg geboren, absolvierte zunächst eine Ausbildung zur Buchhändlerin. 2004 schloss sie ihr Schauspielstudium in Hamburg ab. Bis 2016 lieh sie ihre Stimme der Kinderbuchreihe *Das magische Baumhaus* und tourte mit ihren Lesungen durch ganz Deutschland. 2013 erschien ihr erster Roman *Schatten über Nargon* im Carlsen Verlag.

Mit ELBSCHULD startete 2016 die Krimireihe um das Kophusener Ermittler-Trio.

Nicole Wollschlaeger

ELBFANG

Kriminalroman

Der fünfte Fall von Kommissar Philip Goldberg

Ausführliche Informationen finden Sie
unter: www.nicolewollschlaeger.de

Der Titel ist auch als eBook und Hörbuch erschienen.

Weitere Titel der Autorin:

ELBSCHULD
ELBSCHMERZ
ELBSPIEL
ELBGIFT
Schatten über Nargon

Ungekürzte Ausgabe 2020
© 2020 Nicole Wollschlaeger

Herstellung und Verlag:
BoD – Books on Demand, Norderstedt
ISBN: 9783751952835
Umschlaggestaltung: Svenja Sund
Motiv: Nicole Wollschlaeger
Lektorat: Stefan Wendel, Lübeck
Korrektorat: Sonja Hartl, Alxing,
& Rita Nandy, Wunstorf

Für Dana und Willy Jungklas

»Sie wissen nicht, dass sie nur die Jagd und nicht die Beute suchen.« Blaise Pascal

Der Roman spielt hauptsächlich in bekannten Regionen und an realen Schauplätzen. Doch bleiben die Geschehnisse reine Fiktion. Alle Handlungen und Figuren sind frei erfunden. Ähnlichkeiten mit lebenden oder toten Personen sind nicht gewollt und rein zufällig.

1

Moritz küsste sie. Es war nicht das erste Mal, aber es fühlte sich beinahe so an. Sie kannten sich jetzt gut sechs Monate und er hatte sich mächtig ins Zeug gelegt, um sie für sich zu gewinnen. Nach fünf langen Jahren der Einsamkeit wollte er alles richtig machen und sie nicht verschrecken. Er hatte sich vorgenommen, sie ganz altmodisch zu umwerben. War es nicht das, was sich jede Frau wünschte? Ihre Zunge erwiderte sanft seine Bewegungen. Das Kribbeln in der Magengegend verstärkte sich. Dieses Gefühl hatte er vermisst. Es war ihm wie ein kleines Wunder vorgekommen, als er Hanna auf der Hochzeit seines Bruders Anfang Dezember kennengelernt hatte. Seitdem hatten sie viel zusammen unternommen. Höhepunkt sollte heute Abend dieses romantische Picknick werden. Direkt am Deich an dem Fähranleger Kronsnest. Es war eine für die Jahreszeit ungewöhnlich laue Nacht, die sanften Wellen der Krückau schwappten ans Ufer. Sie hatten es sich hinter dem Bauwagen gemütlich gemacht. Den braunen Holztisch mitsamt den Stühlen hatte er mit einem Meer aus Teelichtern geschmückt. Kurz, es war perfekt. Die Decke lag unter ihnen ausgebreitet. Moritz war gestern extra nach Elmshorn gefahren, um in dem exquisiten Feinkostladen einzukaufen. Aber es hatte sich gelohnt, der Champagner schmeckte ausgezeichnet und passte hervorragend zu den Delikatessen, die um sie herumdrapiert waren. Hanna war begeistert. Sie löste sich von seinen Lippen und streichelte ihm über die Wange.

»Das gefällt mir«, hauchte sie und küsste ihn erneut.

Moritz konnte sein Glück kaum fassen. Wieso hatte seine Schwägerin diese Frau so lange vor ihm versteckt?

»Nur für dich«, erwiderte er.

Ihr Lächeln setzte in ihm eine gewaltige Ladung Endorphine frei.

»Hier ist es wunderschön. Und dann dieses Essen, die Kerzen, das Wasser. So etwas hat noch nie jemand für mich gemacht.«

Hanna blickte auf den schmalen Fluss, auf dem sich das Mondlicht spiegelte. Eine glückliche Fügung, der Vollmond war goldwert. Moritz griff nach den Gläsern und reichte Hanna das ihre. Sie prosteten sich zu. Er nahm einen kräftigen Schluck. Für das, was er gleich sagen wollte, musste er sich ein wenig Mut antrinken. Sie bemerkte seine Nervosität und schaute ihn über den Rand ihrer Sektflöte an.

»Was ist los mit dir?«, fragte sie.

In diesen Lichtverhältnissen fand er sie noch schöner. Ihre helle Haut leuchtete, und ihre grünen Augen sahen ihn verschmitzt an. Das dunkle Haar schimmerte im Schein der Kerzen. Moritz biss sich auf die Unterlippe. Zu

Hause hatte er den Text auswendig gelernt und hundertmal vor dem Spiegel geübt. Doch live vor Ort war alles anders. Die plötzliche Unsicherheit hielt ihn zurück. Seine Gedanken rasten. Die Angst, sie könne seinen Antrag ablehnen oder, schlimmer noch, ihn auslachen, ließ ihn zögern. Falls ihm diese Peinlichkeit nicht erspart bliebe, würde er vermutlich ins Wasser gehen. Es war Flut, das konnte klappen.

»Ich, ähm, wollte …«, begann er und brach ab.

Scheiße, war das schwer, dachte er. Wo war seine Schlagfertigkeit abgeblieben? Der Text, den er vorbereitet hatte, war verschwunden, sein Kopf wie leer gefegt. Komm schon, Mann, reiß dich zusammen, ermahnte er sich und begann von Neuem.

»Hanna, ich weiß, wir kennen uns noch nicht so lange, aber du bist die Frau, auf die ich mein ganzes Leben gewartet habe.« Er machte eine Pause und versuchte in ihrem Gesicht zu lesen. Sie sah ihn erwartungsvoll an. Keine Spur von Ablehnung. Also weiter im Text.

»Es mag dir vielleicht überstürzt vorkommen, aber ich bin felsenfest davon überzeugt, dass wir füreinander bestimmt sind.«

Er hielt ihrem Blick stand. Ein Lächeln umspielte ihre Mundwinkel. Jetzt sag es, forderte er sich innerlich auf.

»Hanna«, er stockte.

Ihr Gesichtsausdruck hatte sich plötzlich verändert. Den Blick hatte sie von ihm gelöst und schaute geradeaus an ihm vorbei aufs Wasser. Ihre Nase kräuselte sich; das machte sie nur dann, wenn sie etwas nicht verstand. Zwischen ihren Augenbrauen bildete sich eine Falte.

»Was ist?«, fragte er, völlig aus dem Konzept gebracht.

Sie antwortete nicht. Stattdessen nickte sie stumm in Richtung Krückau. Moritz drehte sich um.

»Was zum Teufel …«

Seine Stimme versagte ihm den Dienst.

Die beiden starrten ungläubig flussaufwärts. Mitten auf der Krückau schwamm ein kleines Boot, etwa hundert Meter von ihnen entfernt. Beleuchtet von zwei Fackeln, die steuerbords festgemacht waren. An Bord konnte Moritz die Umrisse einer Gestalt ausmachen, die sich wie ein Gondoliere bewegte. Er musste an den Venedig-Urlaub mit seiner Ex-Freundin vor einigen Jahren denken. Allerdings waren die Männer weitaus weniger gespenstisch gekleidet gewesen als dieser hier. Hastig ergriff Moritz die Hand seiner Freundin.

»Komm, weg hier«, flüsterte er.

Geduckt schlichen sie am Bauwagen vorbei über das Kopfsteinpflaster. Moritz betete, dass sie nicht die Aufmerksamkeit der Schafe erregten und sie durch ihr Blöken entdeckt würden. Er verfluchte den Vollmond und das Meer aus Teelichtern. Was eben noch romantisch gewesen war, verursachte nun ein mulmiges Gefühl in ihm. Es war nicht so sehr das nächtliche Boot, das ihm Angst einjagte, sondern vielmehr die Person, die es führte. An dem alten Schuppen angekommen, drehte er sich um. Büsche versperrten ihm die Sicht.

»In Deckung«, sagte er.

Hanna ließ sich bereitwillig hinter dem Bretterhäuschen zu Boden drücken. In seinem Kopf herrschte Chaos. Er fragte sich, ob die Person sie bemerkt hatte, und wenn ja, konnte das für sie gefährlich werden? Plötzlich gellte ein Schrei durch die nächtliche Stille. Nein, kein Schrei, es war mehr ein Ruf, den Moritz nicht verstand. Er beugte sich vor und spähte zum Wasser. Das Boot war inzwischen deutlich näher gekommen. Es bewegte sich mit der Strömung Richtung Elbmündung.

»Sei vorsichtig!«, raunte Hanna neben ihm.

Moritz drückte ihre Hand zum Zeichen, dass er verstanden hatte. Er versuchte die Angst zu unterdrücken, sein Herz raste.

»Hol över.«

Erneut ertönte die Stimme, sie klang dunkel und tief. Moritz begriff, was die seltsame Gestalt von sich gab. Es war der traditionelle Ruf der Fährmänner, die zwischen Seester und Neuendorf übersetzten. Aber seines Wissens taten die das nie nachts. Moritz sah, wie sich der Mann auf dem Boot hinabbeugte. Was hatte er vor? Wollte er anlegen? Dann richtete sich die Gestalt wieder auf, in der Hand eine große Glocke. Das Läuten des Ungetüms zerriss die Stille und fuhr ihm in sämtliche Glieder. Vor Schreck wich er zurück. Hanna drückte seine Hand. Er legte seinen Arm um ihre Schulter und presste sie an sich. Die Glocke verstummte und der Mann begann zu rudern. Moritz meinte sich zu erinnern, dass es dafür einen Fachbegriff gab, aber er fiel ihm nicht ein.

Als das Boot die Höhe des Schuppens erreichte, drängten sie sich instinktiv dicht an die Bretterwand und hielten den Atem an. In Gedanken zählte Moritz bis zehn. Er lauschte dem Plätschern der Wellen. Wriggen, das war es, das Wort, wonach er eben gesucht hatte.

»Ist er vorbei?«, wisperte Hanna.

»Ich seh nach«, flüsterte er und löste sich behutsam von ihr. »Bleib du hier.«

Vorsichtig lugte er um die Ecke des Schuppens. Als die Luft rein war, schlich er auf allen vieren auf die andere Seite und spähte in Richtung Elbmündung. Das Boot glitt vorbei. Im Licht der Fackeln erhaschte er einen kurzen Blick auf das Profil der Gestalt, die gekonnt durch die Strömung wriggte. Das Gesicht wurde von einer Kapuze verdeckt.

Der Fährmann trug einen schwarzen Umhang. Vom Körper des Mannes war nichts zu sehen. Selbst die Hände waren unter langen Ärmeln verborgen. Es sah gespenstisch aus, gerade so, als würde ein Geist an ihnen vorüberfahren. Moritz' Blick fiel auf den weißen Schriftzug am Rand des Bootes, als die dunkle Stimme ihn erneut zusammenzucken ließ.

»Hol över.«

Wieder beugte sich der Mann hinab. Doch dieses Mal war es keine Glocke, die zum Vorschein kam. Über den Rand des Bootes ragte etwas, das Moritz unweigerlich an den Tod denken ließ. Nicht an den Tod als solchen, sondern den Tod als Person. Kurz flammte eine alte Erinnerung in ihm auf. Seine Lateinlehrerin hatte ein Faible für Mythologie gehabt. In einer Unterrichtsstunde hatte sie ihnen von Charon, dem Fährmann der Griechen, erzählt, der die Toten über den Fluss zum Eingang des Hades brachte. In dem Moment blitzte im flackernden Schein der Fackeln die Klinge auf. Als er die roten Flecken auf dem Blatt der Sense erblickte, brach Moritz der kalte Schweiß aus. Fassungslos starrte er dem Fährmann hinterher. Majestätisch trieb er die Krückau flussabwärts. Moritz fragte sich, ob er soeben einen Menschen getötet hatte oder ob das Ganze nur ein schlechter Scherz war. Aber was auch immer das hier sein mochte, diese Nacht würde er so schnell nicht vergessen.

2

»Ich bitte dich, ja? Ein Sensenmann in einem Boot. Die zwei haben zu viel getrunken, wenn du mich fragst.«

Polizeiobermeister Hauke Thomsen stand neben seinem älteren Kollegen Peter Brandt, die Hände in die Hüften gestemmt, und ließ den Blick über die Krückau schweifen.

»Ich gebe ja zu, es klingt ein bisschen verrückt, aber auf mich machten die beiden einen durchaus glaubwürdigen Eindruck«, erwiderte Peter.

Die Elmshorner Kollegen hatten heute Morgen darum gebeten, dass die zwei Polizisten sich um einen nächtlichen Vorfall kümmerten, da der Fähranleger Kronsnest im Kreis Steinburg und ganz in der Nähe von Kophusen lag. Außerdem wohnten die vermeintlichen Zeugen in Kophusen. Es war offensichtlich, dass die Elmshorner die Geschichte von Moritz Kath und Hanna Pohl nicht besonders ernst nahmen. Nach einem kurzen Besuch bei dem jungen Pärchen ahnten Hauke und Peter auch warum. Letzte Nacht hatten sich die beiden Turteltauben hier am Deich zu einem romantischen Picknick eingefunden. Moritz hatte vorgehabt, seiner Freundin einen außergewöhnlichen Heiratsantrag zu machen. Peter war gerührt gewesen, doch Hauke ließ das alles kalt.

Bei ihrem nächtlichen Tête-à-Tête wollten sie einen Mann in einer dunklen Kutte auf einem Boot gesehen haben. Und als wäre das nicht schon aberwitzig genug, sollte er eine blutige Sense dabeigehabt haben. Daraufhin hatte Moritz den Polizeinotruf gewählt, und die Kollegen aus Elmshorn waren hier rausgekommen, hatten allerdings nichts Sachdienliches gefunden. Was 'n Wunder. Weder ein Boot, noch einen Sensenmann. Um die Gegend abzusuchen, war es zu dunkel gewesen, also hatten sie die Personalien der beiden aufgenommen und waren wenig später unverrichteter Dinge wieder abgezogen.

»Wir hätten einen Bluttest machen sollen. Wenn es kein Alkohol war, haben die sich vielleicht einen Joint reingezogen. Da sieht man schon mal schräge Sachen.«

Hauke kassierte einen vorwurfsvollen Blick von Peter, der nicht nur sein Kollege, sondern auch sein bester Freund war. Hauke schnaubte, entschied sich aber, den Mund zu halten. An einem vernieselten Sonntag hatte er keine Lust auf eine endlose Diskussion. Die Sonne hatte sich hinter eine dicke Wolkenschicht zurückgezogen und erholte sich von ihrem Dauereinsatz der letzten Wochen. Der Wind pfiff ihnen um die Nase, was Haukes Laune nicht gerade steigerte. Jetzt waren sie schon über eine halbe Stunde hier und sahen den wenigen hartgesottenen Radfahrern dabei zu, wie sie sich in den winzigen Kahn quetschten und die paar Meter nach Seester übersetzen ließen. Es herrschte Ebbe. Man konnte praktisch zu Fuß rübergehen, was sicher schneller gewesen wäre, aber die angeblich kleinste Fähre Deutschlands war eine Attraktion. Mitsamt der Fahrradraststätte der Sööten Eck und dem Mini-Museum Stöpenkieker war das hier ein Highlight der Region.

»Komm, wir setzen über«, schlug Peter vor.

»Ist das dein Ernst?«

»Natürlich. Womöglich finden wir Spuren auf der anderen Seite.«

»Glaubst du, der Knabe hat einen Zettel mit einer mysteriösen Nachricht hinterlassen?«

Peter schüttelte den Kopf. »Wir haben den Deich auf dieser Seite abgesucht, und ich werde das der Vollständigkeit halber auch auf der anderen Seite tun. Ich lasse mir nicht nachsagen, dass ich schlampig ermittle.«

Sein Kollege machte eine bedeutungsschwangere Pause. Hauke ahnte, was jetzt kommen würde.

»Philip hätte das so gewollt.«

Natürlich vermisste Hauke ihren Dienststellenleiter auch, aber er musste das nicht ständig raushängen lassen. Die tiefen Seufzer und traurigen Blicke seines Kollegen gingen ihm auf die Nerven. Und zwar gewaltig.

»Ja, ist ja schon gut, du brauchst nicht gleich wieder diesen Hundeblick aufzusetzen.«

»Im Gegensatz zu dir zeige ich meine Gefühle und bin nicht so kalt wie ein Fisch.«

Jetzt wischte der sich doch tatsächlich eine Träne von der Wange. Nach dem Tod von Peters Freundin Henriette im letzten Frühjahr hatte es Hauke reichlich Zeit und Mühe gekostet, seinen alten Freund wieder aufzurichten. Irgendwann hatte er aufgehört zu zählen, wie oft sie in der Gaststätte seiner Schwester Rosi gehockt und geredet hatten. Nachdem der Fall abgeschlossen war, war Peter in ein tiefes Loch gefallen. Und als er einigermaßen wieder auf dem Damm gewesen war, folgte die Sache mit Philip. Seitdem war Peter ein Trauerkloß. Kein Vergnügen. Für keinen von beiden.

Hauke verbot sich das Augenrollen, das hinter seiner Stirn lauerte. Es wurde wirklich Zeit, dass sich die Lage wieder normalisierte. Er hatte nicht die geringste Lust, länger auf rohen Eiern zu laufen und auf nett und verständnisvoll zu machen.

»Na gut, dann schauen wir uns da um. Aber danach fahren wir zurück. Ich kann keine ergonomisch geformten Fahrradhelme mehr sehen.«

Er setzte sich auf eine der Bänke am Ufer und wartete, dass der Fährkahn anlegte. Peter blieb demonstrativ stehen und starrte aufs Wasser. Bei ihrer kleinen Inspektion vor Ort hatten sie nichts entdeckt, was auf einen nächtlichen Sensenmann hindeutete, der über die Krückau schipperte und mit einem Hol över auf den Geisterlippen die Leute verschreckte. Ganz zu schweigen von einer riesigen Glocke und einer blutüberströmten Sense. Weder auf dem Deich noch am grün gestrichenen Bauwagen, der ein wenig abseits des Fähranlegers stand. Warum sollten sie auch? Außer einer leeren Flasche Wein, die vermutlich ihr liebestolles Pärchen vergessen hatte. Hauke war heilfroh, dass er gestern keine Bereitschaft gehabt hatten, sonst hätte man nämlich ihn wegen so eines Schwachsinns aus dem Bett geholt. Nachts war es hier stockfinster, dieser Einsatz wäre so nützlich wie eine Gürtelrose gewesen. Selbst bei Tageslicht war das hier pure Zeitverschwendung.

Der Kahn erreichte das Steinufer, und mit vereinten Kräften halfen die beiden Fährmänner zwei älteren Damen mitsamt ihren Elektrorädern aus dem niedrigen Gefährt heraus. Der Fährmeister, der am Riemen stand, trug traditionell ein weißes Hemd und Weste. Lustlos erhob sich Hauke und stapfte auf das Boot zu. Peter saß bereits, als er fluchend das wacklige Ding bestieg. Was zur Hölle tat er hier bloß? Hauke verstand nicht, was die Leute an dieser sogenannten Attraktion fanden. Ein Boot, ein Fluss, ein Deich. Mehr war das nicht. Aber gut. Zehn Minuten später erreichten sie das andere Ufer. Auch hier standen freiwillige Helfer bereit und reichten ihnen eine Hand. Bei Ebbe war es gar nicht so leicht, das Boot den Anleger hinaufzubugsieren. Peter stieg als Erster aus und steuerte den Pavillon links vor ihnen an. Hauke erhob sich stöhnend. Hastig sprang er aus dem schwankenden Kahn. So ein Mistding, dachte er und folgte seinem Kollegen.

Wie erwartet fanden sie nichts, was ihr polizeiliches Interesse weckte. Keine Sense, keine schwarze Kutte und natürlich kein Boot, das versteckt unter einer Decke an Land lag und auf den nächsten Einsatz wartete.

»Hab ich es dir nicht gesagt?«

»Du nervst.« Peter stapfte einige Schritte den Pfad hinauf Richtung Deich.

Hauke blieb stehen und schaute auf die andere Seite. Er musste an Sophie denken. Einmal war er mit ihr hier gewesen. Doch es hatte ihr nicht gefallen. Hilke, seine Ex-Frau, dagegen hatte es hier geliebt, besonders die Suppen im Sööten Eck. Warum hatte er bloß immer Pech mit den Frauen? Sophie hatte ihn eiskalt abserviert und Hilke war nach Hamburg abgehauen. Vielleicht sollte er Kophusen auch den Rücken kehren. Er lebte hier schon sein ganzes Leben, das waren immerhin fast fünfzig Jahre. So viel Zeit, die er hatte verstreichen lassen ohne nennenswerte Erfolge. Keine Frau, keine Kinder, nicht einmal eine Karriere konnte er vorweisen. Wenigstens ein Haus hatte er gekauft.

Aber ohne die dazugehörige Familie zählte das nicht viel, fand er.

»Hauke, komm mal her.«

Peters Ruf ließ ihn zusammenzucken. Er kannte diesen Tonfall. Zähneknirschend wandte er sich um. Sein Kollege stand so ziemlich am Ende des Weges, der den Deich hinaufführte, und winkte hektisch. Das hieß nichts Gutes.

»Beeil dich!«

Hauke setzte sich seufzend in Bewegung. Bei Peter angekommen, schwang der sich bereits über den Elektrozaun vor ihnen.

»Da«, sagte Peter und deutete auf die Wiese, die sich entlang des Deiches erstreckte.

»Was soll das? Wo zum Teufel willst du hin?«

»Siehst du das denn nicht?«

Haukes Blick folgte Peters Arm. »Da liegt ein Haufen Holz, na und?«

Augenrollend gab er seinen Widerstand auf. Sein übereifriger Kollege hatte die Fährte aufgenommen und ließ sich nicht davon abbringen. Ihm blieb nichts anderes übrig, als sich auf dieses dämliche Spiel einzulassen. Mit einer unwirschen Bewegung hob er sein rechtes Bein an und hangelte sich vorsichtig über die elektrisch geladene Schnur auf die andere Seite. Wenn seinen kostbaren Juwelen hier irgendetwas passierte, konnte sich Peter warm anziehen. Auf dem unebenen Grund ragten überall riesige Büschel Gras und Schilf hervor. Er musste aufpassen, nicht darüber zu stolpern. Peter war etwa fünfzig Meter entfernt stehen geblieben. Als Hauke ihn erreicht hatte, präsentierte sein Kollege ihm seinen Fund, als wäre er soeben auf außerirdisches Leben gestoßen. Aus der Nähe betrachtet sah es tatsächlich etwas seltsam aus. Erst hatte Hauke angenommen, dass jemand den Holzschnitt der umliegenden Bäume und

Sträucher einfach angehäuft und vergessen hatte. Vom Weg aus sah es wie einer dieser stinknormalen Holzhaufen aus, die im Frühjahr zu Dutzenden auf den Wiesen zu finden waren. Doch nun musste Hauke zugeben, dass es nicht ganz so harmlos wirkte. Der einzelne Holzbalken, der aus der Mitte ragte, war mit einigen Ästen verdeckt worden. Ein ungutes Gefühl beschlich ihn.

»Ich denke, wir haben einen neuen Fall«, sagte Peter.

»Das kann alles Mögliche sein«, erwiderte Hauke halbherzig.

»Das ist ja wohl offensichtlich, dass dies ein Scheiterhaufen sein soll.«

»Diese Elbseite fällt gar nicht in unser Revier.«

»Dein Ernst?« Peter warf ihm einen missbilligenden Blick zu. »Warum ist das niemandem aufgefallen? Die Kollegen hätten doch was am Telefon gesagt, oder?«

»Schau dir das ganze Gestrüpp an. Da hat jemand sich alle Mühe gegeben, dass man es vom Deich aus nicht sofort sehen kann.«

»Ja. Der Besitzer war vielleicht noch gar nicht hier. Die Wiese wirkt auf mich nicht gerade bewirtschaftet.«

»Der weiß wahrscheinlich von nichts. Und von Weitem sieht es wie einer dieser unzähligen Holzhaufen aus. Wir sollten die Kollegen in Elmshorn verständigen. Das ist schließlich deren Sache.«

Hauke sah wie Peter ein Geistesblitz durchfuhr.

»Erinnerst du dich noch an die Vermisstenanzeige?«

»Was?«

»Vor zwei Monaten ungefähr. Der alte Fritz. Fritz Jessen aus Kophusen.«

»Was ist mit dem?«

»Der war Fährmann. Hier in Kronsnest. Da bin ich mir sicher.«

»Na und? Was hat das hiermit zu tun?«

»Das fragst du noch? Ein Sensenmann, der sich offensichtlich mit den Gepflogenheiten und dem Boot auskennt, und ein vermisster Fährmann? Na, klingelt was bei dir?«

Hauke seufzte. Seine Bemühungen, die polizeilichen Zuständigkeiten zu wahren, würden ins Leere laufen. Peter hatte Witterung aufgenommen und ließ sich nicht mehr abhalten. Dieses Gebilde vor ihnen bedeutete jede Menge Arbeit und vermutlich wieder einen abgedrehten Fall, der sie Tage, wenn nicht Wochen auf Trab hielt. Warum wollte er Kophusen noch gleich verlassen? Weil es ihm zu langweilig war? Von wegen. Hätte dieser Verrückte nicht warten können? Ausgerechnet jetzt, wo sie ohne Dienststellenleiter waren. Schöne Scheiße, dachte Hauke und wünschte sich für einen kurzen Moment, der Sensenmann würde ihn heute Nacht erwischen.

3

Liebe Judith,

nun habe ich Dir unzählige Briefe geschrieben und bisher keinen einzigen abgeschickt. Vielleicht wird es mit diesem anders sein.

Mich haben unsere Treffen gründlich durcheinandergebracht, und es ist schwierig, das in angemessenen Worten auszudrücken. Die Tatsache, dass ich einen winzigen Augenblick nicht aufgepasst habe, werde ich mein Leben lang bereuen, doch ich kann es nicht rückgängig machen. Ich weiß, dass ich Dir damit das Wertvollste auf der Welt genommen habe, und auch das wird mir für immer unendlich leidtun. Muriel war wie meine eigene Tochter und genauso habe ich sie geliebt. Natürlich bist Du die leibliche Mutter und damit ist Dein Schmerz ungleich größer und tiefer. Ich habe nicht gewollt, dass es passiert, und doch ist es geschehen. Die Bilder verfolgen mich bis in die Nacht und spielen sich wieder und wieder vor meinen Augen ab, ohne dass ich darauf Einfluss hätte. Vermutlich werden sie ewig bleiben. Aber damit komme ich zurecht, ich habe gelernt, die Schuld anzunehmen und sie zu tragen. Wenn es stimmt, dass alles aus einem bestimmten Grund geschieht, weiß ich immer noch nicht, warum es ausgerechnet uns getroffen hat. Vielleicht waren wir zu glücklich, zu stark? Oder halten wir dieses Unglück einfach nur besser aus als andere?

Wenn man bedenkt, wie es Dir jetzt geht im Vergleich zu vor fünf Jahren, bin ich erstaunt und freue mich darüber. Die Zeit, die wir in den letzten Wochen zusammen verbracht haben, hat mir vor Augen geführt, wie nah wir uns einmal standen und wie groß die Liebe war und immer noch ist. Ich habe mich auf dieses Experiment eingelassen, weil ich hoffte, Klarheit über meine Gefühle zu bekommen. Und weil ich glaubte, Dir helfen zu können. Allerdings wird die Situation zunehmend verwirrender für mich.

Dich wiederzusehen hat in mir die Sehnsucht nach unserem früheren Leben geweckt. Sehnsucht nach Dir. Nach Muriel. Ich wünsche mir plötzlich die Vergangenheit zurück. Dabei war ich hier glücklich. In Kophusen. Mit Magda. Doch nun ist alles anders.

4

Die Entdeckung des Scheiterhaufens hatte Peter bis in die kleinste Faser seines Körpers alarmiert. Es gab einen Menschen, der verkleidet als Tod nachts auf ihren Flüssen herumschipperte. Und, allem Anschein nach, einen getarnten Scheiterhaufen, von dem Peter hoffte, dass es nur ein schlechter Scherz war. Sie mussten so schnell wie möglich herausfinden, was hinter dieser Sache steckte. Sobald Peter am Rechner auf der Wache saß, hatte er sich mit dem Fährverein in Verbindung gesetzt und sich sämtliche Namen und Kontaktdaten der Mitglieder geben lassen. Insgesamt waren es dreiundvierzig, wovon neun als aktive Fährmänner über die Krückau wriggten. Frauen gab es gegenwärtig nicht im Team. Peter hatte nie so richtig verstanden, dass man für diesen kleinen Kahn einen Fährführerschein haben musste, den man nur bei erfolgreich abgelegter Prüfung ausgehändigt bekam. Moritz hatte ausgesagt, dass der Sensenmann sehr versiert in seinen Bewegungen schien. Auch wenn er in der Dunkelheit nicht viel erkannt hatte, so glaubte er, dass der Mann im Wriggen ausgebildet sein musste. Meistens wriggten die Fährmänner den Kahn über die Krückau, was im Grunde so funktionierte wie das Gondolieren in Venedig. Das Staken diente dazu, das Boot in Schwung zu bringen, und das Gieren, um gegen die Strömung ans andere Ufer zu treiben. Peter hatte sich das vor etlichen Jahren einmal zeigen lassen, weil er mit dem Gedanken gespielt hatte, auch einer von ihnen zu werden. Aber aufgrund seiner wechselnden Dienstzeiten hatte er davon Abstand genommen.

Ihr nächtlicher Fährmann musste diese Technik beherrschen, sonst würde er es kaum über den Fluss schaffen. Das schränkte ihren Täterkreis beträchtlich ein. Trotzdem war es möglich, dass sich jemand das alles selbst angeeignet hatte und gar keinen Fährführerschein besaß. Peter musste zugeben, dass das die wahrscheinlichere Variante darstellte. Er konnte sich kaum vorstellen, dass ein Mitglied des Fährvereins nachts als Sensenmann verkleidet auf der Krückau herumgeisterte. Es sei denn, er wollte Aufsehen erregen und damit die Besucherzahlen steigern. Peter musste an Arno Menzinger denken. Der Mann hatte genau das getan, um seine Inszenierung des Kophusener Jedermanns in die Presse zu bringen. Peter schüttelte den Gedanken ab und betrachtete die Namen auf der Liste.

Fritz Jessen stand auch drauf. Allerdings galt er als passives Mitglied. Nicht etwa weil er vermisst wurde, sondern aufgrund seines Alters nicht mehr aktiv am Fährbetrieb teilnehmen konnte. So viel hatte man ihm bereits am Telefon sagen können. Einige von ihnen kannte er persönlich. Im Laufe seiner Dienstzeit hatte er sie kennengelernt und schloss sie im Geiste aus. Wobei er sie natürlich trotzdem überprüfen würde. Schließlich konnte man den Menschen nur vor die Stirn gucken. Er hatte sich schon einige Male getäuscht, mehr oder weniger schmerzhaft.

»Und?«, fragte Hauke, der wie gewohnt ihm gegenüber am Schreibtisch saß. »Dein Jessen dabei?«

»Ja. Volltreffer.«

»Du glaubst doch nicht, dass der alte Knacker nachts über die Krückau schippert? Der ist vermutlich längst Fischfutter.«

»Es geht nicht darum, was wir glauben, Hauke. Es geht darum, alle Eventualitäten auszuschließen.«

»Die letzten Monate waren so schön ruhig, und jetzt diese Scheiße.«

»Hör auf zu meckern und hilf mir lieber.«

»Ja, dann gib schon her.«

Peter notierte sich die Hälfte der Mitglieder auf seiner Schreibtischunterlage und strich die entsprechenden Namen auf der Liste durch.

»Hier.« Er reichte sie Hauke.

»Was ist, wenn unsere beiden Turteltauben sich das Ganze nur ausgedacht haben?«

»Und den Scheiterhaufen? Den haben sie selbst gebaut?«

Hauke verzog das Gesicht und vertiefte sich schweigend in die Namen vor ihm. Peter tat es ihm gleich und tippte sie nacheinander zuerst in das polizeiinterne System ein und dann in die ökologische Suchmaschine Ecosia, um nebenbei noch ein paar Bäume zu pflanzen. Doch es war hoffnungslos. Er fand nichts, das sie in irgendeiner Form weitergebracht hätte. Nachdem er ungefähr die Hälfte der Liste abgearbeitet hatte, brauchte er eine Pause. Er nahm sich einen Haferkeks vom Teller und rief die Akte Fritz

Jessen auf. Es fühlte sich an, als wäre das bereits eine Ewigkeit her, dabei waren es gerade mal zwei Monate. Nach der Suchaktion in Kophusen und der Nordoer Heide waren die Ermittlungen auf Eis gelegt worden. Seitdem hatten sich keine neuen Hinweise ergeben. Der Mann blieb spurlos verschwunden. Haukes Seufzer riss ihn aus der Konzentration.

»Willst du auch noch?«, fragte er und erhob sich vom Stuhl.

Peter schüttelte den Kopf. Er hatte genug Kaffee für heute getrunken. Wehmütig sah er zum Tresen hinüber. Philips Stammplatz war leer. Die letzte Zeit war eine Herausforderung für Peter gewesen. Henriettes Tod hatte ihm schwer zugesetzt. Ohne Hauke und dessen Familie hätte er sich bestimmt immer noch in seinem leeren Haus verkrochen und würde sich überlegen, wie er sich am besten umbrachte. So viele Trennungen in Folge hauten selbst den fröhlichsten Mann um.

Hauke kam aus der Küche zurück und ließ sich wieder auf den Schreibtischstuhl fallen, den Kaffeebecher vor sich.

»Das bringt doch nichts«, unterbrach Hauke die Stille.

»Ich habe mir Jessens Akte noch mal angesehen. Lydia, seine Frau, hat ihn am achtundzwanzigsten Februar diesen Jahres als vermisst gemeldet. Die Kripo hat danach eine groß angelegte Suchaktion in der Nordoer Heide veranlasst.«

»Ja, ich erinnere mich. Die haben ganz schön aufgefahren. So einen Einsatz hat Kremperheide wahrscheinlich noch nie gesehen.«

»Ich finde, die haben das richtig gemacht. Jessen war schließlich alt und auf Medikamente angewiesen. Wenn das keine Gefahr für Leib und Leben ist, was dann?«

»Ich sage dir, der ist beim Angeln in die Deckmannsche Kuhle gefallen.«

»Die Taucher haben aber nichts gefunden.«

»Den Fischen hat es bestimmt geschmeckt.«

Peter ignorierte Haukes geschmacklose Bemerkung. »Und was ist, wenn er unser Sensenmann ist?«

»Selbst wenn er noch leben würde, ist der Mann viel zu klapprig für so etwas. Oder glaubst du etwa an einen Zombie-Fährmann? Von den Toten auferstanden, um nachts sein Unwesen zu treiben?«

»Ach Quatsch. Aber merkwürdig ist das schon, findest du nicht?«, warf Peter ein.

»Ein dummer Zufall, mehr nicht.«

»Du weißt, was Philip immer sagt: Zufälle gibt es nicht.«

»Ja, ja.«

»Was würde er wohl jetzt tun?«

»Vor sich hinstarren oder seine Strichmännchen malen.«

Peter lächelte traurig. Wie hatte es nur so weit kommen können? Sie hatten nicht genug aufgepasst, die Anzeichen nicht ernst genommen. Wären sie aufmerksamer gewesen, hätten sie ihrem Chef möglicherweise helfen können. Am meisten tat ihm Magda leid. Schließlich wusste niemand besser als er, wie es sich anfühlte, allein gelassen zu werden. Marion, seine vor zehn Jahren verstorbene Frau, vermisste er immer noch schmerzlich. Er beschloss, Magda heute Abend anzurufen und sie auf ein Bier bei Rosi einzuladen. Abwechslung war jetzt genau das Richtige. Für ihn und für sie.

»Was ist eigentlich mit Zeugen?«, fragte Peter und zwang sich, zu ihrem Fall zurückzukehren.

Hauke sah ihn an. »Wen willst du denn bitte schön befragen? Die Schafe auf dem Deich?«

»Nein, ich dachte mehr an die Nachbarn rundherum.

Die haben den nächtlichen Bootsmann vielleicht auch gesehen.«

»Das war mitten in der Nacht. Die sitzen doch nicht an ihren Fenstern und starren in die Dunkelheit hinaus.«

»Hast du herausgefunden, wem die Wiese gehört, auf dem der Scheiterhaufen steht?«

»Mutmaßlicher Scheiterhaufen, bitte, ja! Wenigstens einer von uns sollte sich um ein wenig Professionalität bemühen.« Hauke nahm einen Zettel vom Tisch und warf ihn Peter zu. »Da. Der Mann heißt Ulf Becker und wohnt in Kollmar.«

»Dann fahren wir da jetzt ganz professionell hin. Ich muss mal an die frische Luft.«

»Du?«

»Keine Widerrede. Immerhin bin ich der Dienstälteste hier.«

Hauke schnaubte demonstrativ. »Soll ich jetzt auch noch Chef zu dir sagen?«

»Nein, aber zur Abwechslung könntest du deine schlechte Laune mal an jemand anderem auslassen.«

Hauke blickte sich im Raum um. »Und an wem?«

»Hier, an der Pflanze, die ist eh schon hinüber.«

»Sehr witzig.«

Sie hatten Glück. Ulf Becker lag mit einer Grippe krank im Bett. Im Morgenmantel öffnete er ihnen die Tür.

»Ja?«, fragte er mit heiserer Stimme.

Peter zückte seinen Dienstausweis. Er stellte sich und Hauke kurz vor. Becker trat sichtlich erstaunt zur Seite und bat sie hinein. Das Innere des Hauses war schmucklos. Peter kam der Gedanke, dass er vermutlich als Junggeselle lebte. Viele Männer gaben sich keine Mühe mit ihrer

Inneneinrichtung. Wobei Peter und sogar Hauke eine Ausnahme darstellten.

»Ist was passiert?«, fragte Becker, nachdem sie alle auf der abgewetzten Sofalandschaft Platz genommen hatten.

»Herr Becker, Sie besitzen ein Grundstück in Seester, ist das richtig?«, kam Hauke sofort zur Sache.

Der Mann nickte.

»Haben Sie es verpachtet?«

»Nein, im Moment nicht. Ich suche noch nach einem geeigneten Pächter. Der letzte Bauer hat seine Tiere verkauft und den Hof dichtgemacht. Die Wiese ist zu haben. Haben Sie Interesse?«

Die Beamten ignorierten seine Frage.

»Wann waren Sie das letzte Mal dort?«, wollte Hauke stattdessen wissen.

Während der Mann überlegte, musste Peter zugeben, dass sein Kollege sehr souverän wirkte. Er selbst konzentrierte sich lieber auf die Arbeit im Hintergrund und wühlte sich durch die Leben potenziell Verdächtiger. In Philips Abwesenheit konnte er Hauke allerdings schlecht allein auf Streife schicken oder wie hier Zeugen befragen lassen. Bei ihm konnte man sich ja nie sicher sein, was er anstellen würde.

»Neulich erst. Da hat sich einer für das Grundstück interessiert.«

»Wann war das genau?«

Ein plötzlicher Hustenanfall schüttelte Beckers Körper. Reflexartig wich Peter zurück, um sich aus der Gefahrenzone zu bringen.

»'tschuldigung«, sagte er, als er sich wieder beruhigt hatte. »Das muss letzte Woche Dienstag gewesen sein.«

»Wir brauchen den Namen und die Anschrift des Mannes«, erklärte Hauke.

»Was ist denn mit dem?«

»Ist Ihnen vergangene Woche etwas Seltsames an Ihrer Wiese aufgefallen?«, mischte sich Peter ein.

Ulf Becker runzelte die Stirn. »Was soll mir denn aufgefallen sein?« Er machte eine kurze Pause, doch als keiner der beiden Beamten antwortete, schüttelte er den Kopf. »Nein, alles war wie immer.«

Peter zog sein Smartphone aus der Tasche und wählte die Fotos des Scheiterhaufens aus.

»War das letzte Woche schon da?«

Becker blickte auf das Display. Seine Verwirrung schien echt zu sein.

»Was zum Henker ist das?«, rief er und unterdrückte einen Nieser.

»Vermutlich hat sich jemand einen Scherz erlaubt und dort einen Scheiterhaufen errichtet. Haben Sie eine Ahnung, wer das gewesen sein könnte?«, fragte Peter.

Beckers Miene veränderte sich. Angewidert sah er die beiden Polizisten an. Seine rote Nase war kein schöner Anblick.

»Ich kenne niemanden, der so etwas macht.«

Peters Telefon wanderte zurück in die Jackentasche seiner Uniform.

»Das war's. Wir brauchen den Namen und die Anschrift des Mannes«, forderte Peter.

»Eine Anschrift habe ich nicht. Aber die Nummer müsste noch in meiner Anrufliste stehen. Moment, ich hole mein Handy.«

Sichtlich geschwächt stand er auf und verließ das Wohnzimmer.

»Dieser Mann fällt nicht in unseren Zuständigkeitsbereich. Genauso wenig wie dein mutmaßlicher Scheiterhaufen«, flüsterte Hauke und erhob sich aus dem Sofa.

Peter machte eine vage Geste, die Haukes Einwände wegwischen sollte. Ulf kam mit seinem Smartphone zurück.

»Hier, das müsste sie sein.« Er nannte die Ziffern einer Mobilfunknummer, die Peter in sein schmales Notizbuch schrieb. »Sein Name ist Sven Kranz.«

Auch den notierte sich Peter. »Hat er gesagt, wo er wohnt?«

Ulf dachte kurz nach. »Ich glaube, er kam aus der Nähe von Pinneberg.«

»Weshalb interessierte er sich für die Wiese?«, wollte Peter wissen.

»Er sagte, er hätte Schafe, die einen neuen Platz bräuchten.«

Peter schrieb die Nummer seines Diensthandys auf einen Zettel und händigte ihn Ulf aus. »Wenn Ihnen noch etwas einfällt oder Sie Hilfe brauchen, melden Sie sich bitte.«

Er wünschte Becker gute Besserung, bevor sie das Haus verließen und durch den ebenso schmucklosen Vorgarten zum Streifenwagen gingen. Kaum hatte Peter sich angeschnallt, fuhr Hauke auch schon los. Die Sonne hatte sich inzwischen ein paar Lücken in den Wolken erkämpft, aber sie blieb nicht lange. Schweigend legten sie den Weg zur Wache zurück. Peter spürte ein Kribbeln in seinem Nacken – ein untrügliches Zeichen, dass da irgendetwas faul war. Er würde Ulf Becker eingehend unter die Lupe nehmen. Der erste Eindruck konnte täuschen.

Kaum, dass sie die Polizeistation betreten hatten, machte sich Peter an die Arbeit, während Hauke frischen Kaffee aufsetzte. Der Mann war süchtig. Besonders, wenn er mal wieder das Rauchen aufgegeben hatte. Die erste Phase hatte er erfolgreich überstanden, aber das war ihm schon öfter gelungen. Peter griff nach dem Hörer und wählte Sven Kranz' Nummer. Nach drei Freizeichen meldete sich eine Stimme.

»Kranz.«

Überrascht stellte Peter fest, dass es sich um eine Frau handelte. Für einen kurzen Moment war er irritiert.

»Ja, guten Tag. Ich wollte gerne mit Herrn Sven Kranz sprechen.«

»Wer ist denn da?«

»Entschuldigen Sie, hier spricht Peter Brandt, Polizei Kophusen. Ist Herr Kranz zu sprechen?«

Die Frau am anderen Ende schwieg einen Augenblick. Es war nicht unüblich, dass die Erwähnung der Polizei eine gewisse Verunsicherung auslöste, aber die Pause dauerte deutlich länger als erwartet.

»Sind Sie noch da?«, fragte Peter.

»Ja.«

Ihr unterdrückter Schluchzer war nicht zu überhören.

»Ist alles in Ordnung bei Ihnen?«

Kaum hatte er die Frage ausgesprochen, kam sie ihm dämlich vor. Offensichtlich war nicht alles in Ordnung. Die Frau am anderen Ende schniefte laut.

»Verzeihung, aber mein Mann liegt im Krankenhaus. Im Koma.«

Peter zuckte zusammen. Bevor er etwas erwidern konnte, redete sie weiter.

»Kümmern Sie sich nun doch um den versuchten Mord?«

»Mord?«, fragte Peter erstaunt.

»Niemand glaubt mir. Die Kripo hat die Ermittlungen eingestellt, weil sie von einem Unfall ausgeht. Aber ich weiß, dass das nicht stimmt. Jemand hat versucht, ihm etwas anzutun.«

Peter hörte, wie sie sich die Nase putzte.

»Frau Kranz, was halten Sie davon, wenn mein Kollege und ich bei Ihnen vorbeischauen?«

»Haben Sie den Fall denn neu aufgenommen?«, entgegnete sie.

»Nicht direkt, aber es gibt da eine Verbindung zu einem anderen Fall hier bei uns in Kophusen, das würden wir gerne mit Ihnen persönlich besprechen.«

Peter sah, wie Hauke das Gesicht zu einer Grimasse verzog. Die Einwände seines Kollegen ignorierend, verabredete er sich für den nächsten Vormittag mit Frau Kranz und legte den Hörer auf.

»Echt jetzt?«, fragte Hauke, der in der offenen Tür zur Pantryküche stand und schnaubte.

»Sven Kranz liegt im Koma.«

Haukes Gesicht veränderte sich. Das schien nun doch seinen Polizeiinstinkt zu wecken. Zum Glück, Peter hatte schon befürchtet, er müsste dieser Sache alleine nachgehen.

»Ach nee«, entfuhr es Hauke unvermittelt.

»Vielleicht war der Scheiterhaufen ja für Sven Kranz bestimmt?«

»Oder für unseren vermissten Fährmann.«

»Ja, oder für beide.«

5

Liebe Judith,

ich sitze hier fest und bin wie gelähmt. Das Einzige, was ich tun kann, ist, Dir zu schreiben. Zu mehr bin ich nicht fähig. Wenn ich mir den Stapel so ansehe, müssen es schon an die hundert Briefe sein. In keinem finde ich die richtigen Worte. Es ist wie ein Zwang, ich kann nicht aufhören, es zu versuchen. Ich dachte eigentlich, dass mein Leben als Einsiedlerkrebs vorbei wäre, doch wie so oft habe ich mich gründlich getäuscht. Schon nach dem ersten Treffen mit Dir haben mich die Erinnerungen mit aller Wucht eingeholt. Ich hätte es bei diesem einen Mal belassen sollen. Das wäre klug gewesen. Aber es war wie eine Sucht, ich musste Dich wiedersehen. Deine Gefühle für mich haben mich überrumpelt. Und was das Erstaunlichste war, ich habe mich darüber gefreut. Wie kann das sein, wie kann ich Dich nach all dem immer noch lieben?

Das Schlimmste ist, dass mein Freund Jens nicht da ist. Ich habe Dir von ihm erzählt. Er ist auf Reisen. Das bedeutet, es gibt niemanden außer Dir, mit dem ich reden könnte. Paradox, nicht? Ausgerechnet mit Dir. Ich brauche eine neutrale Person. Wenn ich Dir gegenübersitze, fühle ich mich ausgeliefert, gerade so, als besäßest Du Macht über mich und meine Empfindungen. Magda scheidet natürlich aus, es würde sie zu sehr verletzen. Wir haben uns am Anfang geschworen, immer ehrlich zueinander zu sein. Wie wir beide? Weißt Du noch, im Tiergarten? Warum funktioniert das eigentlich nie?

All meine Überlegungen laufen auf die gleiche Frage hinaus: Hat der Tod Muriels alles zerstört oder können wir an unsere gemeinsame Zeit anknüpfen? Um ehrlich zu sein, ich weiß es nicht. Die Tatsache, dass ich noch etwas für Dich empfinde, hat mich kalt erwischt. Das habe ich nicht kommen sehen. Zum ersten Mal in meinem Leben verstehe ich die Sache mit den ›zwei Seelen, ach, in meiner Brust‹.

Denn zum einen fühle ich mich Dir nah, nicht verpflichtet, sondern in Liebe verbunden. Und zum anderen ist da Magda. Unberührt von all dem, was zwischen uns beiden existiert. Als gäbe es zwei Welten, in denen zwei verschiedene Versionen meiner selbst lebten. Die eine mit Magda und die andere möchte in das alte Leben mit Dir zurück. Mit Dir und Muriel. Das ist absurd, ich weiß. Und unmöglich. Sie ist tot. Ein Leben mit uns beiden allein wäre nicht das gleiche wie zuvor. Wie auch. Und dennoch habe ich diese Sehnsucht nach Dir. Mir war nicht klar, dass sie die ganze Zeit tief in mir geschlummert hat und nur darauf wartete, sich vor mir zu entblößen. Deine Stimme zu hören, das war wie früher, als mein Leben noch heil war, als ich noch heil war. Es muss eine Heilung außerhalb von Dir geben. Ein Heilung in mir. In mir ganz allein.

6

Hauke hatte die Kollegen in Pinneberg einschalten wollen, doch Peter war anderer Meinung. Wobei sein Freund nicht ganz unrecht hatte, die Pinneberger Beamten hatten die Untersuchung zu dem Fall eingestellt. Kein Polizist sah es gern, wenn fremde Kollegen plötzlich auftauchten und deren Ermittlungsergebnis anzweifelten. Erst recht nicht von zwei Schutzpolizisten, die sich den Kopf über einen vermissten Fährmann im Sensenmannkostüm zerbrachen. Keine gute Idee. Der Vorfall mit dem Geisterschiff hatte sich sicher schon herumgesprochen, und Hauke wollte sich den Spott der Kollegen gern ersparen. Dementsprechend fügte er sich, verließ gehorsam die A23 bei Pinneberg Nord und bog in Richtung Kummerfeld ab. Er kannte die Kreisstadt nicht sonderlich gut, obwohl eines seiner zahlreichen amourösen Abenteuer von dort stammte. Es hatte nur ein paar Wochen gehalten und in der Zeit hatte er außer ihrer Wohnung nicht viel von dem Städtchen gesehen. Er grinste bei der Erinnerung an ihr wildes Intermezzo, aber wie war ihr Name noch gleich? Kati? Nein. Isi?

»Hier ist es.«

Peter riss ihn aus seinen Gedanken. Hauke folgte dem Finger und schaute aus dem Fenster. Es war eines dieser städtetypischen Reihenhäuser mit einem Grundstück so groß wie eine Sandkiste. Durch Holzwände von den Nachbarn abgeschirmt, mit einem Ausblick, so weit wie die eigene Nasenspitze reichte. Er konnte sich nicht vorstellen, jemals in der Stadt zu leben, ohne die Aussicht über Wiesen und Felder zu haben. Hauke parkte den Dienstwagen auf der anderen Straßenseite. Sie hatten entschieden, etwas diskret vorzugehen. Ihre Uniformen waren schon auffällig genug.

Die Frau, die ihnen die Tür öffnete, schätzte er auf Anfang vierzig. Trotz der paar Kilos zu viel auf den Hüften sah sie ganz passabel aus. Zwar mochte er kurze Haare bei Frauen nicht besonders, aber ihr standen sie ganz gut. Nach dem üblichen Geplänkel und der Dienstausweis-Arie ließ sie die beiden hinein. Die Inneneinrichtung schien komplett aus dem Katalog eines großen skandinavischen Möbelhauses zu entstammen, inklusive der langweiligen Bilder an den Wänden. Hatten die Menschen keine eigenen Ideen mehr? Es kam ihm so vor, als ginge eine schleichende Gleichschaltung in den Köpfen der Leute vor sich. Er verzog das Gesicht bei diesem abstrusen Gedanken. Sie setzten sich auf das L-förmige graue Sofa mit dem unaussprechlichen Namen.

»Frau Kranz, würden Sie uns bitte schildern, was passiert ist?« Peter redete nicht lange drum herum.

Gut so, dann waren sie aus der Stadt schnell wieder raus. Hauke saß ihr schräg gegenüber auf der Récamiere. Ihm war nach einer Kippe zumute. Um sich von seinem Schmachter abzulenken, konzentrierte er sich auf ihre Zeugin, die bei näherer Betrachtung ziemlich fertig aussah. Blass, mit tiefen Ringen unter den Augen. Scheiße, sie kämpfte mit den Tränen. Weinende Frauen waren für ihn nur schwer erträglich.

»Sven wollte sich ein Grundstück anschauen. Oben in Seester. Mein Mann ist ...« Sie verstummte.

Ihre Zähne malträtierten ihre Unterlippe. Hauke unterdrückte seinen deutlichen Fluchtreflex.

»Er ist Hobbyzüchter. Wir haben ein paar Schafe drüben in Kollmar stehen. Das Feld wurde an eine Immobilienfirma verkauft. Da brauchten wir einen Ausweichplatz.«

»Wie ist Ihr Mann auf die Wiese aufmerksam geworden?«, fragte Peter, mit einer Stimme so sanft wie ein Engel.

Wenn es drauf ankam, konnte Peter ein Superprofi sein. Einfühlsam und sachlich zugleich. Spitzenmann, dachte Hauke und zwang sich dazu, sich wie ein Kerl zu verhalten und nicht wie eine verdammte Memme.

»Durch eine Annonce in der Zeitung.«

Hauke sah, wie Nadja Kranz ein Taschentuch aus den Untiefen des Sofas zog und sich die Nase schnäuzte. Ekelhaft, dachte er. Wie konnte sie ihre Rotzfahne zwischen den Sitzkissen parken? Er hatte geglaubt, das machten nur Männer, die nicht viel Wert auf Hygiene legten.

»Sie sagten am Telefon, dass er im Koma liegt. Wann ist das passiert?«

»Am Dienstag.«

»Sind Sie sicher?« Hauke musterte sie.

»Ich werde ja wohl wissen, wann mein Ehemann beinahe umgebracht worden ist.«

Hauke wollte schon etwas erwidern, um seine zugegebenermaßen dämliche Frage zu rechtfertigen, als Peter dazwischenging. »Was genau ist geschehen, Frau Kranz?«

Sie warf Hauke einen wütenden Blick zu, dem er gekonnt auswich.

»Er ist nach Seester gefahren und hat sich dort mit dem Besitzer der Wiese getroffen. Danach ist er nicht mehr zurückgekehrt.«

Jetzt wischte sie sich auch noch mit der Rotzfahne über die Augen, wie unhygienisch!

»Am Nachmittag rief die Polizei mich an, sie hätten ihn auf dem Deich bei Seester gefunden.« Sie machte eine kurze Pause. »Letztes Jahr waren wir noch gemeinsam da und haben eine Radtour unternommen.«

Die Tränen liefen ihr über die Wangen. Konnte das denn niemand stoppen?

»Wie hat man ihn gefunden?«, fragte Peter, mit dem Tonfall eines Psychodoktors.

»Er lag neben einem Stein, an dem sein Blut klebte. Die Polizei geht davon aus, dass er gestürzt ist und er sich den Kopf aufgeschlagen hat. Ausgerechnet zwischen lauter Schafen.«

»Gestürzt?«, entfuhr es Hauke. Das hörte sich selbst in seinen Ohren unglaubwürdig an.

»Ja, das sage ich ja.« Seine Frage war Wasser auf ihre Mühlen. »Das kann nicht sein. Mein Mann ist Schäfer, für ihn ist ein Deich sein zweites Zuhause. Der stolpert nicht wie ein Volltrottel über einen riesigen Stein.«

Ihre Trauer hatte sich in Wut verwandelt.

»Wer hat ihn gefunden?«, fragte Peter.

»Ein anonymer Notruf hat gemeldet, dass jemand verletzt auf dem Deich liegt.«

»Wo ist er jetzt?«, erkundigte sich Hauke.

»In Hamburg. Er hat eine schwere Kopfverletzung davongetragen, deshalb haben ihn die Ärzte in ein künstliches Koma versetzt.«

Peter nickte.

»Die Kriminalpolizei hat die Ermittlungen eingestellt, aber da kann es nicht mit rechten Dingen zugegangen sein. Bitte glauben Sie mir. Sven ist nicht nur Schäfer, er ist hier oben geboren. Jede freie Minute verbringt er draußen, außerdem trägt er immer festes Schuhwerk. Gestolpert!« Sie schnalzte mit der Zunge, als wäre das das Lächerlichste, was sie jemals gehört hatte.

»Aber wenn es kein Unfall gewesen sein sollte, wer könnte ein Interesse an seinem Tod gehabt haben?«, fragte Peter.

»Das finde ich heraus.«

»Hatte er in letzter Zeit Ärger. Im Beruf oder privat?«

»Sven ist selbstständig, als IT-Spezialist, er arbeitet meistens allein. Ansonsten lebt er nur für seine Schafe. Fährt ständig zu ihnen raus, kümmert sich so aufopferungsvoll um sie, dass wir uns schon manches Mal gestritten haben deswegen.«

»Haben die Kollegen was zum Unfallzeitpunkt gesagt?«, mischte sich Hauke ein.

»Angeblich sei es Dienstag am späten Nachmittag passiert. Lange kann er da nicht gelegen haben, sonst wäre er verblutet. Die Ärzte sagen, er hat eine Menge Glück gehabt.«

»Wann war das Treffen mit Herrn Becker?«

»Um sechzehn Uhr.«

»Haben Sie danach noch einmal mit Ihrem Mann gesprochen?«

»Nein. Er schrieb nur eine Nachricht, dass er sich ein bisschen die Gegend anschauen wolle. Das Wetter war ja so schön.«

»Wenn es kein Unfall war, woher sollte jemand gewusst haben, dass er da draußen spazieren ging?«, fragte Hauke.

Bei allem Verständnis für ihre Situation, aber in seinen Ohren klang es reichlich konstruiert.

»Sven ist ein kommunikativer Mensch und sehr aktiv in den sozialen Netzwerken. Er verkauft seine Produkte aus der Schäferei über das Internet. Er ging offen mit der Kündigung der Immobilienfirma um. Als er die neue Wiese gefunden hatte, war er so glücklich, dass er ein paar Fotos gepostet hatte. Er ist äußerst leidenschaftlich, wenn es um seine Schafe geht.«

Nadja Kranz schnäuzte erneut in das feuchte Ding, das vermutlich nur noch von Bakterien und Viren zusammengehalten wurde. Hauke konnte das Elend nicht mehr mit ansehen. Er reichte ihr ein sauberes Taschentuch aus dem Päckchen, das in seiner Uniformjacke steckte. Dankbar lächelte sie ihn an, und er ertappte sich bei dem Gedanken, dass sie schöne Augen hatte. Eilig unterdrückte er sein aufwallendes Testosteron. Er war wirklich ein Tier. Die arme Frau verlor vielleicht ihren Mann und ihm fiel nichts Besseres ein, als an Sex zu denken. Schäm dich, ermahnte er sich und versuchte, sich wieder auf ihre Geschichte zu konzentrieren.

»Warum interessieren Sie sich eigentlich für meinen Mann? Haben Sie etwas entdeckt?«

Hilfe suchend sah Hauke zu Peter hinüber, der für einen Augenblick auch ratlos zu sein schien. Verdammt, ihnen fehlte Philip. Der hätte eine passende Antwort parat gehabt. Sie konnten ihr ja schlecht von einem herumschippernden Sensenmann berichten. Das Vertrauen in die Polizei wäre damit total im Eimer.

»Um ehrlich zu sein«, begann Hauke, keinen Schimmer habend, wie er den Satz zu Ende bringen sollte, »gibt es eine Zeugenaussage, der wir nachgehen.«

Das war wenigstens nicht gelogen, zog aber die unvermeidliche Frage nach deren Inhalt nach sich. Die auch prompt folgte.

»Eine Zeugenaussage? Hat jemand meinen Mann gesehen?«

Sie klang hoffnungsvoll. Wie kamen sie aus dieser Chose bloß wieder raus?

»Nein, nicht direkt«, sprang Peter ein, allerdings genauso erfolglos.

»Was soll das heißen?«

Schluss jetzt mit diesem Geeiere, dachte Hauke.

»Das sind laufende Ermittlungen, darüber dürfen wir nichts sagen.« Was Klügeres fiel ihm auf die Schnelle nicht ein. »Noch gibt es keine Verbindung zu dem Unfall Ihres Mannes, aber sobald wir etwas herausfinden, melden wir uns bei Ihnen. Ehrenwort.«

»Dann nehmen Sie die Ermittlungen wieder auf?«

»Nein«, warf Peter hastig ein. »Dafür sind die hiesigen Kollegen zuständig.«

»Das verstehe ich nicht. Irgendetwas muss es doch mit Sven zu tun haben.«

Mann, war die hartnäckig. Hauke beschloss, ihr reinen Wein einzuschenken.

»Hören Sie, Frau Kranz, wir sind sozusagen inoffiziell hier. Und es wäre gut, wenn dieses Treffen unter uns bleiben würde. Wir überprüfen einige seltsame Vorfälle und werden dabei ein Auge auf den Unfall Ihres Mannes haben. Versprochen.«

Ein Schwall Tränen lief ihr über die Wangen, den sie krampfhaft zu unterdrücken versuchte.

»Gut, das bleibt unter uns. Vielen Dank. Darf ich Ihnen meine Handynummer geben, damit Sie mich benachrichtigen können, falls Sie etwas herausfinden sollten?«

Peter nickte. »Gern.«

Kaum dass die Haustür hinter ihnen ins Schloss gefallen war, atmete Hauke laut aus. Er war erleichtert und hoffte, die Frau würde nicht gleich die Pinneberger Kollegen anrufen. Sie lehnten sich verdammt weit aus dem Fenster.

»Wir hätten das nicht tun sollen«, sagte Peter, nachdem er die Wagentür geschlossen hatte.

»Wieso?«

»Nadja Kranz glaubt jetzt, dass wir den Fall wiederaufnehmen.«

»Das habe ich ihr doch wohl erklärt.«

Hauke startete den Motor. Er dachte an seine Notfallschachtel im Handschuhfach. Ein paar Züge würden schon ausreichen.

»Sie hat gerade fast ihren Mann verloren, die klammert sich natürlich an jeden Strohhalm.«

»Dafür können wir ja nichts. Wenn die so hysterisch ist und gleich an versuchten Mord denkt. Die Kollegen werden schon wissen, weshalb sie die Ermittlungen eingestellt haben.«

Nach einem Blick in den Seitenspiegel setzte er den Blinker und fuhr los. Im Geiste eine Zigarette in der linken Hand. Er hatte es geliebt, im Auto zu rauchen. Das Fenster immer einen Spalt geöffnet, sodass der Qualm nach draußen entwich.

»Komische Geschichte, oder?«, fragte Peter.

»Na ja, wie man es nimmt. Sind wir nicht alle schon mal ausgerutscht?«

»Letzte Woche war es total warm und sonnig. Es kann also nicht sehr rutschig gewesen sein. Und dann soll er genau auf den einen Stein gefallen sein? Wie viele Steine dieser Größenordnung gibt es an einem Deich? Zwei?«

»Wovon redest du, bitte?«

»Rein statistisch gesehen, ist das sehr unwahrscheinlich. Und dann liegt der Verunfallte nur wenige Meter von einem Scheiterhaufen entfernt? Ich bitte dich, das muss selbst dir seltsam vorkommen.«

»Erstens können wir nicht mit Sicherheit sagen, ob dieser Holzhaufen nicht einfach zufällig da steht. Und zweitens könnte er genauso gut nach Svens Unfall errichtet worden sein.«

Peter schüttelte den Kopf. »Philip sagt …«

»Bitte, verschone mich damit. Der Mann hat auch nicht immer recht.«

»Was bist du denn schon wieder so aggressiv? Ich kann nichts dafür, dass ein Opfer mit einer schweren Kopfverletzung gefunden worden ist.«

»Schon klar, aber du musstest ja unbedingt der Sache mit diesem schwachsinnigen Sensenmann nachgehen.«

»Entschuldige, dass ich meinen Job mache. Im Gegensatz zu dir versuche ich, Hinweise aus der Bevölkerung ernst zu nehmen.«

»Wer weiß, was die beiden wirklich gesehen haben«, murmelte Hauke, der die Diskussion leid war.

»Meinst du, wir könnten Bruno fragen, ob er in Hamburg anruft und sich für uns nach Sven Kranz erkundigen würde?«

»Der Mann ist Rechtsmediziner in Kiel. Außerdem ist er für die Toten zuständig.«

»Ja, das weiß ich auch, aber er könnte doch vielleicht irgendetwas herausfinden?«

»Hat er nicht schon genug für uns getan? Man soll Freundschaften nicht überstrapazieren.«

»Ich behalte das auf jeden Fall im Hinterkopf.«

»Sven Kranz auch.« Hauke grinste.

»Du bist unmöglich.«

»Bitte, tu, was du willst.«

»Bleiben noch der Sensenmann und der Scheiterhaufen.«

»Der übrigens auf der Seester Seite steht und uns im Grunde gar nichts angeht. Apropos, hast du die Kollegen benachrichtigt?«

»Ja. Die wollen sich das mal ansehen.«

»Gut, dann sind wir ja raus.«

»Nun schalte doch endlich deinen Instinkt wieder ein. Interessiert dich denn gar nicht, was da geschehen ist?«

»Was da geschehen ist«, wiederholte Hauke und warf Peter einen Seitenblick zu, »interessiert mich nicht die Bohne. Das ist ein Dummejungenstreich und kein psychisch kranker Serienkiller, der über die Deiche streift und unschuldigen Menschen Angst einjagt. Ganz zu schweigen von einem untoten Fährmann.«

»Dein Wort in Gottes Ohr.«

»Jetzt fang nicht auch noch mit dem an.«

»Philip würde der Sache nachgehen, das weißt du genauso gut wie ich, und ich sage dir, am Ende hat er so gut wie immer recht behalten.«

»Dann bin ich rein statistisch gesehen ja auch mal dran, oder? Wollen wir wetten?«

»Ich wette nicht auf Menschenleben.«

»Sei nicht immer so melodramatisch. Der arme Kerl ist einfach unglücklich aufgetreten und gestürzt. Mehr nicht.«

Für Haukes Geschmack waren das zwar auffällig viele Zufälle, aber ein Sensenmann war ihm dann doch eine

Spur zu abgefahren. Außerdem hatte der Kuttenfutzi ja nichts getan. Es war nicht verboten, nachts auf einem Boot herumzufahren und ›Hol över‹ zu rufen. Selbst in einer dämlichen Verkleidung nicht. Peters Vorahnung in allen Ehren, aber dass sie es hier mit einem mordenden Sensenmann zu tun hatten, würde er erst glauben, wenn sie auf dem Holzhaufen auch eine Leiche entdeckten.

7

Liebe Judith,

Du hast mich das letzte Mal gefragt, ob wir jemals eine Chance hatten, Muriels Tod gemeinsam zu überleben. Und um ehrlich zu sein, ich weiß es nicht. Vielleicht hätten wir uns sofort Hilfe suchen müssen. Mag sein, dass es uns dann gelungen wäre, mit diesem Verlust als Paar fertigzuwerden. Aber genauso ist es möglich, dass wir es trotzdem nicht geschafft hätten. Wir haben auf unterschiedliche Art getrauert. Dein Zusammenbruch hat mir damals gezeigt, wie leicht man aus den Fugen geraten kann. Ich habe Dein Verhalten immer gerechtfertigt, ich habe es auf seltsame Art und Weise sogar verstanden. Doch egal, wie ich es drehe und wende, wir haben uns beide verändert. Genauer gesagt, die Umstände haben uns dazu gezwungen. Unser gemeinsames Leben ist vorbei. Es hat in dem Augenblick von Muriels Tod aufgehört. Das habe ich nun begriffen.

Wir sind nicht mehr die, die wir vor ihrem Unfall waren. Und die, die wir jetzt sind, versuchen nur verzweifelt, sich zurückzuverwandeln. Aber das geht nicht. Wir können nun einmal nur die sein, die wir jetzt sind, und nicht länger so tun, als hätte uns diese Tragödie nichts angehabt.

Ich habe mich entschieden, aus Deinem Leben zu gehen. Wenn Dich diese Zeilen erreichen, bin ich nicht mehr da. Meine Heilung liegt nicht bei Dir, sondern einzig und allein in meiner Hand.

Leb wohl, ich wünsche Dir, dass Du einen Weg zurück ins Leben findest. In ein neues, ohne mich und ohne Muriel. Bitte, versprich mir, dass Du es versuchen wirst. Unsere Tochter hätte das so gewollt.

In ewig gestriger Liebe, Dein Philip. Adieu.

8

Den Rest des Vormittags hatten sie mit der Aufnahme eines Verkehrsunfalls zubringen müssen. Ebenso wie den gestrigen Nachmittag. Das ungewöhnlich warme Wetter ließ die Fahrzeugführer offenbar leichtsinnig werden. Zwei Unfälle in nur zwei Tagen waren selten. Es war bereits Mittag, als sie zum Essen bei Haukes Schwester Rosi eintrafen. Aus ihrer Kneipe war über die Jahre ein respektables Restaurant geworden. Die winzige Pension mit insgesamt drei Zimmern war in der Hauptsaison ausgebucht. Bärbel, die Mutter der beiden, gehörte nun schon seit einiger Zeit zum Team von Rosis Bar und hatte mit dazu beigetragen, dass es zu einem Geheimtipp in der Region avanciert war. Gerade arbeitete sie mit Hochdruck daran, dass das Restaurant in einen bekannten Reiseführer aufgenommen wurde.

Der Biergarten war voll besetzt. Heute waren sie spät dran, gegen eins war hier oft kein Platz mehr frei. Die

Beamten beschlossen, nach drinnen zu gehen, dort konnten sie wenigstens ungestört reden. Als Peter eintrat, fiel sein Blick auf die pechschwarze Katze Murle. Sie saß auf der Eckbank am Fenster und hob den Kopf. Peter mochte das Tier am liebsten und das beruhte offenbar auf Gegenseitigkeit. Beim Anblick des Polizisten stand sie auf, streckte ihren grazilen Körper und wartete, bis er sich zu ihr gesetzt hatte. Mit lautem Schnurren belohnte sie seine sanften Streicheleinheiten. Danach ließ sie sich neben ihm nieder und sah ihn aufmerksam an.

»Darf ich, oder soll ich euch zwei lieber allein lassen, damit ihr den neusten Klatsch und Tratsch austauschen könnt?« Hauke blieb amüsiert vor dem Tisch stehen.

»Um es mit deinen Worten zu sagen: Sehr witzig.«

In diesem Moment erschien Bärbel im Gastraum. Hauke drehte sich zu ihr um.

»Wo ist mein Schwesterherz?«

»Hauke-Maus, wo soll sie schon sein? In der Küche natürlich.«

Mit ihren knapp siebzig Jahren war Bärbel fit und bewegte sich geschmeidig wie eine der vier Katzen, die bei Rosi ein neues Zuhause gefunden hatten.

»Habt ihr noch einen halben Hahn für mich?«

»Für dich immer, mein Schatz«, erwiderte seine Mutter und warf ihm im Gehen einen Luftkuss zu. »Und du, Peter?«

»Ich auch. Mit Kartoffelsalat.«

»Murle hat dich schon vermisst«, sagte Bärbel am Tresen.

»Wenigstens eine«, erwiderte Peter und kraulte Murle liebevoll hinter dem Ohr.

»Heul doch, aber bitte nicht hier. Ich kann nicht essen, wenn neben mir jemand sitzt und flennt.«

Hauke setzte sich Peter gegenüber.

»Hauke-Maus, von wem hast du bloß deine Miesepetrigkeit?«

Er hob demonstrativ die Hände. »Ja, von wem habe ich die denn bloß?«

»Na, von mir jedenfalls nicht, mein Lieber.«

»Nein, natürlich nicht.«

Die Tür hinter der Theke ging auf und Rosi lugte durch den Spalt.

»Streitet ihr schon wieder?«, fragte sie mit einem breiten Grinsen.

»Frag Mama, sie hat angefangen.«

Peter mochte Familie Thomsen. Jedes Mal, wenn er hier war, hatte er das Gefühl, er würde Teil ihrer kleinen Gemeinschaft sein, sogar stärker, als er das bei seiner eigenen Schwester und ihrem Mann empfand.

»Peter«, begann Rosi, »die Hühner sind dieses Mal vom Hof Petersen. Lass mich wissen, welche dir besser schmecken.«

»Ja, habe ich draußen auf der Tafel schon gelesen. Ich gebe dir Bescheid.«

»Könnt ihr eure Öko-Fachsimpelei machen, wenn ich nicht dabei bin?« Hauke schnaubte.

»Du hast selbst gesagt, dass dir das Öko-Hähnchen besser schmeckt.«

»Nicht aus freien Stücken, du hast es aus mir herausgequetscht. Das nennt man ein erpresstes Geständnis, und ich habe es schon ein Dutzend Mal widerrufen, wie du dich vielleicht erinnerst.«

Sein Kollege war wieder ganz der Alte. Nach dem unschönen Ende mit Sophie hatte es einige Zeit gedauert, bis er sich gefangen hatte. Nun war es bereits so weit, dass Peter den liebestollen Hauke vermisste. Die ewige schlechte

Laune war manchmal schwer auszuhalten.

»Ich muss weitermachen.« Rosi winkte ihnen kurz zu und verschwand in der Küche.

»Und, habt ihr einen neuen spannenden Fall am Wickel?«, fragte Bärbel vom Zapfhahn aus.

»Mama, wie oft muss ich das noch sagen? Ich bin Polizeibeamter und kein Waschweib.«

Peter sah, wie seine Mutter griente. Sie zog ihre Kinder gerne auf. Besonders Hauke war ein leichtes Opfer. Meist dauerte es nur wenige Sekunden, bis er auf hundertachtzig war.

»Ich bin gleich wieder da. Dann bringe ich euch eure Spezi.« Damit rauschte sie aus dem Raum.

»Lass dich doch nicht immer so aufziehen.«

»Du hast gut reden, sie ist ja nicht deine Mutter.«

Peter musste an seine Schwester Elke denken. Er sollte sie mal wieder anrufen.

»Also, was machen wir jetzt mit unserer Geistererscheinung?«, fragte Hauke.

»Auf der Wache gehe ich endlich den Rest der Liste durch. Danach telefoniere ich sämtliche Fährmeister aus Kronsnest ab. Das Wasser- und Schifffahrtsamt in Hamburg muss ich auch noch anrufen. Die werden ja sicher ein Verzeichnis ihrer Prüflinge haben.«

»Was ist mit den ehemaligen Fährmännern?«

»Stimmt, daran habe ich gar nicht gedacht. Wir werden uns den gesamten Verein vornehmen müssen.«

Hauke verzog die Mundwinkel.

»Welchen Kahn hat der Typ eigentlich genommen?«

»Nach Angaben des Fährvereins fehlt keines ihrer Boote. Das habe ich schon gestern am Telefon gefragt, als ich die Liste angefordert habe.«

»Dann muss der sich ja eines gebaut haben, oder wie?

Wenn der so richtig mit Riemen unterwegs ist, kann er ja schlecht ein x-beliebiges Ruderboot nehmen. Vielleicht haben wir ja Besuch aus Venedig? Was meinst du, ein Gondoliere auf Austausch.« Hauke lachte.

»Ja, ganz bestimmt.« Peter rollte mit den Augen.

»Auf jeden Fall haben wir es mit einem reichen Sensenmann zu tun. So ein Kahn kostet.«

»Ich frage mal bei der Werft nach, die die Dinger baut. Wenn mich nicht alles täuscht, sitzen die in Freiburg.«

»Haben die da unten im Süden überhaupt eine Ahnung, wie man so etwas macht?«

»Quatsch, in Freiburg an der Elbe.«

»Ja, ist ja gut. Verstehst du keinen Spaß mehr?«

Murle hatte sich nicht wegbewegt. Ihre grünen Augen fixierten die beiden Männer abwechselnd. Von den anderen Findlingen war nichts zu sehen. Die Beamten hatten Hilde und ihre drei Katzenjungen aus der alten Dücker Mühle mitgenommen. Es war ein bewegender Moment gewesen, den sogar Hauke nicht hatte ignorieren können. Er musste an Philip denken. Was würde er wohl an ihrer Stelle tun?

»Was hältst du davon, Manfred anzurufen? Vielleicht gibt es jemanden, der in den Nächten davor etwas gemeldet hat«, schlug Hauke vor und riss Peter damit aus seinen Grübeleien.

»Ja, das ist gut. Und die DLRG. Möglich, dass sich jemand an sie gewendet hat. Ist ja schließlich ein Gewässer. Warte, ich rufe gleich an.«

Peter stand auf und schob sich behutsam an Murle vorbei. Er gab ihr einen Abschiedskrauler hinter dem Ohr, das mochte sie besonders gern. Im Freien ging er an den vollbesetzten Tischen vorbei. Es schienen alles Touristen zu sein. Kein einziges Gesicht kam ihm bekannt vor. Er trat durch die verwitterte Gartentür. Erst als er auf dem Bürgersteig stand, zückte er sein Smartphone und wählte Manfreds Nummer aus. Es dauerte nicht lange, bis die raue Stimme des Leiters der Kophusener Feuerwehr erklang.

»Peter, was gibt es?« Das laute Husten drang durch den Lautsprecher.

»Du rauchst zu viel«.

»Für mich ist es zu spät. Mein Körper wird nur noch vom Teer zusammengehalten.«

»Du, ich habe mal eine etwas ungewöhnliche Frage.«

»Schieß los.«

»Habt ihr was von einem Mann gehört, der mit einem Boot und einer Fackel auf der Krückau fährt?«

»Nee.«

»Und von einem Scheiterhaufen?«

»Gott, was ist denn passiert?«

»Noch nichts. Ich wollte nur mal hören, ob euch etwas Seltsames zu Ohren gekommen ist.«

»Gab es einen Brand?«

»Nein, nur einen Holzhaufen, der aussieht, als sei er zum Verbrennen aufgeschichtet. Der steht in Seester auf einer Wiese.«

»Also uns ist nichts bekannt. Soll ich mal bei den zuständigen Kollegen fragen?«

»Ja, das wäre toll.«

»Kein Problem.« Manfred machte eine kurze Pause. »Was von Philip gehört?«

Der wortkarge große Mann war den Kophusenern ans Herz gewachsen.

»Nee, leider nicht.«

Sie schwiegen einen Moment, als würden sie ihrem Freund die letzte Ehre erweisen wollen. Dann verabschiedeten sie sich und Peter marschierte zurück in den Gastraum.

Sein Spezi wartete schon auf ihn. Sie prosteten einander kurz zu, bevor sie jeder einen großen Schluck nahmen. Ihm wäre zwar eher nach einem frisch gezapften Bier gewesen, aber im Dienst tranken Hauke und er nicht. Da waren sie sich zur Abwechslung beide einig.

»Und?«, fragte Hauke, als er das Glas abstellte.

»Nichts.«

»Hätte mich auch gewundert.«

»Was hat diese Kahnfahrt für einen Sinn?«

»Wie meinst du das?«

»Der Mensch muss doch etwas damit bezwecken, sonst betreibt man doch nicht so viel Aufwand.«

»Nachts über die Krückau zu schippern ist nicht gerade sehr publikumsträchtig. Oder meinst du, er wusste, dass die beiden Turteltauben am Ufer im Gras lagen?«

»Das wäre auch möglich. Dann müssten wir ihr Umfeld durchleuchten«, erklärte Peter.

Rosi servierte ihnen die Spezialität des Hauses, während Bärbel an der Espressomaschine zugange war. Das Zischen des heißen Wassers ließ ihn wieder an Philip denken. Ohne ihn war Kophusen nicht das Gleiche.

»Dieser ganze Mist ergibt überhaupt keinen Sinn.«

Resigniert ließ Hauke sich auf seinen Schreibtischstuhl fallen und schnaubte lautstark. Peter reagierte nicht. Er war mit dem Ende der Mitgliederliste beschäftigt. Ihre Abfrage beim Wasser- und Schifffahrtsamt Hamburg war wenig erfolgversprechend gewesen. Hauke war erstaunt, wie viele Menschen eine Prüfung für einen Fährführerschein ablegten. Das Amt wollte ihnen schnellstmöglich eine Liste der infrage kommenden Prüflinge schicken. Sie alle unter die

Lupe zu nehmen, würde eine Weile dauern.

»Das gibt es nicht«, entfuhr es Peter plötzlich.

Hauke sah zu seinem Kollegen hinüber. »Was ist?«

»Es ist noch ein Mitglied des Fährvereins verschwunden.«

Peter schaute ihn an, als hätte er soeben das Rätsel der Sphinx gelöst.

»Wer?«

»Erinnerst du dich an die Meldung letztes Jahr? Wilhelm Lehmann. Der ältere Herr aus Horst.«

»Ja. Der ist auch Fährmann?«

»Sieht ganz danach aus, jedenfalls steht der auch auf der Liste des Vereins. Laut der Vermisstenanzeige hier verschwand Lehmann am zehnten Dezember letzten Jahres. Seine Frau Olga hat die Anzeige aufgegeben. Einem Querverweis zufolge ist sie allerdings inzwischen verstorben. Angeblich Selbstmord. Sie wohnten in Horst.«

»Ach nee.« Hauke schien zu überlegen. »Das sind selbst für mich auffällig viele Zufälle. In einem halben Jahr zwei vermisste Fährmänner in einem Umkreis von zwanzig Kilometern.«

»Sag ich ja.«

»Waren die im selben Alter?«

»Ja. Wilhelm ist neunundsiebzig. Seine Frau sagte aus, dass er von einem Jagdausflug nicht zurückgekehrt ist. Die Suche war erfolglos. Keine nennenswerten Hinweise.« Peter überlegte kurz. »Ist es möglich, dass die Männer untergetaucht sind?«

»Und jetzt als Sensenmänner ihr aktives Fährmannsleben wiederaufnehmen? Dafür sind beide viel zu alt.«

»Nun reite doch nicht immer auf dem Alter herum. Es gibt auch sportliche Achtzigjährige, die sind gesünder und fitter als du. Außerdem ist die Krückau kein reißender

Fluss, den man bezwingen muss.«

»Meinetwegen, aber was hat Lehmann die letzten sechs Monate gemacht?«

»Den Auftritt vorbereitet?«

»Glaubst du ernsthaft, der verschwindet, um Monate später als Sensenmann zurückzukehren? Und wenn ja, wozu? Außer unser Pärchen beim Turteln zu stören ist ja nichts passiert.«

»Das ist erst der Anfang, sage ich dir. Die planen Größeres. Der Scheiterhaufen steht nicht umsonst gegenüber dem Fähranleger.«

Peter konnte sehr überzeugend sein. Seine Aufregung war deutlich zu spüren. Hauke musste ihm wohl oder übel zustimmen.

»Und was ist, wenn die die Opfer sind?«, mutmaßte Hauke.

»Du meinst, sie sind ermordet worden?«

»Na ja, zwei so alte Knacker laufen nicht einfach von zu Hause weg.«

»Wo sind dann ihre Leichen? Und was hat das mit dem Sensenmann zu tun?«

»Was für eine gequirlte Kacke! Ich habe keinen Schimmer.«

»Ich frage bei der DLRG nach, ob die was haben.«

Der Anruf dauerte wenige Minuten. Keine besonderen Vorkommnisse. Keine Meldung über ein USO, wie Hauke es in Gedanken nannte: Unbekanntes Schwimm-Objekt. Weder der Wasserschutzpolizei noch der ortsansässigen Feuerwehr war etwas gemeldet worden. Es war wie verhext, als hätte es diese Nacht nie gegeben. Peter hatte versucht, die Werft in Freiburg zu erreichen, doch da nahm niemand ab. Vermutlich waren die schon im Feierabend. Mittlerweile war es halb fünf.

»So kommen wir nicht weiter«, bemerkte Hauke.

»Hast du Lust auf ein Picknick am Deich?« Peter hob den Kopf und lächelte ihn über den Rand der Lesebrille hinweg an.

Hauke schwante nichts Gutes. »Was?«

»Ich besorge uns was von Rosi zu essen. Roastbeef mit Bratkartoffeln.«

»Hast du mal rausgeguckt? Es nieselt schon wieder.«

»Die paar Tropfen halten dich doch wohl nicht von einem romantischen Dinner mit deinem besten Freund ab.«

»Wir zwei? Am Deich? Nachts?«

Wie kam er bloß aus der Nummer raus? Wenn er sich schon mitten in der stockfinsteren Nacht in Schafscheiße wälzen sollte, dann doch bitte mit der passenden Begleitung. Beste Freunde hin oder her, so etwas machte man nicht mit seinem Kumpel. Auch nicht als verdeckte Ermittler in einem Fall, der gar keiner war. Nicht auszudenken, wenn sie jemand dabei beobachten würde. Solche Geschichten gingen in Kophusen rum wie ein Lauffeuer.

»Der Freak schippert bestimmt nicht jede Nacht da lang«, wandte Hauke ein.

»Da könntest du recht haben. Heißt das, wir haben am Samstag ein Date?«, fragte Peter.

Haukes Augen verengten sich zu schmalen Schlitzen. Peter würde nicht lockerlassen. Verdammt, Philip fehlte, der liebte diese Art von Polizeieinsätzen. Die beiden hatten schon so manches Ding am Laufen gehabt. Die Picknick-Idee wäre bei seinem Chef auf breite Zustimmung gestoßen. Hauke gab sich geschlagen.

»Okay, machen wir. Aber du besorgst das Bier.«

»Schon klar, nüchtern kann man mich wohl nicht ertragen, was?«

»Treib's nicht zu weit, mein Freund!«

Peter grinste. Hauke ertappte sich bei einem stillen Gebet, das er gen Himmel stieß. Er hoffte inständig, dass dieser sonderbare Spuk vor Samstag vorbei sein würde.

9

Es war Mitternacht, als er die Haustür aufschloss. Den alt-modischen Koffer ließ er im Flur stehen. Er würde ihn morgen auspacken. Im Dunkeln tastete er nach dem Licht-schalter. Vergebens versuchte er, es anzuknipsen, bis er be-griff, dass jemand die Sicherungen herausgedreht haben musste. Besser so, dachte er, so blieb er wenigstens unent-deckt.

Leise zog er die Tür hinter sich zu und steckte den Schlüssel von innen ins Schloss. Dann drehte er sich um und versuchte, ohne schmerzhafte Zusammenstöße den Weg in seine Küche zu finden. Zum Glück war das Haus nicht sehr groß. Der antiken Anrichte auf dem Flur wich er vorsorglich aus, aber die Garderobe hatte er nicht auf dem Schirm. Mit einem dumpfen Rums knallte sein Kopf gegen die Hutablage, die er bisher nie gebraucht hatte. Ein lautloser Schrei entwich ihm. Er befühlte seine Stirn. Das würde eine monströse Beule geben. In Zeitlupe bewegte er sich in Richtung Küche. Kurz dachte er an das Coolpack im Eisfach, doch der Kühlschrank hatte ebenso keinen Strom. Nichts Kaltes, das er gegen seinen Kopf pressen konnte, um einer möglichen Schwellung vorzubeugen.

Stattdessen ließ er sich erschöpft auf den Küchenstuhl sinken. Der Kasten mit den Sicherungen hing im Keller, aber die würde er morgen bei Tageslicht wieder reindrehen. Heute Nacht wollte er keinen zweiten Unfall provozieren. Die Kellertreppe war für ihn im Hellen schon eine Herausforderung.

Für einen Augenblick schloss er die Augen. Es tat gut, wenn der Schmerz nachließ. Eine ganze Weile blieb er sitzen und ließ die Gedanken kreisen, bis sie sich einigermaßen beruhigt hatten und auf den Grund seines Bewusstseins sanken. Er blickte zum Fenster hinaus. Ein Nachteil hier auf dem Land war die vollkommene Dunkelheit. Wenn nicht gerade der Mond schien, sah man die eigene Hand vor Augen nicht. Die dicke Wolkendecke tat ein Übriges, um den zunehmenden Himmelskörper zu verbergen. Hier draußen musste man sich anders zu helfen wissen. Eine Taschenlampe gehörte zur nächtlichen Ausrüstung unbedingt dazu.

Er erhob sich vom Stuhl. Unfallfrei erreichte er die Terrassentür und öffnete sie. Tief sog er den Duft des Frühlings ein. Im Garten war es still und finster. Genau wie seine Seele, dachte er. Es hatte lange gedauert, bis die Stimmen in ihm verstummt waren. Ein beschwerlicher Weg, den er beschritten hatte. Doch jetzt war es endlich so weit. Die letzten Wochen hatten ihm Sicherheit gegeben, Vertrauen in sein Vorhaben. Er würde es schaffen. Seine Entschlossenheit hatte sich durch seine längst überfällige

Entscheidung verstärkt. Erstaunlicherweise hatte ihn dieser Rückschlag stärker gemacht und nicht wie erwartet schwächer.

Sollte er heute Nacht draußen schlafen? Die Liege stand sicher noch im Schuppen. Er schritt über den Rasen und fand das alte Ding zusammengefaltet wie eh und je hinter diversen Gartengeräten. Die Luft war erstaunlich warm. Das Nieseln hatte aufgehört. Innerhalb weniger Minuten hatte er die Liege aufgestellt. Eine Decke brauchte er nicht. Das Thermometer in seinem Auto hatte fünfundzwanzig Grad angezeigt. Er schlug den Kragen des Sakkos nach oben und schloss die Knöpfe, ehe er es sich auf dem weichen Polster bequem machte. Bevor er einschlief, dachte er an die Flammen, die ihn umgeben hatten, vor denen er sich vor nicht allzu langer Zeit gefürchtet hatte. Er hatte sie gelöscht und die Erinnerung daran vergraben. So tief, dass niemand sie jemals erreichte. Das hatte er jedenfalls geglaubt. Inzwischen wusste er, dass die Vergangenheit einen jederzeit einholen konnte. Egal wohin und egal wie schnell man auch davonrannte. Man trug sie in sich. Das war das Problem. Sie war immer da.

10

»Ich bin in zehn Minuten bei dir.« Hauke unterbrach die Verbindung. Hastig zog er sich das Hemd an. Die Hose hatte er sich bereits übergestreift. Er nahm die Dienstjacke vom Bügel, verstaute das Telefon darin und griff nach seinem Schlüsselbund. Wenig später hielt er vor Peters Haus. Peter wartete vor der Tür auf ihn. Als er Hauke kommen sah, rannte er zum Wagen und stieg schnell ein.

»Wann kam der Anruf?«, fragte Hauke, während sein Kollege den Gurt aus der Halterung zog.

»Vor zehn Minuten.«

»Weit kann das Ding nicht kommen.«

Ohne den Blinker zu setzen, scherte Hauke nach links aus und beschleunigte. Um diese Uhrzeit waren die Straßen so gut wie leer. Auf Blaulicht konnten sie getrost verzichten.

»Wer hat den Notruf gewählt?«

»Eine Anwohnerin will gesehen haben, wie ein brennendes Objekt auf einer der Wettern trieb.«

»Und die Feuerwehr?«

»Ist benachrichtigt.«

Hauke raste durch das nächtliche Kophusen und passierte das Ortsausgangsschild. Die Wettern waren zumeist schmale Gräben, die sich durch die Felder an einigen Höfen vorbeischlängelten. Entweder künstlich angelegt oder auf natürlichem Wege entstanden. Sie dienten zur Entwässerung der Marsch. Auf der breitesten, die an Kophusen vorbei Richtung Krempe verlief, war das Ding gesichtet worden.

»Da.« Peter streckte den Arm aus. Hauke folgte ihm und blickte über den Acker. Das flackernde Licht erhob sich, scheinbar mitten aus dem Feld.

»Scheiße.«

»Wir können das kleine Stück bis Claasens früherem Hof fahren. Von da müssen wir laufen. Beeil dich.«

Das ließ Hauke sich nicht zweimal sagen. Er trat das Gaspedal durch und keine fünf Minuten später erreichten sie das alte Bauernhaus, das inzwischen mehr an eine Ruine erinnerte als an ein Wohngebäude. Er parkte den Wagen am Rand des Ackers und ließ die Scheinwerfer brennen. Hier draußen war es stockfinster. Trotzdem erkannten sie, dass es sich um eine Art Floß handeln musste. Es war nicht mehr weit weg. Anscheinend hatte es jemand direkt hinter der Straße ins Wasser gesetzt und dann war es langsam an den spärlichen Häusern vorbeigetrieben.

»Wie halten wir das Ding an?«, fragte Peter im Aussteigen.

»Keinen Schimmer.«

Mit Taschenlampen bewaffnet, stapften sie über den

holprigen Acker. Unbeholfen erreichten sie das brennende Gefährt.

»Was zum Teufel soll das?«, entfuhr es Hauke.

Er spürte die Wärme, die von den Flammen ausging. Kurz musste er an das Osterfeuer vor einigen Wochen denken. Das plötzliche Verlangen nach einer Bratwurst schob er hastig beiseite.

»Schau mal, da liegt doch was drauf?«, entgegnete Peter.

Er hatte recht. Hauke schätzte das Gefährt auf ein mal ein Meter. Sorgfältig aufgeschichtete Äste schwammen auf zusammengebundenen Planken. Unwillkürlich musste er an den Scheiterhaufen in Seester denken. Oben auf dem Stapel schien etwas zu liegen. In eine Decke gehüllt, mehr war in den Flammen nicht zu erkennen. Es konnte ein Tier sein. Oder schlimmer, ein Kind? Haukes Herz blieb für einen Augenblick stehen.

»Warum ist denn Manfred noch nicht hier?«

Gerade als Peter die Frage laut ausgesprochen hatte, hörten sie das Motorengeräusch.

»Da sind sie«, rief Hauke erleichtert und gab den Kollegen mit seiner Taschenlampe ein Zeichen, wo sie sich befanden.

»Ich rufe den Notarzt.« Peter zückte sein Telefon.

»Meinst du, da ist noch was zu retten?«

»Willst du nachher schuld am Tod eines Menschen sein?«

Nein, das wollte er natürlich nicht. Aber die Wahrscheinlichkeit, dass, wer auch immer da lag, noch am Leben war, war gering. Er hoffte, dass die Feuerwehr irgendetwas dabeihatte, womit sie die brennende Todesfalle stoppen konnten. Ihm fiel nämlich nichts ein. Aus dem Augenwinkel sah er Peter, der während des Telefonats hastig gestikulierte. Hauke fühlte sich unwohl in seiner Haut.

Die Untätigkeit setzte ihm zu. Er konnte nicht einfach in die Wetter springen und das flammende Inferno ans Ufer ziehen. Auch wenn sie weder breit noch übermäßig tief war. Lebensmüde war er nicht. Und das arme Ding war ohnehin längst tot.

Der Löschwagen kam kurz vor dem Polizeiauto zum Stehen. Hauke vermutete, dass sie sich nicht trauten, den Acker zu überqueren. Zu groß war die Gefahr, dass sie stecken blieben. Im Licht der Scheinwerfer sah Hauke Manfred aus dem Führerhaus springen.

»Moin«, rief er und eilte auf die beiden Beamten zu.

Hauke erwiderte die Begrüßung, doch der Wehrführer beachtete sie nicht weiter. Der Mann war im Arbeitsmodus. Er besah sich das Floß kurz und gab danach routiniert seine Anweisungen. Zwei Kollegen holten eine Leiter und schoben sie über die Wetter, damit das Floß nicht in aller Seelenruhe weitertrieb. Ein Dritter nahm sich der Flammen mit einem Feuerlöscher an. Nach wenigen Minuten waren sie gelöscht. Ein kurzer und undramatischer Einsatz. Hauke und Peter hatten sich das Schauspiel fasziniert angesehen.

»Wir gehen rauf«, rief Manfred und sprang als Erster vom abschüssigen Ufer ins Wasser.

Peter wollte es ihm gleichtun, doch Hauke hielt ihn zurück.

»Lass das bitte die Profis machen.«

»Wir müssen doch irgendetwas tun.«

»Nein, müssen wir nicht. Wir haben keine Brandschutzkleidung. Weißt du, wie heiß das ist? Wir haben ja nicht mal Handschuhe.«

Peter nickte einsichtig. Trotz allem zuckte sein Körper bei jeder Bewegung der Feuerwehrleute zusammen, wie ein übereifriger Beifahrer, den Fuß auf der imaginären Bremse.

Die Männer sprangen nacheinander ins Wasser. Binnen Sekunden hatten sie das in Decken gewickelte Ding geborgen und trugen es ans Ufer. Hauke wollte gar nicht so genau wissen, wer oder was das war. Widerwillig folgte er Peter, der sich eilig in Bewegung gesetzt hatte.

»Entwarnung«, rief Manfred noch vom Wasser aus, »das ist keine Leiche.«

Hauke stieß erleichtert die Luft aus und verlangsamte seine Schritte. Wenn es keine Leiche war, konnte es nur wieder irgendetwas Verrücktes sein. Peter zog im Gehen sein Telefon aus der Tasche und bestellte den Notarzt ab. Als er den Graben erreichte, waren die Feuerwehrmänner dabei, die verkohlten Überreste heil an Land zu bringen.

»Was ist das?«, fragte Peter, der den Blick nicht abwenden konnte.

Hauke kam neben ihm zum Stehen. »Bitte nicht wieder eine Vogelscheuche«, murmelte er mehr zu sich selbst als zu den anderen.

Doch Manfred hatte ihn gehört.

»Die hätte das nicht überlebt, mein Lieber.«

Er hustete, während er sich aus dem Graben hievte. Hauke starrte auf das Bündel. Nicht größer als ein ausgewachsener Schäferhund.

»Das ist Segeltuch, schwer entflammbar«, rief Manfred.

Ein junger Kollege wickelte die schwarzen Stofffetzen auseinander und zum Vorschein kam ein kleiner Metallkasten.

»Auch feuerfest, Chef«, sagte der Mann. »Sollen wir ihn aufmachen?« Er sah zu seinem Wehrführer.

»Das müssen die beiden hier entscheiden.« Manfred zeigte auf die Polizeibeamten.

»Klar, aufmachen«, entgegnete Peter hastig.

Die Kiste war nicht verschlossen. Mit einer einzigen

Bewegung sprangen die Hebel auf und der Mann hob den Deckel an. Zum Vorschein kam ein weißes Kuvert.

»Was ist das denn für ein Scheiß?«

Hauke konnte es nicht fassen. Dieser ganze Alarm wegen eines Briefes?

»Wenn ihr den habt, der das hier veranstaltet hat, kann der sich auf ein saftiges Bußgeld freuen«, bemerkte Manfred und ließ sein heiseres Lachen erklingen.

»Ich glaub das nicht.« Hauke wandte sich fluchend ab.

»Beruhige dich«, sagte Peter.

»Ich sage ja, ein saftiges Bußgeld.«

»Den Scheißkerl kriegen wir, verlass dich drauf. Und dann mach ich den so was von rund. Wer kommt denn bitte auf so eine kranke Idee?«

»Okay, ich glaube, unsere Arbeit ist hier getan.« Der Wehrführer nahm dem Kollegen den Kasten ab und stellte ihn vor Haukes Füße.

»Vorsicht, ist noch heiß.«

»Sehr witzig.«

Manfred lächelte. »So, Jungs, wir fahren.«

Die Männer zogen die Leiter zurück und bestiegen das Fahrzeug. Den hämischen Abschiedsgruß ignorierte Hauke.

»Nur gut, dass keiner der Anwohner diese Aktion live gesehen hat«, sagte Peter leise.

»Ja, und es ins Internet stellt. Schwachsinniger Polizeieinsatz kostet den Steuerzahler wieder unnötig Geld.«

Hauke sah die Schlagzeilen schon vor sich. Bis auf das Haus der Frau, die das Floß entdeckt hatte, lagen die nächsten Gebäude weit genug weg. Er war heilfroh, dass Philip das nicht erleben musste. Vermutlich hätte er der Feuerwehr diesen Einsatz erspart und wäre selbst reingesprungen.

»Rufen wir die Spurensicherung? Vielleicht finden die

noch etwas.«

»Die sind doch längst verbrannt«, wandte Hauke ein. »Außerdem glauben die eh schon, dass wir nicht alle Tassen im Schrank haben. Ich rufe die nicht wegen einem Spinner an, der einen Brief einäschert.«

»Wegen eines Spinners, Hauke.«

»Das ist doch jetzt scheißegal, oder?«

Peter seufzte leise. »Du weißt nicht, was der oder die sich noch einfallen lassen. Ich sagte ja, da ist Größeres geplant.«

»Oh, bitte mal nicht den Teufel an die Wand.«

»Der ist schon da, Hauke.«

»Unser Sensenmann, oder was?«

Peter nickte. »Was machen wir jetzt mit den Überresten?«

Hauke folgte Peters Blick. Der Haufen war fast bis zu den Planken heruntergebrannt.

»Bei der Fließgeschwindigkeit ist es bald in Krempe«, murmelte Peter, während sie dem verkohlten Floß hinterhersahen.

»Das gefällt mir, soll sich doch Rolf mit dem Scheißding herumärgern.«

»Der macht uns die Hölle heiß. Seit der Aktion in dem Haus von Daniel Breitner hat der uns erst recht auf dem Kieker. Und dann noch deine Flunkerei mit der Kuh. Bei dem sind wir schon lange auf der Abschussliste.«

»Der Sensenmann ist ja in der Gegend. War sein Besuch wenigstens nicht völlig umsonst.«

»Auf deine Verantwortung.«

»Immer gern.«

Hauke schaute zu Boden. Der Brief hatte den Brand unbeschadet überstanden. So wie es aussah, wollte jemand, dass sie ihn lasen.

11

Ihre nächtliche Aktion war erwartungsgemäß nicht unbemerkt geblieben. Peter schloss gerade die Tür zur Wache auf, als das Telefon klingelte. Nichts ahnend hastete er zum Schreibtisch und nahm den Hörer ab.

»Revier Kophusen, Poli…«

Weiter kam er nicht. Die harsche Stimme am anderen Ende unterbrach ihn unwirsch.

»Sag mal, spinnt ihr zwei Kasper eigentlich? Wer hat euch denn ins Gehirn geschissen?«

Es war nicht schwer zu erkennen, wer ihn so anpampte. Rolf, der Revierleiter aus Krempe, nahm kein Blatt vor den Mund.

»Was ist denn los?«

Peter hörte, wie Rolf Luft holte, bevor er brüllte: »Was los ist? Das weißt du ganz genau, Freundchen. Euer nächtlicher Feuerwehreinsatz ist von der Kophusener Wehr im

Internet gepostet worden. Glaubt ihr, ich kriege das nicht mit?«

Es war eine rhetorische Frage, weshalb Peter sie geflissentlich ignorierte. Er spielte mit dem Gedanken, einfach aufzulegen, aber das war unhöflich und würde der Sache nicht sehr förderlich sein. Wenn doch nur Philip hier wäre, der hatte immer über die nötige Gelassenheit verfügt, solche Situationen zu deeskalieren. Und jetzt stand er mutterseelenallein hier, den tobenden Rolf am anderen Ende der Leitung. Wie aufs Stichwort hörte er den ampelgrünen Jetta vorfahren. Durch die Scheibe sah er Hauke aussteigen. Sobald sein Kollege das Revier betrat, würde er ihm den Hörer in die Hand drücken. Es war ja schließlich seine Idee gewesen, dass Floß einfach weiter bis nach Krempe treiben zu lassen.

»Das war eine Frage, Polizeihauptmeister Brandt. Ich warte auf eine Erklärung.«

»Wir haben das Feuer gelöscht. Gefahr erkannt, Gefahr gebannt.«

»Willst du mich verarschen?«

»Nein, Rolf, das würde ich nie wagen.«

»Dann erzähl mir keinen Scheiß.«

Hauke betrat das Büro. Derweil suchte Peter nach Worten, die den wutschäumenden Revierleiter beruhigten, doch ihm fiel beim besten Willen nichts ein. Stattdessen legte er eine Hand auf die Sprechmuschel und flüsterte: »Das ist Rolf.«

Hauke verschränkte die Arme vor der Brust.

»Komm, rede du mit ihm.«

»Warum ich?«

»Weil es deine blöde Idee war.«

Hauke blieb demonstrativ an der Tür stehen und rührte sich nicht vom Fleck. Peter hörte Rolf fluchen. Irgendetwas

Kluges musste ihm jetzt auf der Stelle einfallen.

»Hör zu, ihr habt die besser ausgerüstete Station. Wir pfeifen hier auf dem letzten Loch, immer am Rand der Schließung.«

»Gerade dann wäre es eure Aufgabe gewesen, euch um dieses Ding zu kümmern und es nicht einfach den Kollegen zuzuschieben. Das Floß ist eure Zuständigkeit und damit habt ihr zwei Flachpfeifen euch damit zu befassen.«

»Ja, das stimmt, aber du weißt, Hauke und ich sind führungslos. Philip ist nicht da, und wir wussten nicht, was zu tun ist. Es war ja keine lebensbedrohliche Situation. Und ein alter Hase wie du, der weiß doch, wie man mit so einer Lappalie umzugehen hat.«

»Und warum sagt Ihr Möchtegern-Polizisten mir dann nicht Bescheid? Deinen Schleim kannst du behalten. Das wird ein Nachspiel haben, mein Lieber. Ich werde das melden, und glaub mir, irgendwann ist eure Kasper-Station Geschichte. Und wenn es das Letzte ist, was ich vor meiner Pensionierung noch zustande bringe. Ihr habt euch genauso wie alle anderen Kollegen an die Regeln zu halten und könnt nicht einfach machen, wozu ihr gerade Lust habt.«

»Ja, aber Vorsicht, nicht, dass wir nachher noch zu dir nach Krempe versetzt werden.«

Ein Klicken in der Leitung ertönte. Rolf hatte die Verbindung unterbrochen. Seufzend legte Peter den Hörer zurück.

»Und?«, fragte Hauke.

»Ich sagte ja, der macht uns die Hölle heiß. Und du weißt, dass er recht hat. Das war wirklich kein feiner Zug, ihnen das Floß aufs Auge zu drücken. Wir haben eh schon so einen schlechten Ruf.«

»Ach, komm, der beruhigt sich schon wieder. Wie hat er überhaupt so schnell Wind davon bekommen?«

»Die Freiwillige Feuerwehr Kophusen hat neuerdings einen eigenen Social-Media-Kanal.«

»Autsch.«

»Ja. Irgendwann wird der uns drankriegen.«

»So 'n Quatsch«, kommentierte Hauke. »Nimmst du dir heute den Brief vor?«

»Ja, mache ich.«

»Ich setze mal Kaffee auf«, sagte Hauke und marschierte in die Küche.

»Was ist, wenn der wirklich dafür sorgt, dass unsere Dienststelle geschlossen wird?«

»Blödsinn, das passiert nicht.«

»Du liest keine Zeitung. Ich dagegen weiß, wie schnell das geht und wie viele Stationen sie bereits eingestampft haben.«

In den letzten Jahren hatte er mit großer Besorgnis auf das um sich greifende Wachensterben geblickt. Er war sich sicher, es konnte sie jederzeit treffen. Damals, als ihr früherer Dienststellenleiter Alfred in Pension ging, hatte er das Damoklesschwert über ihnen schweben sehen. Doch dann kam Philip und mit ihm die Wende. Kophusen, ein Ort, an dem das Verbrechen Einzug hielt. Seltsam, aber wahr. Ihre Aufklärungsrate war sprunghaft angestiegen. Nicht zuletzt wegen Philips unorthodoxer Ermittlungsmethoden.

»Sag mal, ist kein Kaffee mehr da?«

»Oh, habe ich gestern vergessen.«

Hauke stand mit der leeren Kaffeedose in der Küchentür und starrte ihn wütend an. Ohne Koffeinzufuhr wurde er zum Tier.

»Du trinkst den meisten Kaffee, also kannst du ja auch mal dran denken«, verteidigte Peter sich.

Statt einer Antwort schnaubte Hauke bloß und schloss die Dose geräuschvoll. Er knallte die Blechbüchse auf Peters

Schreibtisch und verließ kommentarlos die Wache.

Peter war dankbar für einen Moment Ruhe. Er zog seine Dienstjacke endlich aus und hängte sie an die Garderobe. Er schob die leere Kaffeedose beiseite. Dann nahm er die Kiste und stellte sie vor sich auf dem Tisch ab. Das Blech war von der Hitze deformiert worden, aber intakt. Da hatte sich jemand ausgekannt. Robustes Metall, schwer entflammbares Segeltuch. Das Kuvert lag in seiner Schublade. Er schloss sie auf und nahm es heraus. Das hochwertige Briefpapier war ihm bereits gestern Nacht aufgefallen, als sie die Kiste aufs Revier gebracht hatten. Bei Tageslicht sah der Brief aus, als stamme er aus längst vergangener Zeit, in der Verliebte sich noch parfümierte Botschaften schrieben. Der Umschlag war nicht zugeklebt, die Lasche war nur eingesteckt gewesen. Das Papier fühlte sich weich an. Auf der Vorderseite standen zwei Namen: Für Marleen und Tom. Peter las den Inhalt erneut:

Liebe Marleen,
lieber Tom,
wenn Ihr diese Zeilen lest, werde ich nicht mehr bei Euch sein. Ich hoffe, dass Ihr mir eines Tages verzeihen werdet, was ich getan habe. Ihr sollt wissen, dass Ihr mir das Liebste auf der Welt wart. Ich weiß, dass es nicht immer leicht war, aber das alles geschah nur, um Euch zu beschützen. Um Euch nicht den Vater zu nehmen. Besonders Dir, Tom. Ich habe gesehen, wie sehr Du an ihm gehangen hast. Trotz seiner Ausfälle. Ich habe lange versucht, wieder sicheren Boden unter die Füße zu bekommen, leider ist es mir nicht gelungen. Nach allem, was geschehen ist, kann ich nicht ohne ihn leben. Ihr wisst, er war ein eigenwilliger Mann, aber auch ich trage Schuld an dem, was er getan hat. Ich hätte ihm eine bessere Frau sein sollen und Euch eine bessere Mutter. Nur leider war es mir nicht möglich. Ihr sollt wissen, dass Ihr meine Augensterne wart,

und der Grund dafür, dass ich jeden Morgen aufgestanden bin.
Euch beide trifft also keine Schuld. Bitte, denkt immer daran,
Euer Vater und ich haben Euch geliebt und werden es immer tun.
Ihr seid die unschuldigsten Geschöpfe und hättet bessere Eltern
verdient. Verzeiht mir, es liegt an mir.
In Liebe
Eure Mutter Olga

Da war es wieder, das Kribbeln in seinem Nacken. Peter
ließ den Bogen sinken. In letzter Zeit war er viel zu nah
am Wasser gebaut. Diese Zeilen trieben ihm die Tränen in
die Augen. Sie waren gestern davon ausgegangen, dass es
sich um einen Abschiedsbrief handelte. Er fand es schrecklich. Die Kinder hatten offensichtlich nicht nur den Vater
verloren, sondern auch die Mutter. Wie alt mochten die
beiden gewesen sein, als es passierte? Und warum lag der
Brief in einer Metallbox auf einem brennenden Floß? Vielleicht wussten die Kinder noch gar nichts von dem Tod
ihrer Mutter. Oder war es ein makabrer Scherz? Obwohl
Peter das von vornherein ausschloss. Ein rätselhaftes Floß
mit einem Abschiedsbrief passte nur zu gut zum wriggen-
den Sensenmann auf der Krückau. Der Name, mit dem der
Brief unterschrieben war, hatte ihn heute Nacht nicht
schlafen lassen. Bei Tageslicht betrachtet schien es ihm
immer wahrscheinlicher, dass es sich hierbei um den Abschiedsbrief von Olga Lehmann handelte, der verstorbenen
Frau von Wilhelm, dem als vermisst gemeldeten Fährmann. Es passte alles zusammen. Peter fuhr seinen Rechner
hoch. Heute Morgen würde er versuchen, an die nötigen
Informationen zu gelangen, um ihre These zu erhärten
und dem geheimnisvollen Fremden endlich ein Stück näher zu kommen.

12

Haukes Laune war heute noch finsterer als sonst. Er hasste es, wenn sie nachts zu Einsätzen gerufen wurden. Als er nach Hause gekommen war, hatte er sich zwar noch mal ins Bett gelegt, aber er war gegen drei Uhr wieder aufgestanden. Ruhelos war er durch das Haus getigert, bis er schließlich vor dem Rechner eingeschlafen und völlig gerädert um sechs von seinem kleinen Reisewecker geweckt worden war. Und dann noch der Ärger mit dem Kaffee. Warum ging an solchen Tagen gleich alles schief? Konnte sich das Pech nicht verträglich dosieren? Das Leben war wir eine Ketchupflasche, entweder kam gar nichts raus oder alles auf einmal.

In Kophusen gab es einen winzigen inhabergeführten Lebensmittelladen, den Hauke schon aus seiner Kindheit kannte. Er versuchte, so oft wie möglich dort einzukaufen. Das war sein Beitrag zur herrschenden regionalen Hysterie.

Als er die Ladentür öffnete, ertönte die altmodische Glocke. Hauke erinnerte sich gut daran, wie er und seine Schwester Rosi regelmäßig das von ihrer Oma zugesteckte Geld in Eis und Süßigkeiten umwandelten. Der damalige Besitzer hieß Kalle und war inzwischen uralt. Doch das hinderte ihn keineswegs daran, jeden Tag hinter der Ladentheke zu stehen. Hier in Kophusen war er ein Unikum und konnte jederzeit vom Schicksal dahingerafft werden. Jetzt saß er gerade an der Kasse und bediente einen Kunden, den Hauke nur aus den Augenwinkeln wahrnahm.

»Moin, mien Jung«, rief Kalle ihm zu.

»Moin«, erwiderte Hauke und stutzte plötzlich.

Moment mal, den Mann kannte er doch. Völlig verdattert blieb er stehen. Der Kunde mit dem Baseballcap drehte sich zu ihm um, und ihre Blicke trafen sich. Hauke glaubte seinen Augen nicht zu trauen. Er war es wirklich. Was zum Teufel ging hier vor? Statt ihm die Situation zu erklären, nickte der Mann bloß und wandte sich wieder seinen Einkäufen zu. Das Päckchen Espresso in seiner Hand schien Hauke zu verhöhnen und wirkte wie ein schlechter Scherz. Wollte er ihn verarschen? Hauke riss sich aus seiner Verwunderung und ging auf den Mann zu.

»Was geht hier vor?«, fragte er um Fassung bemüht.

»Ertappt.«

Hauke hätte ihm am liebsten mit der Flasche Wasser, die auf dem Laufband lag, eine übergezimmert, doch er zügelte seine Wut. Aus Erfahrung wusste er, dass das nicht viel nutzte. In aller Seelenruhe schloss sein Gegenüber die Bezahlung ab, und Kalle verschwand hinter dem Wursttresen, wo schon eine andere Kundin auf ihn wartete.

»Gehen wir ein Stück?«, fragte der Mann, der gerade dabei war, seine Einkäufe in einem Leinenbeutel zu verstauen.

»Wenn du mir erklärst, was du hier treibst, ja.«

»So viel Zeit wirst du nicht haben.«

Hauke schnappte nach Luft. »Da wir ja momentan keinen Dienststellenleiter haben, gibt es niemanden, den das juckt.«

»Nicht hier, Hauke«, erwiderte der Mann und bedeutete ihm, nicht zu laut zu reden.

»Bist du jetzt inkognito hier, oder was?«

»Komm mit raus.«

War das zu glauben? Während Peter und er sich den Kopf über ihren Chef zerbrachen, weil der fluchtartig und ohne richtige Erklärung nach Berlin abgehauen war, kaufte der Mann seelenruhig in dem Krämerladen in Kophusen ein. Philip packte Hauke am Arm und zog ihn ins Freie.

13

Goldberg hatte eigentlich vorgehabt, sich in seinem Haus zu verschanzen, bis er einen Plan hatte. Doch dann war ihm aufgefallen, dass der Espresso nicht reichen würde. Heute Morgen war er extra in aller Frühe aufgestanden und war zu dem kleinen Laden gefahren. Den Saab hatte er sogar eine Straßenecke davor abgestellt, damit niemand ihn entdecken würde. Um diese Uhrzeit hatte er kein bekanntes Gesicht erwartet, doch er hatte sich getäuscht. Als Hauke überraschend in dem Laden aufgetaucht war, hatte er den Fluchtreflex unterdrückt. Das hätte lächerlich und unwürdig ausgesehen. Irgendwann musste er ohnehin mit seinen beiden Mitarbeitern reden. Auf ein paar Tage früher oder später kam es nun wirklich nicht an, aber in dem Moment hatte es ihn unvorbereitet getroffen. Hauke war, gelinde gesagt, irritiert gewesen, wähnte er ihn doch in Berlin und nicht ein paar Häuser weiter in Kophusen.

»Jetzt beruhig dich mal«, eröffnete Goldberg das Gespräch, nachdem er Hauke in den Saab bugsiert hatte.

»Was soll diese Geheimniskrämerei, Philip? Ich dachte, wir wären Freunde.«

»Das sind wir.«

»Ach ja? Und warum versteckst du dich dann vor uns?«

Das war eine sehr gute Frage, dachte Goldberg. Die Antwort war kompliziert, und er bezweifelte, dass Hauke sie verstehen würde. Um einen Versuch kam er allerdings nicht herum.

»Lass uns auf die Wache fahren und dann erkläre ich es euch.«

Goldberg versuchte Zeit zu gewinnen. Der Weg zur Polizeistation war geradezu lächerlich kurz, aber vielleicht würde ihm der rettende Gedanke ja kommen.

»Wenn du Peters enttäuschtes Gesicht ertragen kannst, bitte.«

Goldberg unterdrückte einen Seufzer und startete den Motor, während sein Kollege leise Verwünschungen ausstieß. Sie fuhren durch den Ort, den Goldberg ehrlich lieb gewonnen hatte. Nach dem ersten Treffen mit Judith im Herbst letzten Jahres war auf einen Schlag alles anders geworden. Es hatte ihm den Boden unter den Füßen weggezogen, was ihn selbst am allermeisten überrascht hatte. Es war nicht bei diesem einen Treffen geblieben. Heimlich hatte er sie mehrmals in Schleswig besucht. Nach und nach kamen sie sich näher, soweit es die Umstände der Forensischen Psychiatrie zuließen. Vor einigen Wochen war sie aus dem Maßregelvollzug in den Strafvollzug nach Lübeck verlegt worden. Und Goldberg war mit ihr gegangen. Hals über Kopf hatte er seinen gesamten Jahresurlaub eingereicht und war fest entschlossen gewesen, Judith zu unterstützen. Die beiden Kollegen ahnten nichts von seinem Aufenthalt in Lübeck. Er hatte sie in dem Glauben gelassen, er brauche Zeit für sich und die verbringe er in Berlin bei seinem Freund Jens. Magda hatte natürlich sofort Verdacht geschöpft. Schließlich hatten sie ihren Urlaub gemeinsam geplant gehabt. Sie war die einzige Person, die wusste, wohin er tatsächlich so überstürzt abgereist war. Kurzerhand hatte sie ihnen eine Pause verordnet, in der Goldberg sich einen klaren Kopf verschaffen sollte. Den beiden Kollegen gegenüber hielt er auch dies unter Verschluss. Nicht sehr erfolgreich, denn als Magda einige Tage nach seiner Abreise Peter getroffen hatte, hatte sie ihm von ihrer Auszeit berichtet. Trotz ihrer Enttäuschung war sie ihm gegenüber zum Glück äußerst vage geblieben.

Goldberg konnte es sich selbst nicht erklären. Er spürte, dass die alten Gefühle keineswegs verschwunden waren. Ihre gemeinsamen Gespräche taten ihm gut. Sie redeten über Muriel, ihre gegensätzliche Trauerarbeit, die Katastrophe im Haus von Hilde Deterding und nicht zuletzt über ihre jetzigen Gefühle füreinander. Seine Ex-Freundin hatte sich in der Zeit in Schleswig sehr verändert. Dass sie ihm Muriels Tod vergab, bedeutete Goldberg mehr, als er es je für möglich gehalten hatte. Allein die Tatsache, dass sie versuchte, ihm zu verzeihen, erleichterte ihn auf eigentümliche Weise. Sein Schuldgefühl löste sich nicht auf, dennoch schien es zu schrumpfen. Eine Ruhe ergriff ihn, die er seit langer Zeit nicht mehr gespürt hatte. Es lag aber nicht nur an der Aussicht auf Erlösung, die ihn nach Lübeck zwang. Er war von der fixen Idee besessen, dass sie zusammen den Verlust von Muriel ausgleichen könnten. Geradezu obsessiv hatte er sich an die Vorstellung geklammert, die Zeit zurückdrehen zu können. Sie sprachen sogar über gemeinsame Kinder. Goldberg war von der Idee berauscht gewesen, seine Schuld begleichen und in sein altes Leben in Berlin zurückkehren zu können. Kophusen schien plötzlich weit weg und damit alles, was er hier aufgebaut hatte.

»Hey, fahr nicht vorbei.« Hauke riss ihn aus seinen Gedanken.

Reflexartig trat er auf die Bremse und lenkte den Wagen in die Auffahrt. Er parkte neben dem Streifenwagen. So wie immer. Ohne ein Wort stiegen sie aus. Für Goldberg war es der Gang nach Canossa. Der Büßer, der reumütig zurückkehrte und um Vergebung bat. Er hätte es gern noch einige Tage hinausgezögert, sich besser vorbereitet, doch letztlich war es egal. Seine Scham hätte das nicht gemindert. Hauke stapfte voran, die Wut war ihm deutlich anzusehen. Schmerzlich wurde dem Kommissar klar, dass er sie beide vermisst hatte. Seine Kollegen, seine Wache und seine Arbeit. Er hoffte, dass er in den Schoß der Familie zurückkehren durfte. Was auch immer die Strafe für diese Lüge war, er war bereit, sie anzunehmen.

»Sieh mal, wen ich bei Kalle getroffen habe!«

Hauke hielt die Tür auf und Goldberg trat ein. Peter hob den Kopf. Als er seinen Chef erblickte, ließ er vor Schreck den Stift fallen. Er starrte ihn an, als hätte er soeben einen Geist gesehen.

»Philip«, stieß er aus. »Bist du zurück?«

»Wie du siehst«, sagte Hauke und schloss die Tür hinter ihnen.

»Seit wann bist zu wieder hier?«

»Ich bin letzte Woche angekommen.«

»Scheiße«, rief Hauke plötzlich. »Ich habe den Kaffee vergessen.« Er stöhnte. »Ach, was soll's, dein Espresso tut es auch. Gib mir deinen Autoschlüssel.«

Goldberg reichte ihm das Bund, und Hauke marschierte nach draußen. Nicht nur die peinliche Stille war kaum auszuhalten, auch Peters Blick fraß sich tief in seine Eingeweide. Wäre ihm nicht schon vorher übel gewesen, hätte das vertraute Gefühl spätestens in diesem Augenblick eingesetzt. Schweigend warteten sie, bis Hauke zurückkam.

»So, ich mache uns jetzt einen Kaffee, und du erzählst uns endlich, was du wirklich getrieben hast.«

Goldberg nickte. Den Impuls, sich auf den Tresen niederzulassen, unterdrückte er. Absurderweise hatte er das Gefühl, das Recht auf seinen angestammten Platz verwirkt zu haben. Vertrauen musste man sich verdienen. Ganz besonders dann, wenn man es mit einer Notlüge verspielt hatte. Peter starrte ihn fortwährend an. In den Augen seines Freundes glaubte er die Enttäuschung herauslesen zu können. Er wich dem Blick aus.

»Setz dich«, sagte Peter und Goldberg gehorchte.

Ihm wurde klar, dass er hier nur Gast war. Gern gesehen oder nicht, galt es jetzt herauszufinden.

»Was ist das da an deinem Kopf?«, fragte Peter.

Goldberg rieb sich über die Beule. Das Cap hatte er im Auto gelassen.

»Ich bin gegen die Garderobe gelaufen, als ich nach Hause gekommen bin. Die Sicherungen waren rausgedreht.«

Goldberg war kein Freund von Small Talk, aber es tötete die undurchdringliche Stille zwischen ihnen ab und mit ihr den stummen Vorwurf seines Gegenübers.

Peter nickte. »Das war ich. Wäre ja bloß Stromverschwendung gewesen.«

»Das habe ich mir schon gedacht.«

»So, die Maschine läuft.« Hauke trat aus der Küche, schob den Schreibtischstuhl seinem Chef gegenüber und setzte sich. »Wir sind ganz Ohr.«

Normalerweise nicht um eine schlagfertige Bemerkung verlegen, war Goldbergs Kopf völlig leer. Über seine Empfindungen hatte er noch nie sonderlich gut sprechen können. Mühsam begann er, die letzten Monate zu rekapitulieren, machte immer wieder Pausen, um nach den passenden Worten zu suchen. Schließlich erzählte er ihnen von den heimlichen Treffen mit Judith, den widersprüchlichen Gedanken, von seiner inneren Zerrissenheit, die Magda veranlasst hatte, ihn gewissermaßen von ihrer Beziehung freizustellen. Von all dem wussten die beiden nichts. Statt des angeblichen Besuchs bei Jens in Berlin hatte er sich in ein schäbiges Hotel in Lübeck einquartiert. Ihre Anrufe hatte er ignoriert.

»Ist das dein Ernst?«, platzte es aus Hauke heraus, als er den Schock überwunden hatte. »Du bist der Alten hinterher? Ich weiß nicht, ob irgendetwas in deinem Kopf nicht richtig tickt, aber ich erinnere mich noch sehr gut daran, wie ich dich halbtot auf dem Dachboden aufgefunden habe.«

Goldberg nickte stumm. Er war bereit für die Predigt und würde sie demütig entgegennehmen. Hauke hatte gerade erst begonnen.

»Ich habe dir ganz sicher nicht deinen verkackten Arsch gerettet, damit die Alte dich bei ihrem nächsten Psychoanfall abmurksen kann.« Schnaubend verschränkte er die Arme vor der Brust. »Ich fasse es nicht.«

»Er hat recht, Philip. Du hast zugelassen, dass Magda sich von dir entfernt. Die Frau, um die du noch vor einem Jahr gekämpft hast. Sie war am Boden zerstört. Ist dir das eigentlich klar?«

Durchaus, aber es hatte sich richtig angefühlt, konsequent. Obwohl ihn die Sehnsucht nach Magda gequält hatte, war es ihm nur logisch erschienen, alles hinter sich zu lassen. Außerdem war er ihr dankbar gewesen, dass sie die schmerzhafte Entscheidung für ihn gefällt hatte. Kurz bevor er zurück nach Kophusen gekommen war, hatte er begriffen, was für ein Feigling er gewesen war. Er schämte sich nicht nur vor Magda, sondern auch vor seinen Freunden. Doch am allermeisten vor sich selbst.

»Mann, Alter, du bist ein Vollidiot.« Hauke erhob sich. »Wie konntest du glauben, dass nach eurer Vergangenheit alles wieder so sein würde wie früher? Du bist doch der Kluge von uns. Wie kann man so dumm sein?«

Die Frage hatte Goldberg sich nicht nur einmal selbst gestellt. Sie geisterte seit Tagen in seinem Kopf herum und ließ ihn nicht schlafen, nicht essen und übermäßig viel Espresso trinken.

»Warum bist du denn nicht zu uns gekommen?«, fragte Peter mit einer Mischung aus Enttäuschung und Mitleid. »Wir hätten doch über alles reden können.«

Goldberg wusste genau, warum er das nicht getan hatte. Sie hätten seine Entscheidung torpediert, seine zaghaften Zweifel und seinen Verstand wachgerüttelt. Die Illusion wäre zerstört worden, und genau das hatte er zu dem Zeitpunkt nicht gewollt.

»Das wäre ja so, als wenn ich mich Sophie noch einmal an den Hals werfen würde.« Kaum hatte Hauke den Satz beendet, begriff er offenbar, dass er exakt dasselbe sechs Monate lang getan hatte, und fügte hinzu: »Sagt jetzt bloß nichts!«

»Ganz schlechtes Beispiel, Hauke«, entgegnete Peter kopfschüttelnd.

»Ihr wisst genau, was ich meine.«

Nun geschah etwas, das Goldberg noch nie bei seinem cholerischen Kollegen erlebt hatte. Er ging direkt vor

Goldberg in die Hocke und legte seine Hände auf die Knie seines Chefs.

»Philip, mach so etwas nie wieder. Hörst du?«

Vor nicht allzu langer Zeit hatte Goldberg dasselbe zu ihm gesagt, nachdem er ihn volltrunken aus der Kanzel der örtlichen Kirche gefischt hatte. Zum Zeichen, dass er die Anspielung verstand, sagte Goldberg: »Ich bin ein Idiot.«

»Liebe macht aus uns allen Idioten, Philip. Nicht nur aus dir. Meistens ist es toll. Aber manchmal geht es eben auch nach hinten los.«

Goldberg spürte die Tränen in sich aufsteigen. Er weinte nicht oft, für gewöhnlich unterdrückte er es. Doch die Worte seines Kollegen rührten ihn. Das hatte er nicht erwartet, es erwischte ihn hinterrücks, und er ließ es geschehen. Verschwommen sah er, wie Hauke einen Hilfe suchenden Blick zu Peter warf. Der stand auf und hockte sich neben ihn.

»Das ist schon okay«, sagte Peter und tätschelte ihm unbeholfen die Schulter.

Hauke suchte nach Worten. Goldberg versetzte diese ganze Szene einen kräftigen Stich, der die verdrängte Trauer zu lösen schien. Ungeniert ließ er den Kopf sinken und schluchzte laut auf.

»Hör zu, Philip«, begann Hauke ungewohnt sanft. »Ich weiß nicht, wie das ist, ein Kind zu verlieren. Vor allem nicht unter solchen Umständen. Aber ich weiß, wie verdammt verrückt es ist, jemanden zu lieben, der einem nicht guttut. Und glaube mir, selbst wenn Judith aus dem Knast rauskommt und wieder alle Latten am Zaun hat, das Leben mit ihr ist vorbei. Du kannst nicht einfach so tun, als wäre das alles nicht passiert.« Er machte eine kurze Pause. »Muriel ist tot. Und so schrecklich das auch für alle Zeit sein wird, damit, dass ihr heile ›Rama-Familie‹ spielt, macht ihr sie nicht wieder lebendig.«

Noch nie zuvor hatte Hauke mit seiner treuherzigen Offenheit so sehr ins Schwarze getroffen wie in diesem Moment. Goldberg spürte, wie ihn der Pfeil der Erkenntnis durchbohrte. Er musste an Magda denken. Er hatte ihre wertvolle Zukunft für einen billigen Aufguss der Vergangenheit eingetauscht. Dabei wusste er, wie schal es schmeckte, den Espresso zweimal aufzubrühen.

»Weshalb bist du eigentlich zurückgekommen?«, fragte Peter, dem klar wurde, dass Goldberg seine Geschichte noch nicht beendet hatte.

Der Kommissar hob den Kopf. Seine Augen brannten.

»Letzte Woche hatte ich ein Gespräch mit einem Vollzugsbeamten.« Mit dem Ärmel wischte er sich die Tränen von den Wangen. »Er fragte mich, wie lange Judith und ich schon verheiratet seien.« Goldberg zögerte. »Und statt auf seine Frage zu antworten, musste ich an Magda denken. Sie war mein erster Gedanke.« Er verstummte.

»DAS hat dich aus deinem Dornröschenschlaf geweckt?« Hauke erhob sich ächzend. »Halleluja! Das hätte ich dir schneller beibringen können.«

»Hauke«, ermahnte ihn Peter, der im Gegensatz zu seinem Freund mühelos zum Stehen kam.

»Was denn? Das hat er ja wohl verdient.« Hauke machte eine kurze Pause. »Weiß deine verrückte Verflossene Bescheid?«

Die Wortwahl seines Kollegen ärgerte Goldberg nicht. Im Gegenteil. Der grimmige Tonfall legte sich wie Balsam auf seinen würdelosen Zustand. Er gab ihm ein Stück Normalität zurück. Es fühlte sich an, als sei er wieder Teil von etwas. Die letzten Tage in seinem Haus hatten sich wie inneres Exil angefühlt. Einsame Stunden der Qual.

»Ich habe ihr einen Brief geschrieben«, sagte er.

»Wie lange sitzt sie noch ab?«, fragte Hauke, der wieder genügend Abstand zwischen sie gebracht hatte.

»Ihre Chancen, wegen guter Führung mittelfristig entlassen zu werden, stehen nicht schlecht.«

»Und dann?«, fragte Peter.

»Darüber will ich lieber nicht nachdenken.«

»Solltest du aber. Warst du schon bei Magda?«, wollte Hauke wissen.

Goldberg schüttelte den Kopf. Das hatte er sich bisher nicht getraut.

»Mein Lieber, du sitzt bis zum Hals in der Scheiße. Wenn sie klug ist, jagt sie dich endgültig zum Teufel.«

»Hauke, jetzt hör doch mal auf. Du siehst doch, dass es ihm nicht gut geht.«

»Das will ich stark hoffen, Mann!«

»Sei nicht so herzlos.«

»Ist schon gut. Ich habe es verdient«, gab Goldberg zu.

»Ich sage ja, er ist der Kluge von uns.«

»Es tut mir leid, dass ich euch angelogen habe.«

»Schon gut, Philip«, erwiderte Peter. »Du bist uns ja keine Rechenschaft schuldig.«

»Nun lass ihn nicht so ohne Weiteres davonkommen.«

Peter machte eine wegwerfende Handbewegung. »Hör nicht auf ihn. Ich bin sehr froh, dass du wieder da bist.«

Goldberg hörte den drängenden Unterton in Peters Stimme. Der Kommissar in ihm rührte sich zaghaft. Notdürftig rieb er sich die letzten Tränen aus dem Gesicht.

»Willst du einen Keks?« Peter reichte ihm den Teller mit den Haferkeksen.

Es fühlte sich gut an, wieder hier zu sein. Wie gewohnt griff er sich einen der kleinen Taler und schob ihn sich in den Mund. Die einzige Nahrung, die er gefahrlos für seinen ramponierten Magen zu sich nehmen konnte. Daran hatte sich nichts geändert.

»Du bist offiziell noch im Urlaub. Eigentlich dürftest du gar nicht hier sein«, wandte Hauke ein.

»Du weißt, dass wir ihn brauchen. Allein kriegen wir diesen seltsamen Fall jedenfalls nicht gelöst.«

Goldberg war gerührt. Die Beamten bemühten sich, seine Neugier zu wecken. Tief im Innern war er vor allem eines: Polizist. Die einzige Konstante in seinem Leben. Er beschloss, sich daran zu halten. Seine Arbeit, der rote Faden der Ariadne. Ihm würde er folgen, bis er ihn aus dem Labyrinth zurück ins klare Licht führte.

»Was ist los?«, fragte Goldberg, um einen sachlichen Ton bemüht.

»Willst du es wirklich hören?«, hakte Peter hinterhältig nach.

Der Kommissar nickte.

»Wir haben einen Sensenmann, der nachts auf der Krückau spazieren fährt, zwei vermisste Fährmänner, einen Schafzüchter im Koma und ein brennendes Floß, auf dem der Abschiedsbrief einer Mutter an ihre Kinder schwamm.«

Goldberg hob die Augenbrauen. »Kaum bin ich mal drei Wochen nicht da …«

Peter unterbrach ihn: »Und dann haben wir noch Rolf am Hals. Vielleicht legt der eine offizielle Beschwerde ein.«

»… geht es hier drunter und drüber.«

»Glaubst du, das Verbrechen in Kophusen macht eine Pause, nur weil du nicht da bist?«

Offenbar fiel Hauke der Kaffee ein, denn er eilte in die Küche und kam mit drei gefüllten Bechern zurück. Einen davon reichte er Goldberg.

»Keine Widerrede.«

Dem Kommissar blieb nichts anderes übrig, und er

nahm das Gebräu aus der verkalkten Maschine entgegen. Normalerweise trank er nur Espresso aus einer entsprechenden Schraubkanne oder einer Siebdruckmaschine. Aber es schien Teil der verhängten Strafe zu sein.

»Los, beweg deinen Hintern auf den Tresen«, rief Hauke. Er gefiel sich in der Rolle des Saloonbetreibers. Denn genauso hörte er sich an. »Und du, Peter, erzähl ihm von dem Brief.«

Der Kommissar fügte sich und stellte den Becher auf dem ockerfarbenen Tresen ab. Unter den wachsamen Augen der Kollegen kletterte er mühsam hinauf. Seine linkischen Verrenkungen waren ihm peinlich, aber er nahm auch diese Strafe demütig an. Als er Platz genommen hatte, ergriff er pflichtbewusst den Becher und kostete von der dunklen Brühe, die sich die beiden Kollegen literweise einverleibten. Nach dem ersten Schluck verkniff er sich jegliche Gesichtsveränderung. Es schmeckte schauderhaft. Hauke grinste und prostete ihnen zu. Goldberg würde diesen Becher austrinken. Im Grunde war es ein kleiner Preis der Wiedergutmachung. Wie es schien, war er noch einmal mit einem blauen Auge davongekommen.

14

Philip sah übel aus, fand Hauke. Unrasiert hatte er ihn noch nie gesehen, und irgendwie hatte er es geschafft, noch mehr abzunehmen. Sie mussten etwas tun, um ihren Chef aufzupäppeln. Das war ja nicht mit anzusehen. Immerhin hatte er sich von seiner verrückten Ex getrennt. Dass er sich überhaupt wieder auf diese Irre eingelassen hatte, konnte Hauke nicht begreifen. Er hatte wirklich schon viele abgedrehte Frauen kennengelernt und war mit ihnen ins Bett gegangen, aber keine von denen hatte versucht, ihn umzubringen. Er hatte Philip bisher immer für einen starken Mann gehalten, den nichts so schnell aus den Latschen hauen konnte, doch das hier ließ ihn zweifeln. Wie er so dasaß auf dem Tresen, wirkte er wie ein versehrter Kriegsheimkehrer. Hauke musste unbedingt einen Schlachtplan mit Peter erstellen. Das hier war völlig inakzeptabel.

»Mysteriös«, erwiderte Philip. »Und was habt ihr herausgefunden?«

»Die Mitglieder des Fährvereins habe ich bisher grob überprüft«, begann Peter seinen Bericht. »Außer den beiden als vermisst gemeldeten ist da nichts Auffälliges.«

»An die Suche nach Jessen erinnere ich mich gut. Wann genau war das noch?«

»Fritz verschwand vor zwei Monaten am achtundzwanzigsten Februar. Der andere Fährmann, Wilhelm Lehmann, vor fünf Monaten, am zehnten Dezember letzten Jahres.«

Philip nickte. »Die Suche nach Lehmann hat damals gleich die Kripo übernommen. Die hatten Verdacht auf Selbstmord, weil er mit einem Gewehr unterwegs war, oder?«

»Stimmt, er wollte angeblich auf die Jagd«, sagte Peter anerkennend. »Wir glauben, dass der Brief auf dem brennenden Floß von Lehmanns bereits verstorbener Frau stammt.«

»Was ist mit dem Pärchen?«, fragte Philip.

»Haben wir noch nicht überprüft. Die Ereignisse überschlagen sich mal wieder.«

»Und das Floß ist in Krempe gestrandet?«, hakte ihr Chef nach.

Hauke nickte.

»Rolf wird sicher nicht die Spurensicherung alarmiert haben. Warum habt ihr es einfach weitertreiben lassen?«

»Wie hätten wir es denn deiner Meinung nach da rausfischen sollen? Außerdem sind auf dem Ding alle Spuren verbrannt. Völlig zwecklos.«

»Bis auf den Brief?«

»Da, lies selbst, ich fange sonst nur wieder an zu weinen.«

Peter reichte Philip den weißen Bogen. Noch so ein Sorgenkind. Langsam wurde es Zeit, dass die beiden wieder auf die Beine kamen, dachte Hauke.

Nachdem Philip zu Ende gelesen hatte, hob er den Kopf und sah sie an.

»Und ihr glaubt, die Verfasserin ist die Frau von Lehmann?«, fragte Philip, in den Betriebsmodus zurückgekehrt.

»Ja. So viele Olgas gibt es hier nicht«, entgegnete Peter.

»Was ist mit den Booten in Kronsnest? Fehlt da eins?«

»Nee. Und in der Werft habe ich niemanden erreichen können.«

»Wie weit ist das von hier?«, fragte der Kommissar mit Blick auf Hauke.

Im Normalfall hätte der lauthals protestiert, aber unter diesen Umständen war es gut, wenn Philip Initiative zeigte. Je eher er wieder in den Sattel stieg, desto besser.

»Einmal mit der Fähre nach Wischhafen übersetzen und wir sind praktisch schon da«, erwiderte er in einem Tonfall, der keinen Zweifel an seiner Mitwirkung aufkommen ließ.

Philip schien zu überlegen. Hauke warf Peter einen vielversprechenden Blick zu, der ihn nickend erwiderte.

»Ich weiß, was ihr vorhabt, und ich bin euch dankbar dafür. Aber könnte ich mich erst frisch machen?«

»Du bist der Boss«, bemerkte Hauke großzügig.

»Gut, ich hole dich in einer Stunde hier ab. Peter, du nimmst dir bitte den Brief vor und schaust nach, ob das Pärchen irgendeine Verbindung zu dem Fährverein hat.«

»Mach ich.«

Philip ließ sich wie eine lahme Ente vom Tresen plumpsen. Scheiße, Mann, der Knabe war wirklich fertig. Heute Mittag würden sie mit ihm zu Rosi gehen und ihm das Essen einflößen, wenn es sein musste, mit Waffengewalt. Philip ging die paar Schritte zur Tür und zog sie auf. Doch bevor er die Wache verließ, drehte er sich zu ihnen um.

»Danke!«

Er war kein Mann vieler Worte. Dass er sich vorhin hatte hinreißen lassen, ihnen die ganze Geschichte zu erzählen, zeugte von ihrer Verbundenheit. Seine Tagesration hatte er damit offenbar aufgebraucht.

»Philip, wir sind Freunde, das ist doch selbstverständlich«, sagte Peter.

Hauke tippte sich gegen die imaginäre Dienstmütze. »Aye, aye, mój Kapitan.«

»Ich schulde euch etwas.«

»Du schuldest niemandem etwas, Philip. Und hör endlich auf, dir das einzureden. Damit fing der ganze Mist doch erst an.«

Manchmal hatte Peter wirklich eine Gabe, das Richtige zu sagen. Hauke fand, treffender konnte man das nicht ausdrücken.

»Wo er recht hat, hat er recht. Und jetzt mach dich vom Acker. Wir haben nicht den ganzen Tag Zeit.«

Philip lächelte. »Bis gleich.«

Die beiden Beamten warteten, bis ihr Chef in den Saab gestiegen war und sie das Motorengeräusch hörten.

»Mann, ist der Bursche fertig«, platzte es aus Hauke heraus.

»Das kannst du laut sagen. Die Sache hat ihn ganz schön mitgenommen.«

»Aber mal ehrlich, irgendwie hat der doch auch nicht alle Latten am Zaun, oder? Wie kann man nach so einem Mordversuch auf die Idee kommen, mit der Frau wieder was anzufangen?«

»Vielleicht liebt er sie noch?«

»Was? Wie kann man bitte einen Menschen lieben, der einem das Messer an die Kehle gehalten hat? Wenn du mich fragst, ist das krank.«

»Die Gefühle hören ja nicht automatisch auf, Hauke. Wie lange hast du Hilke hinterhergetrauert? Vier Jahre? Fünf?«

Hauke verzog das Gesicht. Musste er ausgerechnet damit kommen? Seine Ex-Frau war noch immer sein wunder Punkt, das wusste Peter ganz genau.

»Die hat aber nicht versucht, mich abzumurksen, sondern mich schnöde sitzen gelassen.«

»Metaphorisch hat sie dir ein Messer in dein Herz gerammt.«

Da war was Wahres dran. Jedenfalls hatte es sich genauso angefühlt.

»Macht das einen Unterschied, ob es ein echtes Messer ist oder ein imaginäres?«, fragte Peter.

»Ja, allerdings. Ich bin nämlich noch am Leben«, protestierte Hauke. »Wenn Judith zugestochen hätte, würde unser ehrenwerter Dienststellenleiter nicht mehr unter uns weilen.«

»Zugegeben«, lenkte Peter ein. »Aber jeder verdient eine zweite Chance.«

»Kommt ganz darauf an, was er getan hat.«

»Finde ich nicht. Ich denke, dass jeder mal danebenhaut. Und jeder das Recht hat, sich zu ändern, und ein neues Leben beginnen darf.«

»Sagt das dein Sohanratsch?«

»Nein, der sagt, dass wir alle Opfer und Täter sind, weil wir mehrere Leben haben.«

»Oh, Scheiße. Echt jetzt? Wiedergeburt?«

»Ich finde das einen sehr tröstlichen Gedanken.«

»Wenn das stimmt, dann sei bitte in deinem nächsten Leben nett zu allen Insekten, eines davon könnte nämlich ich sein.«

»Bei deinen Karmapunkten wärst du eher eine Mikrobe.«

»Ha, ha. Sehr witzig.«

Peter schwieg einen Moment. Er schien mit seinen Gedanken woanders zu sein. Es dauerte nicht lange, bis er sie laut aussprach. »Was ist mit Magda und Philip?«

»Halt dich bloß da raus!«

»Die beiden sind füreinander bestimmt, das weißt du genauso so gut wie ich.«

»Wenn das so ist, finden sie vielleicht im nächsten Leben zueinander.«

»Du bist so herzlos.«

»Nein, ich denke nur, dass uns das nichts angeht. Und du solltest auch besser die Finger von deinem Köcher lassen, Amor.«

Peter wandte sich seinem Rechner zu. »Banause.«

»Hast du die Nummer von der Werft?«

Wortlos schob sein Freund ihm die Akte über die gegenüberliegenden Schreibtische zu. Hauke schüttelte den Kopf. So treffend er manchmal sein konnte, so kindisch war er auch. Er zog die Papphülle zu sich heran und wählte die Festnetznummer. Es nahm niemand ab. Hatten die etwa Urlaub? In die Suchmaschine gab er Namen und Ort ein. Der erste Eintrag war ein Treffer. Auf der Seite der Werft fand er keine Angaben, aber zumindest eine Handynummer. Nach dreimaligem Klingeln hörte er ein Klicken.

»Hallo?«

Hauke hasste es, wenn die Angerufenen sich nicht mit Namen meldeten.

»Guten Tag, Thorsten Lohse, mit wem habe ich das Vergnügen?«

Spontan hatte Hauke entschieden, seine Identität nicht preiszugeben. Man wusste ja nie, ob man nicht schon mit dem Täter sprach und ihn ungewollt aufscheuchte.

Die Person am anderen Ende stellte sich als Werftmitarbeiter heraus. Die Bürokraft war krank, weshalb niemand an den Apparat ging. Hauke gab den reichen Mann von Welt, wie zuletzt in der ELB-Residenz, die inzwischen ihren Betrieb eingestellt hatte. Angeblich interessierte er sich für den Bau eines Bootes. Der Mitarbeiter war freundlich. Hauke, oder besser gesagt Thorsten Lohse, versprach, heute im Laufe des Vormittags vorbeizukommen, und sie beendeten das Gespräch.

»Sehr clever, Herr Kollege«, raunte Peter, als er den Hörer aufgelegt hatte.

Hauke setzte ein breites Grinsen auf und schubberte seine Fingernägel gegen das Hemd, um sie anschließend ausgiebig zu betrachten. Eine Geste, die er neu für sich entdeckt hatte.

»Apropos, wo ist eigentlich die Feile deiner Oma?«, fragte Peter.

Die Frage traf Hauke unerwartet. Das gute Erbstück hatte er bei Sophie vergessen, seiner Verflossenen. Er wollte sich nicht die Blöße geben und sie anrufen. Deshalb hatte er sich schmerzenderweise davon verabschiedet und damit gleichzeitig von einer regelmäßigen Maniküre. Sophie hatte seinen Tick für reichlich übertrieben gehalten, sodass er es stillschweigend aufgegeben hatte. Scheißfrauen, dachte er. Nie wieder würde er sich so verbiegen.

»Kein Kommentar«, erwiderte Hauke knapp.

Peter wandte taktvoll den Blick ab. Ein wahrer Freund. Schwieg, wenn es an der Zeit war, die Klappe zu halten. Eine Eigenschaft, die ihm völlig abging, die er dafür aber umso mehr bei seinen Mitmenschen schätzte. Hauke schaute wieder auf den Bildschirm. Er rief die Seite der Elbfähre auf, um sich nach der Wartezeit zu erkundigen. Im Grunde hasste er es, mit dem Ding zu fahren, nicht weil er Schiffe nicht leiden konnte, sondern er hasste es, lange warten zu müssen. Es kam vor, dass man mit dem Auto über eine Stunde in der Schlange verplemperte, während die Arschgeigen von Radfahrern schadenfroh an einem vorbeizogen. Zum Glück war die Baustelle endlich weg. Die Pseudo-Ampel hatte ihn das letzte Mal zur Weißglut gebracht.

Wie erwartet betrug die Wartezeit ca. sechzig Minuten. Wenn sie Pech hatten, waren es neunzig. Aber sich über die Autobahn zu quälen war auch kein Vergnügen. Da musste er wohl von seinem Amt als Staatsbediensteter Gebrauch machen.

Gut sechzig Minuten später rollte der Streifenwagen auf die Fähre und parkte neben einem LKW. Philip hatte es abgelehnt, die Polizeikarte zu spielen. Es hatte Hauke zwar geärgert, aber immerhin sah ihr Chef wieder wie eine Respektsperson aus und verhielt sich dementsprechend. Jedenfalls äußerlich. Das wollte Hauke nicht unnötig aufs Spiel setzen. Philip hatte sich rasiert und geduscht. Gegen den abgemagerten Körper mussten sie aber unbedingt etwas tun.

»Sollen wir raus?«, fragte Hauke, der die Stille in dem engen Wagen nicht recht aushielt.

»Geh nur, ich bleibe hier.«

»Komm schon, ein bisschen Sonne und frische Luft tun dir gut.«

»Okay.«

Die beiden Männer stiegen aus.

»Bin gleich wieder da«, sagte Hauke.

Er marschierte auf den winzigen Gastraum im Innern zu. Zugegeben, die Auswahl war dürftig, aber sie erfüllte ihren Zweck. Ihm blieb eine halbe Stunde, um seinen Freund zum Essen zu zwingen. Nach zehn Minuten trat er mit zwei Würstchen und zwei Limonaden bewaffnet an die Reling. Philip starrte aufs andere Ufer.

»Hier. Du hast doch bestimmt die letzten Tage kaum etwas gegessen.«

Sein Chef sah auf. Dem Blick nach zu urteilen, hielt seine Begeisterung sich in Grenzen. Doch Hauke würde ihm den Mist schon einverleiben.

»Keine Widerrede.«

Er drückte ihm die Wurst und die Flasche entgegen.

»Sehr fürsorglich von dir, aber ich habe keinen Hunger.«

»Hast du dir eigentlich mal überlegt, wohin dein Nicht-Essen führt? Magersucht gibt es auch bei Männern.«

»Beruhige dich, ich schlucke noch keine Wattebäuschchen.«

»Von Haferkeksen allein kann man nicht leben.« Hauke sah ihn prüfend an. »Du warst nie beim Arzt, oder?«

Philip schüttelte wahrheitsgemäß den Kopf.

»Du bist ein Arsch, weißt du das?«

Hauke biss von der lauwarmen Wurst ab.

»Ich bin ziemlich durch den Wind.«

»Iss, oder ich werfe dich gleich hier von Bord.«

Er sah, wie Philip sich innerlich wehrte. Doch aus der Nummer kam er nicht raus, und wenn er ihm dieses wabbelige Ding selbst in den Mund schieben würde.

»Du lässt nicht locker, oder?«, fragte Philip.

Hauke schüttelte langsam den Kopf. Widerwillig biss

sein Chef ein winziges Stück ab.

»Und jetzt das Brot«, befahl Hauke.

Philip tunkte den labbrigen Toast in den Senf und biss erneut ab.

»Geht doch.«

»Gar nicht so schlecht«, sagte Philip kauend.

»Schling nicht gleich alles runter. Um Himmels willen, iss langsam. Mann, mit dir redet man ja wie mit einem Kleinkind.«

»Willkommen in meiner Welt, Hauke. Dann kann ich mich endlich bei dir revanchieren.«

»Sehr witzig.«

Schweigend aßen sie ihren Imbiss und tranken ihre Limo. Dabei blickten sie auf die Elbe mitsamt der schmalen Insel vor ihnen.

»Tut mir leid für dich«, sagte Hauke unvermittelt.

»Ja. Man läuft, man verirrt sich, man nimmt die andere Richtung.«

»Weiß Jens davon?«

Jens Steirer, Philips ehemaliger Therapeut, war sein engster Vertrauter und bester Freund.

»Nein.«

»Warum nicht?«

»Er hätte versucht, es mir auszureden, genauso wie ihr.«

»Kluges Köpfchen.«

Sie schwiegen einen Augenblick und lauschten dem Dröhnen des Schiffsmotors.

»Ist es jetzt endlich vorbei?«, fragte Hauke, den Lärm übertönend.

»Ich würde gerne Ja sagen.«

15

Die Wache für sich allein, die beiden Kollegen zusammen draußen im Einsatz, so mochte Peter das. Manchmal hatte Haukes rumpelnde Art eine heilende Wirkung, fand er. Ihm selbst wäre es sicher nicht gelungen, Philip zur Rückkehr zur Arbeit zu bringen. Von jetzt an würde er ihn nicht mehr so leicht davonkommen lassen. Der Mann musste essen, regelmäßig und gesund. Vielleicht lud er ihn mal zum Kochen bei sich zu Hause ein. Ein vegetarisches Gericht aus der Ayurvedaküche konnte Wunder wirken. Seit er öfter ayurvedisch kochte, fühlte er sich deutlich fitter. Er musste an Magda denken. Die Arme, wie es ihr wohl erging? Den Gedanken, sie anzurufen, verwarf er fürs Erste. Einmischen konnte er sich immer noch. Hoffentlich bekamen die beiden das wieder hin. Er leerte den Becher und wandte sich seinen Dossiers zu. Auch wenn er einige der Mitglieder des Fährvereins persönlich kannte, musste er unvoreingenommen bleiben. Das war das A und O bei polizeilichen Ermittlungen. Im Grunde blieb ihnen nichts anderes übrig, als sie alle einzeln nach ihrem Alibi zu fragen – eine Arbeit für sein Außenteam. Dafür stellte er eine Liste mit den Namen und den aktuellen Kontaktdaten zusammen, die er finden konnte. Dann widmete er sich Wilhelm Lehmann.

Er erinnerte sich, dass die örtliche Presse über sein Verschwinden berichtet hatte. Peter loggte sich in den Account des Norddeutschen Kuriers ein und las sich durch die Archivmeldungen. Dort hieß es fälschlicherweise, er sei einundachtzig Jahre alt gewesen, als er verschwand. Mit Altersangaben nahm die Presse es nie besonders genau.

Peter musste an Marion denken. Wenn er sich vorstellte, dass sie vom einen auf den anderen Tag weg gewesen wäre, ohne eine Nachricht, er wäre schier durchgedreht. Eine solche Ungewissheit hätte er nicht ertragen. Theoretisch konnte der Mann immer noch leben. Aber in seinem Alter, allein und ohne ärztliche Versorgung, war das unwahrscheinlich. Sicher war er auf fremde Hilfe angewiesen. Er las weiter. Von Beruf war Lehmann Tischler gewesen. Sofort horchte Peter auf. Für einen Mann seines Handwerks wäre es vermutlich kein Problem, einen schlichten Kahn zu bauen. Außerdem war er ja ehrenamtlich als Fährmann tätig gewesen, allerdings nur bis 1968, kurz bevor der Fährbetrieb damals eingestellt worden war. Aus dem Artikel ging hervor, dass er nach 1993, als die Fähre ihren Betrieb wiederaufnahm, körperlich nicht mehr dazu in der Lage gewesen sei. Warum, erwähnte der Lokaljournalist nicht. Unwahrscheinlich also, dass er letztes Wochenende noch die Krückau entlangwriggte. Zum Schluss rief man die Bevölkerung zur Mithilfe auf. Der nächste Artikel war im Januar diesen Jahres erschienen. Ein weiterer Aufruf, da die Suche bisher erfolglos geblieben war.

Über den Tod seiner Frau Olga fand Peter nichts. Weder als Meldung noch unter den Todesanzeigen. Peter druckte sich der Ordnung halber beide Zeitungsberichte aus. Danach wählte er die Nummer der Horster Kollegen. Es dauerte, bis jemand abnahm. Allerdings rief er zu einem ungünstigen Zeitpunkt an, der Beamte versprach, sich zu melden, sobald sie die Aufnahme eines Unfalls abgeschlossen hatten, der sich auf der Landstraße Richtung Elmshorn ereignet hatte. Peter kannte den Mann nicht. Womöglich ein neuer Kollege.

Die Ergebnisse zu ihrem Pärchen ergaben keine konkrete Verbindung zum Fährverein oder zu einem der Mitglieder. Sackgasse.

Peter stand auf und füllte den Becher mit dem inzwischen lauwarmen Kaffee. Während er zu seinem Platz zurückkehrte, überlegte er. Es blieben noch Ulf Becker und Sven Kranz übrig.

Zu Becker gab es nur spärliche Informationen. Keine Spur, die ihn weiterbrachte. Peter machte sich eine entsprechende Notiz und ging über zu Kranz. Er war verheiratet und hatte zwei Kinder. Außer ein paar Bagatelldelikten gab es nichts, was Peter relevant erschien. Er verlagerte seine Suche ins Netz. Die Internetseite, die Frau Kranz erwähnt hatte, hieß: www.kranzschafe.de. Peter klickte sich durch die Seiten. Man konnte Schaffelle, Schafmilch, Schafskäse und Schafseife kaufen – alles, was das Schafherz begehrte. Die Sachen waren nicht billig, schienen aber hochwertig zu sein. Was wohl jetzt aus dem Betrieb wurde? Zurück im Menü, klickte er auf den Button Fotogalerie. Sven inszenierte sich dort als guter Hirte, der sich aufopferungsvoll um seine Herde zu kümmern schien. Auf einigen Fotos war auch seine Frau Nadja abgebildet. Ein Gruppenfoto weckte seine Aufmerksamkeit. Mit einem Doppelklick vergrößerte er es. Sven Kranz stand in der Mitte. Neben ihm je drei Männer. Der Reihe nach schaute er sich die Gesichter genau an. Der ältere Mann links von Sven kam ihm bekannt vor. Vorsorglich druckte er das Bild aus. Zurück am Bildschirm, verkleinerte er das Foto wieder. Darunter fand er die Namen derer, die darauf zu sehen waren. Das Gesicht, das ihm bekannt vorkam, war das von Fritz Jessen.

»Bingo!«

Endlich hatten sie eine Verbindung gefunden. Der kürzlich verschollene Fährmann war also bekannt mit ihrem mutmaßlichen Opfer Sven Kranz. Er würde Nadja fragen müssen, ob sie die Männer auf dem Foto kannte. Das konnte er ebenso gut telefonisch erledigen. Peter kramte nach dem Zettel mit ihrer Mobilfunknummer. Es dauerte nicht lange, da meldete sie sich.

»Kranz.«

»Hallo, hier spricht Peter Brandt, Polizei Kophusen. Wir ...«

Hastig schnitt sie ihm das Wort ab. »Ja, ich weiß, wer Sie sind, haben Sie etwas herausgefunden?«

»Frau Kranz, Sie wissen doch, dass wir nicht in Ihrer Sache ermitteln.«

»Ja, ich weiß«, seufzte sie, »wie kann ich Ihnen also helfen?«

»Es gibt auf der Internetseite Ihres Ehemannes ein Gruppenfoto. Kennen Sie das?«

»Die meisten habe ich gemacht. Warten Sie, ich rufe mir die Seite schnell auf.«

Peter hörte ihre Finger über die Tastatur gleiten. »Ich habe es.«

»Wer sind diese Männer?«

»Das war ein Treffen einiger Freunde von uns. Die Namen stehen ja unter dem Bild.«

»Können Sie mir ein bisschen mehr über Fritz Jessen erzählen?«

»Fritz hatte damals einige Arbeiten in unserem Haus erledigt. Als wir es gerade gekauft hatten. Er hat einen kleinen Malerbetrieb. Die beiden haben sich angefreundet.«

»Wissen Sie, dass er Fährmann in Kronsnest ist?«

»Ja, natürlich. Er hat uns ein paar Mal zu den Festen eingeladen. Sven hat diesen Ort sehr gemocht, deshalb war er ja auch so froh, als er eine Wiese direkt gegenüber gefunden hatte. Sven ist Vollwaise, er ist in einem Heim aufgewachsen. Fritz ist eine Art Ersatzpapa für ihn geworden. Deshalb hat ihn sein Verschwinden auch so schwer getroffen. Lydia rief uns an dem Abend an und fragte, ob Fritz bei uns sei. Er wollte eine kleine Runde drehen und ist nie zurückgekehrt.«

»Wissen Sie noch, wann das genau war?«

»Warten Sie, ich hole meinen Kalender.«

Peter hörte, wie sie den Hörer beiseitelegte. Ungeduldig wartete er, bis sie zurückkam.

»Ich führe akribisch Tagebuch, wissen Sie. Fritz verschwand am achtundzwanzigsten Februar.«

»Seine Frau hat ihn als vermisst gemeldet?«

»Ja. Wegen Fritz' Alters und der Blutdruckmedikamente haben die sofort eine Suchaktion eingeleitet. Aber erfolglos. Wir haben ihn natürlich auch überall gesucht. Durch die gesamte Nordoer Heide sind wir gelaufen. Dort war er oft zum Spazieren oder zum Angeln.«

»Ja, an der Suchaktion waren wir damals auch beteiligt. Ich erinnere mich gut daran.«

»Lydia, seine Frau, ist wochenlang fast täglich nach Kremperheide gefahren, aber sie hat ihn nicht gefunden.«

»War er immer allein angeln?«

»Manchmal sind Fritz und Sven zusammen raus an die Kuhle. Er war dort Mitglied.«

»Frau Kranz, kennen Sie Olga Lehmann?«

»Ja, sie war Mitglied bei uns. Warum fragen Sie nach ihr? Hat das etwas mit meinem Mann zu tun?«

»Wo war sie Mitglied?«

»Bei den Landfrauen.«

»In Kummerfeld?«

»Nein, in Kophusen. Sven und ich haben früher dort gewohnt, bevor wir nach Kummerfeld gezogen sind. Ich mochte die Gruppe und bin Mitglied geblieben.«

Peter machte sich eine Notiz.

»Haben Sie noch Kontakt zu Lydia Jessen?«

»Ja, natürlich. Wir sind befreundet. Außerdem ist sie auch bei den Landfrauen. Sie und die Erste Vorsitzende sind Freundinnen. Bitte sagen Sie mir, was haben Sie herausgefunden?«

»Bisher wissen wir nichts Genaues. Wir ermitteln in einem anderen Fall, es könnte aber ein Zusammenhang bestehen. Ich muss Sie bitten, nicht darüber zu sprechen.«

»Wenn Sie mir versprechen, dass Sie mich benachrichtigen, sobald es etwas Neues zu dem Mordversuch an meinem Mann gibt.«

Peter ignorierte ihren Ausdruck.

»Sie haben mir sehr geholfen. Vielen Dank, Frau Kranz.«

Sie verabschiedeten sich und er legte auf. Das Kribbeln in seinem Nacken kehrte zurück. Wenn der Brief von Olga nicht mit dem Sensenmann zusammenhing, würde er einen Besen fressen. Dazu der Unfall von Sven Kranz. Falls der Schäfer nicht unglücklich gestürzt war, hatte er den Täter vielleicht erkannt. Die Wahrscheinlichkeit war nicht gering. Einen Antrag auf Polizeischutz für Sven Kranz würde er aufgrund dessen sicher nicht durchkriegen. Aber er musste sofort die Kollegen informieren.

Er berichtete von den beiden vermissten Personen und in welchem Verhältnis Sven Kranz und Fritz Jessen gestanden hatten. Der Beamte nahm die Information pflichtbewusst auf.

Das Gespräch war so verlaufen, wie Peter es erwartet hatte. Wenig erfolgversprechend. Beim Thema Polizeischutz hatte der Kollege sich nur geräuspert. Das konnte er also getrost vergessen. Vielleicht sollte er doch Bruno Bescheid geben. Aber das würde er nicht eigenmächtig entscheiden. Bislang gab es nicht den geringsten Hinweis auf Fremdeinwirkung. Er hoffte, dass die Kollegen sich der Sache gewissenhaft annehmen würden.

Danach widmete er sich Olga Lehmann. Peter öffnete ein neues Fenster in seinem Browser und tippte in die Suchmaschine Ecosia ›Landfrauen Kophusen‹ ein. Er klickte sich durch die Seiten der Ergebnisse. Laut Terminliste stand morgen ein Mehlbeutelessen an. Wie lange hatte er die traditionelle Spezialität aus dem Norden nicht mehr gegessen? Marion mochte das kloßähnliche, im Baumwolltuch gekochte Gericht nicht, aber seine Mutter hatte es ihm früher zubereitet. Mit Stachelbeersoße und Schweinebacke. Alte Erinnerungen, so kostbar und kurzlebig wie Seifenblasen. Seine Eltern waren tot, was ihn damals nicht wirklich belastet hatte, da sie sich nicht besonders nahegestanden hatten. Aber es gab einige wenige Augenblicke, in denen seine Kindheit im Licht der heilen Welt erschien. Mehlbüddel mit Stickbeeren war eine davon. Die Seifenblase platzte, sobald er versuchte, sich die Gesichter zu vergegenwärtigen. Peter schüttelte sie unwirsch ab.

Würde Lydia Jessen zum morgigen Treffen kommen?

Dort konnte man sich ganz ungezwungen unterhalten. Noch mal so einen Gefühlsausbruch wie von Nadja Kranz würde er nicht überstehen. Auch wenn er sich nichts hatte anmerken lassen, war er den Tränen nah gewesen.

Nach der neuen DSGVO war der Zugriff auf das Melderegister deutlich verschärft worden, sodass Peter beschloss, darauf zu verzichten. Sollte Philip das entscheiden. Seinen Freund Friedrich konnte er nicht schon wieder bemühen. Offiziell war das nicht ihr Fall, und er wollte keine schlafenden Hunde wecken. Ein unverfängliches Treffen hielt er für angemessener. Was würden die Landfrauen wohl denken, wenn er ungefragt morgen Abend bei ihnen auftauchte? Ob sie ihn einluden, zum Essen zu bleiben? Es war einen Versuch wert. Ein passender Vorwand würde ihm schon noch einfallen.

16

Sie fuhren gerade runter von der Fähre, als Goldbergs Telefon vibrierte. Unbeholfen kramte er nach dem alten Nokiagerät, das in seiner Hosentasche steckte. Auf dem Display erkannte er die Nummer des Reviers.

»Peter, was gibt es?«

Sein Kollege berichtete von der Bekanntschaft zwischen Fritz Jessen und Sven Kranz, dem Mann, der im Koma lag. Und von der Möglichkeit, den Landfrauen einen Besuch abzustatten, um sie unauffällig nach Olga Lehmann zu befragen. Goldberg brauchte einen Augenblick, um die Namen einzuordnen.

»Und vielleicht sollten wir uns noch mal in der Nordoer Heide umschauen. Möglicherweise ist uns etwas entgangen oder er ist da untergetaucht. Kann doch alles sein.«

»Meinetwegen.«

»Dann sehen wir uns nachher bei Rosi. Und du kommst mit. Glaub ja nicht, dass wir dir das nochmals durchgehen lassen.«

»Ich habe verstanden. Bis später.«

»Was Neues?«, fragte Hauke, als Goldberg das Gespräch beendet hatte.

Der Kommissar setzte Hauke ins Bild, während er versuchte, sich die Vorkommnisse zu vergegenwärtigen.

»Zwei vermisste Fährmänner, die zurückkehren, um den Sensenmann zu spielen? Klingt nach zwei Irren, die glauben, es wäre noch Karneval. Und was soll das mit Sven Kranz zu tun haben? Ist er den beiden auf die Schliche gekommen, oder was?«, wandte Hauke ein.

»Jedenfalls klingt es nicht nach einem Untoten, der die Krückau heimsucht.«

»Wäre mal was anderes.«

Goldberg schaute aus dem Fenster und ließ die Landschaft an sich vorbeiziehen. Er hatte solche Landpartien immer gemocht. Als er den Saab gekauft hatte, hatte er unzählige Spritztouren durch die Gegend gemacht. Ein wohliger Schauer lief ihm über den Rücken. Die Elbe war seine neue Heimat geworden, das hatte er in Lübeck begriffen. Kophusen bot ihm im Grunde alles, wonach er sich gesehnt hatte. Dumm nur, dass er das alles aufs Spiel gesetzt hatte. Magda würde ihm nicht so leicht verzeihen wie seine Kollegen oder besser gesagt, seine Freunde. Da kam ein hartes Stück Arbeit auf ihn zu. Seit der heimlichen Rückkehr waren ihm die drei Wochen in Lübeck wie ein schlechter Film vorgekommen. Mit ihm als Hauptdarsteller. Es tat gut, endlich wieder er selbst sein zu können und nicht in der Vergangenheit gefangen zu sein. Er drehte sich zu Hauke um.

»Habt ihr Magda in letzter Zeit gesehen?«

Hauke schüttelte den Kopf.

»Aber ich kann Rosi mal fragen.«

»Schon gut, ist nicht so wichtig.«

»Hast du einen Plan, wie du sie davon überzeugst, dass du kein kompletter Vollidiot bist? Den wirst du nämlich brauchen.«

»Nein.«

»Dann solltest du dir schleunigst darüber Gedanken machen. Vor allen Dingen musst du dir die Irre aus dem Kopf schlagen.«

»Du verstehst das nicht, Hauke.«

»Da hast du mit hundertprozentiger Sicherheit recht. Aber das ist dein Ding, ich will nur, dass du aufhörst, dir was vorzumachen.«

Goldberg schwieg. So gern er Hauke mochte, es gab Themen, die man nicht mit ihm bereden konnte. Für ihn war die Welt schwarz oder weiß. Aber in Goldbergs Augen konnte man nicht alles auf diese simple Formel herunterbrechen. Das Leben bestand aus unzählig vielen Grautönen, die oft kaum zu unterscheiden waren.

»Wenn du willst, helfe ich dir dabei, Magda zurückzugewinnen.«

»Vielen Dank. Ausgerechnet der unromantischste Typ, den ich kenne. Ich fürchte, da braucht es mehr als deine Anmachsprüche.«

»Warte ab, ich habe da schon einen genialen Plan.«

Dem Kommissar schwante nichts Gutes. Um ihn abzulenken, brachte er das Gespräch auf ihren aktuellen Fall

»Was glaubt ihr eigentlich bei der Werft zu finden?«

»Die bauen die Krückaufähren, reparieren sie. Vielleicht hat jemand einen Nachbau in Auftrag gegeben.«

»Seid ihr sicher, dass der nächtliche Ausflügler sich nicht ein Boot geklaut hat? Liegt da nicht immer eines an Land?«

»Gut aufgepasst.«

»Möglicherweise hat unser Sensenmann sich den Kahn ausgeliehen.«

»Ausgeschlossen. Moritz Kath, der Augenzeuge, hat ausgesagt, dass er schwarz war.«

»Schwarz? Unser Untoter hat Sinn für Symbolik.«

»Wenn du mich fragst, hat der Kerl einen Vollschuss.«

Hauke bog rechts ab. Schweigend fuhren sie weiter.

Goldberg fühlte sich nach langer Zeit wohl in seiner Haut. Die lauwarme Wurst mit dem pappigen Toastbrot war ihm trotz allem gut bekommen. Sein Magen hatte es ohne Widerspruch über sich ergehen lassen. Selbst die latente Übelkeit war für den Augenblick verschwunden. Heute Mittag würde er bei Rosi zur Abwechslung mal keinen Espresso trinken und etwas Leichtes essen. Spürte er bei diesem Gedanken etwa so etwas wie Appetit?

Wenig später erreichten sie das Werftgelände. Der Mann, der ihnen entgegenschlurfte, sah aus, als würde er schon ewig hier arbeiten. Hauke stellte sie beide vor und erklärte ihm den Grund ihres Besuches. Goldberg beobachtete sein Gegenüber, das für die Abwechslung dankbar zu sein schien. Es sprudelte förmlich aus ihm heraus. Der alte Mann berichtete von einem Auftraggeber, der sie gebeten hatte, ein Boot zu bauen, das dem Kronsnester Fährkahn entsprach. Natürlich hatten sie sich darüber gewundert, aber der Kunde erklärte ihnen, dass er sich einen lang ersehnten Traum verwirklichen wolle. Der Käufer besaß angeblich ein Haus am Wasser und war früher einmal Fährmann gewesen. Über die schwarze Farbe hatte er nicht diskutieren wollen, und so bauten sie ihm sein Boot. Hauke erkundigte sich nach dem Aussehen des Unbekannten, aber es kam nur eine vage Beschreibung dabei heraus, ungefähr ein Meter siebzig groß, geschätzte achtzig Jahre alt und graues Haar. Wenigstens das Alter grenzte ihre Suche ein. Goldberg musste sofort an Fritz Jessen denken.

»Wann haben Sie den Auftrag erhalten?«, fragte er.

»Am zweiundzwanzigsten April. Ich erinnere mich genau. So einen Auftrag bekommt man ja nicht alle Tage.«

Das war vor einem Monat gewesen.

»Haben Sie im Fährverein nachgehakt?«

Der Mann schüttelte den Kopf. »Der Auftraggeber wollte das nicht.«

»Und das hat Sie nicht stutzig gemacht?«, fragte Goldberg.

»Doch, aber es war ja nichts Illegales oder so.«

»Wir brauchen den Namen und die Adresse des Mannes.«

Der Werftmitarbeiter zögerte. Goldberg glaubte zu verstehen.

»Es ist nicht über die Bücher gelaufen?«

»Doch, das schon, aber er hat gesagt, dass wir sein Anliegen diskret behandeln sollen.«

»Und auch das hat Sie nicht stutzig gemacht?«

Der Mitarbeiter zuckte mit den Schultern.

»Jetzt hören Sie mal gut zu«, mischte sich Hauke ein, »dieser Mann plant mutmaßlich ein Verbrechen, und zwar mit dem Kahn, der hier gebaut worden ist. Wenn Sie uns Namen und Anschrift des Kunden geben, können wir das vielleicht gerade noch verhindern.«

»Ein Verbrechen?«, wiederholte der Mann.

Hauke nickte. »Wollen Sie es darauf ankommen lassen?«

Er ging einen großen Schritt auf den Mann zu und blickte ihn an. Mit seiner breiten Statur sah er ziemlich bedrohlich aus, fand Goldberg. Es verfehlte seine Wirkung nicht. Der Mann drehte sich widerwillig um und verschwand im Inneren des Gebäudes.

»Sag nichts.« Hauke hob abwehrend die Arme.

»Okay.«

»Nanu, keine Widerworte?«

Goldberg schüttelte bloß den Kopf.

Der Mann übergab ihnen einen Zettel mit den gewünschten Informationen. Die Beamten bedankten sich für die Kooperation und verabschiedeten sich.

»Der Typ kommt hier aus Freiburg. Sollen wir uns den gleich vorknöpfen?«

»Wir sollten den Kollegen Bescheid geben.«

»Du bist doch sonst für den kurzen Dienstweg.«

»Wir sind hier in Niedersachsen, das ist nicht einmal annähernd unser Revier. Geschweige denn unser Bundesland.«

»Na gut. Wahrscheinlich ist eh keiner da. Gucken wir uns dann selbst um?«

»Warten wir ab. Wo ist die Wache?«

Hauke befragte sein Smartphone, und zwei Minuten später parkten sie vor dem Backsteingebäude mit schwarzen Fachwerkbalken. Wie erwartet war niemand da.

»Auf Amtshilfe müssen wir wohl verzichten.«

»Gib mir die Nummer.«

Goldberg zückte sein Handy. Es dauerte, bis jemand sich am anderen Ende meldete. Die Rufumleitung war Segen und Fluch zugleich. Er stellte sich und sein Anliegen kurz vor und erfuhr, dass die Kollegen gerade zu einem Einbruch gerufen worden waren und keine Zeit hatten. Der Beamte gab ihm grünes Licht und Goldberg legte auf.

»Und?«

»Wir sollen selbst vorbeifahren.«

»Na also, sag ich doch.«

Der Käufer des Kahns hieß Paul Degen und wohnte ein wenig außerhalb in Krummendeich. Sie fanden ein Reihenhaus mit dem üblichen kleinen Vorgarten vor.

»Von wegen, ein Haus am Wasser. Das Ding ist noch nicht mal in der Nähe. Der Typ hat gelogen. Eindeutig«, kommentierte Hauke.

»Vermutlich ein Strohmann«, bemerkte Goldberg.

»Was?«

»Ein Strohmann ist eine Person, die ...«

Hauke schnitt ihm das Wort ab: »Ich weiß, was ein Strohmann ist. Ich kann nur nicht glauben, dass unser Verrückter so raffiniert ist.«

Er parkte direkt vor dem Haus. Wenn der Käufer wirklich so alt war, hatten sie Glück, und er würde vermutlich da sein. Goldberg drückte auf den Klingelknopf. Ein lautes Getöse erklang, das ihn zusammenzucken ließ.

»Der Mann ist wahrscheinlich so gut wie taub«, erklärte Hauke.

Bevor ihnen die Tür geöffnet wurde, hörten sie eine Männerstimme rufen, dass sie sich einen Moment gedulden sollten. Hauke schnaubte. Ein gutes Gefühl, wieder hier im Dienst zu sein, dachte Goldberg, als sich die Tür einen schmalen Spalt öffnete. Eine dicke Metallkette versperrte ihm die Sicht, sodass er den alten Mann mehr erahnte, als dass er ihn sah.

»Herr Degen?«, fragte Goldberg freundlich und setzte sein Dienststellenleiterlächeln auf.

»Was wollen Sie?« Die Stimme klang barsch.

»Mein Name ist Goldberg, Philip Goldberg, und das ist mein Kollege Hauke Thomsen. Polizei Kophusen, von der anderen Seite der Elbe.«

Er zückte seinen Dienstausweis und hielt ihn dem Mann, so gut es ging, vor die Nase.

»Auf den Trick falle ich nicht herein.«

Schon war er im Begriff, die Tür zu schließen. Goldberg musste handeln.

»Herr Degen, es geht um das Boot, das Sie in Freiburg in Auftrag gegeben haben. Wir würden gerne mehr darüber erfahren.«

Der Mann hielt in der Bewegung inne und starrte ihn aus zusammengekniffenen Augen an.

»Das ist nicht strafbar«, sagte er, was in Goldbergs Ohren wie ein Schuldeingeständnis klang.

»Nein, natürlich nicht. Wir interessieren uns auch nicht für Sie, sondern vielmehr für die Person, die Sie beauftragt hat.«

Nach kurzem Zögern fragte Paul Degen: »Woher wissen Sie das?«

»Es ist nicht sonderlich schwer zu erraten. Sie haben dem Werftmitarbeiter etwas von einem großen Grundstück mit Wasserzugang erzählt. Wenn Sie nicht gerade einen Zweitwohnsitz haben, ist das Boot sicherlich nicht für Sie selbst gebaut worden.«

»Was wollen Sie von mir?«

»Herr Degen, ich sehe das so«, begann Goldberg, »entweder Sie lassen uns rein, damit wir in Ruhe reden können, oder aber ich beantrage Amtshilfe und die Kollegen werden Sie abholen und auf das Revier bringen müssen. Das wird einiges Aufsehen erregen in ihrer friedlichen Straße.«

Nun ging alles sehr schnell. Herr Degen schob die Tür zu, um die Kette zu entriegeln, und ließ sie hinein.

»Machen Sie schon, die von gegenüber ist eine neugierige alte Schachtel.«

»Sehr vernünftig«, sagte Goldberg und trat in den dunklen Flur.

Paul Degen führte sie ins Wohnzimmer. Ein ebenso verwohnter wie muffiger Raum. Die abgewetzten Möbel harmonierten gut mit den verschlissenen, gelben Tapeten, sodass Goldberg instinktiv den Atem anhielt.

»Setzen Sie sich«, sagte der Hausherr und ließ sich auf dem Sofa nieder, dessen Glanzzeiten schon seit den Fünfzigerjahren vorbei waren.

»Es dauert nicht lange«, erwiderte Goldberg und blieb stehen.

Hauke war es offenbar auch lieber, sich nicht länger als unbedingt nötig hier aufzuhalten, denn er lehnte den angebotenen Kaffee dankend ab.

»Wie Sie wollen«, sagte Degen.

Jetzt war er weitaus zugänglicher als noch vor ein paar Minuten. In dem dämmrigen Licht, das die zugezogenen Vorhänge hereinließen, war sein faltiges Gesicht besser zu erkennen als im dunklen Flur. Goldberg schätzte ihn auf Mitte achtzig.

»Also, für wen haben Sie das Boot gekauft?«, fragte Hauke, der seine Ungeduld nicht länger unterdrücken konnte.

»Warum wollen Sie das wissen?«

Goldberg hatte nicht vor, ihm die Wahrheit zu sagen. Aus den Augenwinkeln sah er, wie Hauke Luft holte und den Mund öffnete, um etwas zu erwidern. Das musste er verhindern.

»Herr Degen«, sagte er schnell, was seinen Kollegen verstummen ließ. »Wir haben es mit dem Tod zu tun.«

Das war sogar die Wahrheit, also im weitesten Sinne, dachte er. Der Mann schien zu überlegen, ob er den Polizisten richtig verstanden hatte.

»Es ist möglich, dass Ihr Auftraggeber darin verwickelt ist«, fuhr Goldberg ungerührt fort.

»Mord?«, fragte der Alte und beugte sich vor.

»Das wissen wir noch nicht.« Ab jetzt lehnte er sich weit aus dem Fenster. »Es wäre gut, wenn Sie mit uns kooperieren würden, es sei denn, Sie sind selbst in diese Geschichte verstrickt.«

»Nein!«, entfuhr es Paul Degen. »So ist das nicht, das müssen Sie mir glauben. Ich habe nichts damit zu tun.«

»Dann können Sie uns also erklären, was es mit dem Boot auf sich hat?«

Der Strohmann nickte eifrig und richtete sich auf.

»Ich kannte den Mann nicht. Er hat mich auf einem Bootshaus-Abend der Seglervereinigung angesprochen. Ich bin da Mitglied.«

»Der Unbekannte auch?«

»Nein, wir haben den noch nie vorher gesehen. Solche Abende sind offen für alle Interessierte. Wir saßen nebeneinander und er hat mich angesprochen. Netter Kerl, wir haben uns angeregt übers Segeln, Schiffe und so unterhalten. Dann hat er mir erzählt, dass er mit Booten handelt und seine Firma pleitegegangen ist. Nun arbeitet er in Hamburg im Hafen und sein Gehalt wird wegen der Insolvenz gepfändet. Deswegen kann er nichts mehr kaufen. Er besitzt nur noch die Schwarzkasse. Er würde mir das Geld geben, wenn ich für ihn ein bestimmtes Boot besorge.«

»Und das haben Sie ihm abgekauft?«, fragte Hauke ungläubig.

»Er war ja sehr nett. Außerdem müssen wir Seeleute zusammenhalten.«

»Was hat er Ihnen dafür gezahlt?«, fragte Goldberg.

»Fünftausend für das Boot und fünftausend für mich.«

»Hat Sie die Höhe Ihrer Provision nicht hellhörig werden lassen?«, fragte Goldberg sanft.

Paul Degen zögerte kurz.

»Im Nachhinein ja. Besonders weil ich ihm das Boot nicht persönlich übergeben durfte.«

»Sondern?«, hakte Goldberg nach.

»Er nannte mir Ort und Zeitpunkt, wo ich es abstellen sollte. Das restliche Geld hatte er mir unter einen Stein gelegt. Ich ließ den Wagen samt Anhänger stehen und haute wieder ab.«

»Woher hatten Sie das Auto mitsamt Anhänger?«

»Er hatte es in der Nähe der Werft abgestellt. Am Deich.«

»Haben Sie sich wenigstens das Autokennzeichen gemerkt?«

»Nein.« Degen schüttelte den Kopf und blickte verschämt zu Boden.

Hauke schnaubte. »Aber Polizisten nicht in Ihre Wohnung lassen wollen.«

Der Mann hob den Blick.

»Meine Rente reicht hinten und vorne nicht. Glauben Sie, ich lebe gerne in so einem heruntergekommenen Haus? Ich kann mir nun mal keine großen Sprünge leisten.«

»Was haben Sie mit dem Geld gemacht?«, fragte Goldberg beschwichtigend.

»Nehmen Sie mir es jetzt etwa weg?«

»Nein.«

»Ich habe es sicher verwahrt. Als Notgroschen, wenn hier alles zusammenbricht.«

»Wir bräuchten einige Scheine davon. Zwecks Fingerabdrücken«, erklärte der Kommissar.

»Wie viele?«

»Ich möchte Ihre Geduld nicht überstrapazieren. Geben Sie uns einfach ein paar der kleinsten Scheine.«

»Die will ich aber wiederhaben.«

»Keine Sorge, darum werde ich mich persönlich kümmern, Herr Degen.«

»Kriege ich eine Quittung?«

Goldberg hob eine Augenbraue und sah ihn eindringlich an. Paul Degen musterte ihn einen Augenblick lang.

»Sie bleiben hier und warten!«

Goldberg nickte. Dann warf der Mann Hauke einen fragenden Blick zu, bis dieser einen zustimmenden Seufzer erklingen ließ. Erst danach stand er auf und verließ widerwillig den Raum.

»Mann, ist der misstrauisch«, raunte Hauke.

»Bei den vielen Meldungen über hilflose Senioren, die von Trickbetrügern übers Ohr gehauen werden, nicht weiter verwunderlich.«

»Was sollen wir denn noch machen, als unsere Ausweise zeigen?«

»Geduld haben und freundlich sein.«

Hauke schnaubte. Goldberg tat der Mann leid. Im Grunde hatte er nichts Unrechtes getan. Das war schnell verdientes Geld gewesen, so eine Gelegenheit hätte er in Paul Degens Situation vielleicht auch wahrgenommen.

Als der Strohmann die Stube wieder betrat, hielt er ein Bündel Scheine in der Hand und verstaute sie in einem weißen Umschlag.

»Bitte.« Degen reichte Goldberg das Geld.

»Haben Sie vielen Dank. Wie hat er ausgesehen?«

Wider Erwarten lieferte Degen eine detaillierte Beschreibung des Unbekannten. Der Käufer war ca. ein Meter sechzig groß, vollbärtig, schwarze Haare. Goldberg musste kurz an das Seemannslied *Alle, die mit uns auf Kaperfahrt fahren* denken und schmunzelte. Dieser Fall war ganz nach seinem Geschmack und würde ihm sicher dabei helfen, in sein altes Leben zurückzukehren.

17

Es war kurz nach zwei, als sie bei Rosi eintrafen. Das Mittagsgeschäft war abgeflaut und die beiden Frauen wappneten sich für den Ansturm auf das Kaffee- und Kuchenbuffet. Die drei Männer wählten einen Platz am äußersten Rand der Terrasse. Die Sonne schien und es war warm. Als Bärbel Philip erblickte, hätte sie ihn beinahe mit ihren kräftigen Armen und ihrer Zuneigung erdrückt. Hauke drängte sie, ihre Bestellung aufzunehmen, da sie nicht viel Zeit hätten, doch seine Mutter ließ sich nicht hetzen. Zuerst musste sie sich versichern, dass es Philip gut ging und er nicht nur auf Stippvisite hier war, sondern ganz nach Kophusen zurückgekehrt war. Das Thema Magda sparte sie zum Glück aus. Hauke hoffte, dass Rosi nicht auch noch auf die Idee kam, ihren Chef zu begrüßen. Aber seine Schwester hatte in der Küche zu tun und ließ sich nicht blicken.

»Und, Peter, hast du etwas herausgefunden?«, fragte Philip mit gedämpfter Stimme, als Bärbel sie verlassen hatte.

»Um ehrlich zu sein, nicht viel«, erwiderte Peter. »Nach deinem Anruf habe ich mit Paul Degen angefangen. Ein unbeschriebenes Blatt. Im Netz ist er nicht existent.«

»Und unser Käufer?«, fragte Hauke ungeduldig.

»Ich habe mich beim Vorsitzenden der Seglervereinigung umgehört, aber der konnte sich nicht an den Unbekannten erinnern. Der Besuch an solchen Abenden ist kostenlos und unverbindlich. Man trägt sich nirgendwo ein.«

»Scheiße. Der Typ ist clever. Bezahlt Degen in bar. Keine Kontobewegung, kein Name«, warf Hauke ein.

»Ich habe nicht behauptet, dass ich gar nichts herausgefunden habe.« Peter grinste verschmitzt.

»Spuck es schon aus, Watson!«

In dem Moment trat Bärbel wieder an den Tisch. »So, die Herren, Ihre Getränke.« Sie servierte ihnen zwei Spezi und eine Rhabarbersaftschorle für Philip. »Dass du mal keinen Espresso trinkst«, sagte sie verwundert.

Philip lächelte gequält. Armer Mann, dachte Hauke. Der musste jetzt viele Fragen über sich ergehen lassen. Das war ein Nachteil, wenn man sich in die Dorfgemeinschaft einband. Gerade als Leiter der Polizeistation war man unter den Leuten so bekannt wie ein bunter Hund.

»Nun lass ihn in Ruhe, Mama«, kam Hauke seinem Chef zu Hilfe.

»Hauke-Maus, reg dich ab. Ich kümmere mich um meine Stammgäste. Das macht uns aus, und das lasse ich mir von dir sicher nicht verbieten.«

»Zur Abwechslung könntest du dich etwas zurückhalten. Du musst ihn ja nicht gleich wieder verschrecken.«

Bärbel sah ihren Sohn empört an. »Wie bitte?« Sie drehte sich zu Philip um. »Verschrecke ich dich etwa?«

Verdammt, das hatte er nicht kommen sehen. Er wollte gerade einschreiten, als Philip aufstand und Bärbel ein paar Schritte beiseitenahm, um ihr etwas ins Ohr zu flüstern.

»Das gibt es ja wohl nicht«, zischte er.

»Philip weiß schon, was er tut«, beschwichtigte Peter und trank einen Schluck Spezi.

Die ganze Geheimniskrämerei dauerte höchstens zwanzig Sekunden. Bärbel warf seinem Chef einen vielsagenden Blick zu und tätschelte seine Wange, bevor sie Hauke die Zunge herausstreckte und in die Gaststube verschwand. Philip setzte sich wieder zu ihnen.

»Was hast du ihr gesagt?«, fragte Hauke misstrauisch.

»Nichts.«

»Das kannst du deiner Oma erzählen!«

»Hauke hat recht, so kannst du uns nicht abspeisen.«

Philip beugte sich ein Stück vor. »Ich habe ihr gesagt, dass sie sich keine Sorgen um mich machen soll und dass ich ihr später alles erklären werde.«

»Du weißt, dass sie nicht eher ruhen wird, bevor du mit ihr gesprochen hast.«

»Egal. Kommen wir zurück zu unserem Fall. Peter?«

Ihr Kollege straffte sich, wobei das kaum noch möglich war, so aufrecht, wie der neuerdings immer saß.

»Der Erste Vorsitzende hat mir empfohlen, die Schriftführerin zu kontaktieren. Das habe ich sofort gemacht. Und siehe da, sie hat mir Fotos gemailt.«

»Echt jetzt, von dem Typen?«, fragte Hauke.

Peter verneigte sich wie vor einem großen Publikum und lächelte breit.

»Zeig her.«

Peter griff in die Innentasche der Uniformjacke und zog zwei DIN-A4-Bögen heraus.

»Voilà.«

»Peter, du bist der Größte«, sagte Hauke und klopfte ihm anerkennend auf die Schulter.

»Gute Arbeit«, stimmte Philip zu.

Gemeinsam beugten sie sich über die beiden Bilder, die Peter in die Mitte des Tisches gelegt hatte.

»Das ist Degen«, sagte Hauke und tippte auf den klapprigen Mann, der auf einer Bank saß. »Dann muss der Kerl neben ihm unser Käufer sein.«

»An diesem Abend waren zwei Unbekannte da«, erklärte Peter und zog das zweite Blatt unter dem ersten hervor.

Er zeigte auf einen weiteren Mann, der in der Nähe des Grills stand.

»Wow. Der ist ja noch älter als Degen. Was will der bitte mit einem Fährkahn?«, bemerkte Hauke.

»Wir können trotzdem nicht ausschließen, dass er unser Mann ist«, murmelte Philip.

»Was?«, protestierte Hauke. »Guck dir den Knacker doch mal an. Darf der überhaupt noch Auto fahren? Außerdem sitzt der andere neben Degen.«

»Wir werden unserem Strohmann diese Fotos schicken, damit er den Käufer identifiziert«, bestimmte Philip.

»Das ist doch wohl offensichtlich«, wandte Hauke ein.

»Ich kümmere mich drum«, ging Peter dazwischen und beendete ihre Diskussion.

»Na schön, wie ihr zwei Schmalspurermittler wollt. Unsere beiden Fährmänner sind das aber nicht. Das will ich ausdrücklich festhalten.«

»Da hast du recht«, lenkte Peter ein.

»Noch etwas?«, fragte Philip.

»Die Schriftführerin erwähnte, dass einige Mitglieder Fotos gemacht hätten und sie die Bilder besorgen will. Das ist alles.«

»Das ist eine ganze Menge«, widersprach Philip.

»Ja, aber identifizieren können wir ihn anhand der Fotos nicht«, bemerkte Hauke.

»Es sei denn, jemand kennt ihn oder hat ihn zu diesem Treffen mitgebracht«, schlug Peter vor.

Philip schüttelte den Kopf. »Nein, der Mann hat sich die Veranstaltung gezielt selbst ausgesucht, um unerkannt einen Strohmann zu rekrutieren.«

Sie schwiegen einen Augenblick. War dieser Typ auf dem Foto ihr Sensenmann? Wenn ja, mussten sie schleunigst herausfinden, wer er war und warum er auf der Krückau entlangschipperte und Flöße in Brand setzte, falls zu Letzterem ein Zusammenhang bestand. Als ob Philip seine Gedanken erriet, fragte ihr Chef: »Was ist mit dem Brief?«

Bevor Peter antworten konnte, kehrte Bärbel an ihren Tisch zurück.

»Hier, Hauke-Maus, dein halber Hahn mit Kartoffelsalat. Peter, für dich der Salat mit Ziegenkäse und für Philip die geschäumte Erbsensuppe mit Croûtons.«

»Ist das Vogelvieh wieder Demmetter-geprüft?«, fragte Hauke spöttisch.

»Demeter‹, heißt das, wie oft muss ich dir das noch sagen?«, erwiderte Bärbel. »Sei nicht immer so ignorant. Das ist viel gesünder als das arme, mit Medikamenten vollgepumpte Huhn aus der unwürdigen Käfighaltung. Hast du dir den Film angesehen, den ich dir geschenkt habe?«

»Nein, Mama, noch nicht.«

»Solltest du aber! Er wird dein Leben verändern.«

»Ist doch egal, ich merke eh keinen Unterschied«, protestierte er.

Obwohl er insgeheim festgestellt hatte, dass das Fleisch dieser neuen Öko-Viecher irgendwie zarter war. Aber er würde den Teufel tun und das gegenüber seiner Mutter oder Schwester zugeben. Eher würde er nackt durch Kophusen tanzen. Die Tatsache, dass er es Peter unter Einfluss von Alkohol gestanden hatte, brachte ihm schon genug Ärger ein.

»Lass ihn, Bärbel. Er ist ein Banause, wenn es um Tierwohl und Umwelt geht«, sagte Peter.

»Warum? Weil ich nicht mit meinem Bastkorb auf dem Markt herumschlendere und verbeultes Gemüse kaufe?«

»Mach dich nicht dümmer, als du bist«, mahnte seine Mutter. »Kannst du nicht mit diesem kindischen Verhalten aufhören und dich wie ein erwachsener Mann benehmen?«

Ehe Hauke es kommen sah, gab sie ihm einen Klaps auf den Hinterkopf.

»Aua«, rief er und zog damit die Blicke der restlichen Gäste auf sich.

Kleinlaut rieb er sich den Kopf.

»Übertreib nicht«, sagte Bärbel und drückte ihm einen versöhnlichen Kuss auf die Stelle, an der sie ihn soeben getroffen hatte.

Damit drehte sie sich um und begrüßte neue Gäste, die gerade durch die Pforte traten. Hauke hasste es, von ihr vor seinen Freunden in die Pfanne gehauen zu werden. An dieses kindische Hauke-Maus und Rosi-Häschen hatte er sich gewöhnt, aber ihre aufbrausende Art konnte er nicht leiden. Mürrisch zog er den Teller zu sich heran und spießte einige Kartoffelscheiben auf. Als er sie in den Mund schob, war die Welt wieder in Ordnung. Wenn seine Schwester eines konnte, dann kochen.

Goldberg blickte auf die grüne, sämige Flüssigkeit, die vor ihm in der weißen Terrine auf ihn wartete. Es duftete nach Erbsen und Creme fraîche. Die Croûtons, die darauf schwammen, sahen köstlich aus. Das Problem war, dass er keinen Hunger hatte.

»Guten Appetit«, sagte Peter und warf ihm einen auffordernden Blick zu.

»Gleichfalls«, erwiderte Goldberg und nahm den Löffel zur Hand.

Hätte er sich nur einen Espresso bestellt, hätten seine beiden Kollegen den Aufstand geprobt. Sosehr er sie mochte, so sehr verabscheute er den Gedanken, nicht selbst bestimmen zu dürfen. Es war ja rührend, wie sie sich um ihn sorgten, zugleich empfand er es als übergriffig. Für den Moment blieb ihm allerdings nichts anderes übrig, als zu essen. Für die Zukunft musste er sich eine Alternative überlegen.

»Also zurück zum Fall«, begann Peter kauend, wobei er Goldberg nicht aus den Augen ließ. »Ich habe mir den Brief von unserer Olga genau angeschaut.«

»Weißt du jetzt sicher, dass er von ihr ist?«, fragte Hauke, der mit beiden Händen den Vogel auf seinem Teller massakrierte.

»Nein, die Kollegen aus Horst hatten keine Zeit.«

Goldberg hörte das Knacken der Knochen. Zögernd rührte er in seiner Suppe.

»Worauf wartest du?«, fragte Hauke mit fettverschmiertem Mund.

»Heiß«, erwiderte Goldberg und wandte den Blick zu Peter. »Erzähl.«

»Ich wollte den Brief an die KTU schicken. Vielleicht finden die Fingerabdrücke.«

»Mach das. Diese Scheine müssen auch ins Labor.« Dankbar für die Ablenkung fischte Goldberg den Umschlag aus seiner Innentasche und reichte ihn Peter. »Die sind von dem Geld, das Paul Degen für den Bootsauftrag erhalten hat. Möglicherweise finden wir ein paar brauchbare Fingerabdrücke daran. Schick beides zu Bruno, das geht schneller.«

»Zu Bruno?«, fragte Peter irritiert.

»Warum nicht? Wir haben lange nichts von ihm gehört.«

»Der wird sich freuen«, stieß Hauke schmatzend hervor. »Sag ihm einen schönen Gruß von mir.«

»Mach ich. Alles klar.«

Der Rechtsmediziner aus Kiel war ein alter Freund von Goldberg und übernahm gelegentlich Arbeiten für sie, falls es schnell gehen musste, auch dann, wenn es nicht einmal annähernd zu seinen Aufgaben gehörte.

Goldberg führte den ersten Löffel zum Mund. Die cremige Konsistenz überraschte ihn. Sie schmeckte leicht und nussig. Selbst nach dem zweiten rebellierte sein Magen nicht.

»Geht doch! War das jetzt so schwer?«, fragte Hauke, mit der angebissenen Keule auf Goldbergs Suppe deutend.

»Nein. Im Gegenteil.«

»Ich rufe nachher die Kollegen in Itzehoe an. Vielleicht habe ich ja Glück und erfahre etwas über Olgas Selbstmord«, sagte Peter.

»Der olle Dietmar wird dir kein Sterbenswort verraten«, wandte Hauke kauend ein.

»Ist das Sparschwein für ungebührliches Verhalten inzwischen voll?«, fragte Goldberg Peter und nickte dabei in Richtung ihres unflätigen Kollegen.

»Sehr witzig. Deinen neuen Streifenwagen kannst du dir abschminken. Nicht mit meinem Geld.«

»Das Sparschwein ist leider bei unserem letzten Pokerabend draufgegangen«, erklärte Peter beschämt.

Goldberg zuckte mit den Achseln. Er nahm sich ein

Stück Weißbrot aus dem Korb. Die Suppe war ein Gedicht, und er hatte sie restlos aufgegessen. Erfreut über seinen wiederkehrenden Appetit säuberte er die Schüssel mit dem restlichen Brot. So lustvoll hatte er seit Monaten nicht mehr gegessen. Verlegen schob Goldberg die Terrine von sich. Sollte er einen Nachtisch bestellen?

»Dass ich das noch erleben darf«, kommentierte Hauke mit Blick auf die leeren Schale.

»Ich wollte erst auf dein O.K. warten, um eine Abfrage zu Olga Lehmann zu starten. Wenn wir die Namen der Kinder haben, dann wissen wir mit ziemlicher Sicherheit, ob der Brief von ihr ist oder nicht«, sagte Peter.

Hauke war mit der Reinigung seiner Zahnzwischenräume beschäftigt und hörte nur mit halbem Ohr zu. Ein Anblick, den Goldberg sich gern erspart hätte. Peter wandte leicht angewidert den Blick ab.

»Ich habe herausgefunden, dass Lydia Jessen, die Frau des zweiten verschwundenen Fährmanns, Mitglied bei den Landfrauen in Kophusen ist«, fuhr Peter fort.

»Und?«, stieß Hauke hervor, während er quer über den Tisch nach der Packung Feuchttücher griff, die im Brotkorb lag.

Der Duft nach Zitrone fuhr Goldberg in die Nase. Das künstliche Aroma konnte ihm und seinem Magen nichts anhaben.

»Nadja Kranz ist ebenfalls Mitglied. Und unsere Olga auch«, erklärte Peter weiter.

»Wundert mich nicht, dass die alte Schachtel bei den Landfrauen war.«

»Hauke, muss ich mit dir etwa wieder einmal eine Grundsatzdiskussion über ungebührliche Ausdrucksweise führen?«, fragte Goldberg warnend.

»Was denn? Wir sind doch unter uns.«

»Sohanraj sagt, unsere Worte sind …«

Hauke unterbrach ihn unwirsch. »Ich will nicht wissen, was Sohanratsch alles von sich gibt. Ich brauche keinen Guru, der mir vorbetet, was ich zu sagen habe.«

Peter seufzte. »Stur wie ein Esel.«

»Ich nenne das ausdauernd und verlässlich.«

»Die Frau von Sven Kranz ist deutlich jünger, oder?«, warf Goldberg zur Ablenkung ein.

»Ja, die ist Mitte vierzig. Die Ortsgruppe Kophusen versucht, Frauen jeden Alters zusammenzubringen. In anderen Vereinen hat sich schon des Öfteren eine Untergruppe der Jung-Landfrauen gebildet. Das wollen die hier nicht.«

»Wir sollten mit ihnen sprechen«, schlug Goldberg vor.

»Steht schon auf meiner Agenda. Morgen Abend gibt es ein Ortstreffen. Mehlbüddel satt.«

»Wow, da komme ich mit!«, rief Hauke begeistert.

»Du?« Peter sah ihn verdutzt an.

»Ja, was dagegen? Ich liebe diese mehligen Beutel.«

»Gut, dann geht ihr da zusammen hin.«

»Und wie erklären wir unsere Anwesenheit, ohne Aufsehen zu erregen?«, fragte Peter besorgt.

»Bürgernähe?«, schlug Hauke vor.

Goldberg überlegte kurz. »Was haltet ihr davon, wenn ich euch eine offizielle Einladung verschaffe?«

»Wie das?«

»Wartet ab und lernt.«

Eine Stunde später hatte Goldberg es tatsächlich geschafft. Peter hatte es nicht glauben wollen. Doch Goldberg hatte von der Wache aus die Vorsitzende der Landfrauen Kophusen angerufen und gefragt, ob sie zwei kostenlose

Referenten suche. Ruth Liebsam war von seinem Vorschlag so begeistert gewesen, dass sie sie spontan alle drei zum Mehlbüddelessen eingeladen hatte. Goldberg konnte schlecht ablehnen, das wäre unhöflich gewesen. Außerdem lenkte ihn das von seinen Grübeleien wegen Magda ab. Frau Liebsam und er hatten sich danach noch kurz über aktives Dorfleben und Zusammenhalt ausgetauscht. Er hatte ihr erklärt, dass er seine Kollegen an Frauenthemen heranführen wolle. An dieser Stelle war Hauke aufgestanden und hatte die Wache kurzzeitig verlassen. Peter indessen war sitzen geblieben und hatte das Gespräch bis zum Ende verfolgt. Philip Goldberg war zurück.

18

An diesem Morgen war Peter der Erste und schloss die schwere Tür zur Wache auf. Nachdem sie den gestrigen Nachmittag mit einem gemeldeten Einbruch zugebracht hatten, waren ihre Nachforschungen ins Stocken geraten. Er hatte es gerade noch zur Post geschafft, um die spärlichen Beweismittel zu verschicken.

Peter fuhr seinen Rechner hoch, setzte die Kaffeemaschine in Gang und ging die E-Mails durch. Dabei stieß er auf die Antwort der Schriftführerin der Seglervereinigung. Sie hatte einige Fotos geschickt, die sie von einem Mitglied bekommen hatte. Rasch schrieb er ihr zurück und bedankte sich herzlich für ihre schnelle Hilfe. Danach öffnete er die Anhänge.

Eine Aufnahme zeigte den deutlich älteren Mann frontal. Mit einem Teller in der Hand stand er gebückt auf einen Stock gestützt. Das war auf dem Bild von gestern nicht zu erkennen gewesen. Somit konnten sie ihn ausschließen, fand Peter. Das andere Foto zeigte den jüngeren Mann wieder neben Paul Degen sitzend, als hätte er sich den ganzen Abend nicht vom Fleck bewegt. Sicherheitshalber druckte er beide Aufnahmen zweimal aus und legte einen Satz davon in seinem Dossier ab. Die zweiten Ausdrucke verstaute er in einem wattierten Umschlag, den er an Degen adressierte. Leider besaß der Mann keine E-Mail-Adresse, sodass ihnen der Postweg nicht erspart blieb. Obwohl er sicher war, dass es der Jüngere sein musste, würde Philip darauf bestehen, Degen beide Aufnahmen zu schicken. Den Umschlag würde er später in den Briefkasten werfen.

Unschlüssig, was als Nächstes zu tun war, betrachtete er die Fotos. Peter war sicher, dass es sich bei einem von ihnen um den Sensenmann handelte. Er hatte das Boot über einen Strohmann gekauft und schipperte damit auf der Krückau herum. Aber weshalb? Nur um nachts Liebespaare zu erschrecken? Nein, er führte bestimmt etwas ganz anderes im Schilde. Das brennende Floß war Teil der Inszenierung. Ebenso wie der Scheiterhaufen. Sollte dort am Ende jemand verbrannt werden? Bisher war diese Scharade glimpflich verlaufen. Anders konnte er das nicht nennen. Ein Geist, der nachts sein Unwesen auf Flüssen trieb, war einfallsreich, aber vor allen Dingen ziemlich krank, da musste er Hauke leider recht geben. Für einen bloßen Streich schien ihm das Unterfangen zu aufwendig. Außerdem musste der Unbekannte mit Olga Lehmann in Verbindung gestanden haben. Wieso sollte er sonst im Besitz des Abschiedsbriefs sein, fragte er sich, als die Tür aufschwang.

»Guten Morgen«, sagte Philip.

Peter schaute von seinem Bildschirm auf. »Moin.«

Mit Freude stellte er fest, dass sein Chef heute schon

viel besser aussah. Er schien zu Kräften gekommen zu sein. Eine Erbsensuppe wirkte Wunder.

»Drei Fleißpunkte für dich«, bemerkte Philip und hängte sein zerknittertes Leinensakko an den Garderobenhaken. »Hat es sich gelohnt?«

»Wie man's nimmt.« Peter hob den Umschlag in die Luft. »Die Seglervereinigung hat uns Fotos geschickt. Hier. Ich werfe sie nachher in den Postkasten. Gehen beide an Paul Degen.«

»Sehr gut. Was ist mit dem Brief und den Scheinen?«

»Die sind bereits unterwegs nach Kiel.«

Philip nickte. »Weiß Bruno Bescheid?«

»Ja, ich habe ihm eine kurze E-Mail geschrieben.«

»Und die Kollegen aus Horst?«

»Immer noch nichts. Ich rufe sie gleich noch mal an. Inzwischen solltet ihr euch heute in Kremperheide umschauen.« Peter machte eine kurze Pause, bevor er fortfuhr: »Die Leiche von Wilhelm Lehmann ist bisher nicht gefunden worden. Von Fritz Jessen fehlt ebenso jegliche Spur. Was ist, wenn die beiden noch am Leben sind und gemeinsame Sache machen?«

Peter reichte ihm die Fotos, die die Schriftführerin geschickt hatte, und nahm einen Keks vom Teller. Genussvoll schob er sich ihn in den Mund, während Philip sich die Bilder ansah.

»Und als Sensenmänner ihr Unwesen treiben? Möglich, aber wer hat das Boot dann in Auftrag gegeben? Einer von den beiden war es jedenfalls nicht.«

»Noch ein Strohmann?«, schlug Peter halbherzig vor.

»Ein bisschen viele Strohmänner, meinst du nicht?«

»Aber es ist seltsam, dass ausgerechnet Jessens Ziehsohn Sven Kranz plötzlich stolpert und im Koma liegt, oder?«

»Hast du eine These?«, fragte Philip.

Letztes Jahr hatte Peter einen interessanten Artikel darüber gelesen, wie manche Menschen sich ihre eigene Familie zusammenstellten.

»Nicht direkt, aber vielleicht ist er den beiden auf die Schliche gekommen und hat gedroht, sie zu verraten. Sie streiten, es kommt zu Handgreiflichkeiten und peng, Kranz stolpert und landet prompt im Koma.«

»Das klingt plausibel, aber warum tauchen die beiden Fährmänner unter, bevor sie verkleidet als Sensenmänner zurückkehren? Und wo waren sie die ganze Zeit?«

Peter zuckte mit den Achseln.

»Hast du mit Lydia Jessen gesprochen?«

»Nein, nach dem Einbruch gestern habe ich das nicht mehr geschafft. Außerdem dachte ich mir, sie ist heute Abend eh bei den Landfrauen. Da können wir mit ihr reden.«

Philip starrte ins Leere. Sein Gehirn schien auf Hochtouren zu arbeiten. Es erfüllte Peter mit Zufriedenheit, seinen Freund wie gewohnt auf dem Tresen sitzen zu sehen, die Beine baumelnd. Peter war heilfroh darüber, dass er dieses Intermezzo mit Judith unbeschadet überstanden hatte. Philip gehörte inzwischen zu ihnen, wie Rosi und ihr Gasthaus, wie Bärbel und ihr schräges Plattdeutsch und wie Hauke mit seinem aufbrausenden Charme. Das war seine Familie. Seit Marions Tod mehr denn je. Zu Elke, seiner Schwester, hatte er nur sporadischen Kontakt, denn obwohl sie sich als Kinder nahegestanden hatten, war über die Jahre nicht viel von dieser Verbundenheit übrig geblieben. Schade, aber so lief es eben manchmal.

»Denkst du, die beiden verstecken sich?«, fragte Philip.

»Möglich.«

»In der Nordoer Heide?«

»Warum nicht?«

»Aber hätten wir sie dann nicht finden müssen? Oder zumindest Spuren von ihrem Leben als Pfadfinder? Ganz zu schweigen von der Hundestaffel, die die Kripo angefordert hatte.«

Peter zuckte mit den Achseln. »Ist nur so ein Gefühl.«

»Lass das nicht Hauke hören.« Sein Chef grinste.

»Nee, lieber nicht.«

»Vielleicht ist Jessen ertrunken?«, gab Philip zu bedenken.

»Ein Fährmann? Außerdem wurden sogar Taucher eingesetzt, erinnerst du dich nicht?«

»Stimmt.« Philip schien zu überlegen. »Wo hat man den Kranz gefunden?«

»Auf dem Deich in Seester, ganz woanders.«

»Es ist nicht ausgeschlossen, dass die beiden Fälle gar nichts miteinander zu tun haben. Zwischen den Vorkommnissen liegen immerhin zwei Monate. Was ist mit diesem Ulf Becker?«, fragte Philip.

»Keinerlei Verbindung, außer dem Grundstück in Seester.«

»Und der vermeintliche Scheiterhaufen? Was hat er dazu gesagt?«

»Er war überrascht und ein bisschen besorgt.«

»Hat er ihn abgebaut?«

»Keine Ahnung.«

»Check das bitte mal. Nach dem brennenden Floß wartet dieser Holzstapel möglicherweise noch auf seinen Einsatz. Und das nächste Mal werden sicher nicht nur Briefe verbrannt.«

»Ja, daran habe ich auch schon gedacht.«

»Derzeit wird mir hier reichlich viel gezündelt.«

»Aber eine öffentliche Verbrennung wie im Mittelalter? Das klingt mir nach Hexenjagd.«

»Es wurden nicht nur Hexen verbrannt. Auch Tiere, die angeblich vom Teufel besessen waren. Oder irgendwelche Kultgegenstände. Denk an die Kreuze des Ku-Klux-Klans. Ob der Abschiedsbrief unserer Olga etwas in dieser Richtung sein könnte?«

»Hoffentlich können uns die Landfrauen etwas über sie erzählen. Dann bräuchten wir keine Abfrage zu machen. Ich finde, wir müssen in dieser Sache vorsichtig sein. Wenn Rolf sich wirklich unsertwegen beschwert, sollten wir denen nicht zusätzlich Futter geben. Streng genommen geht uns das alles ja wirklich nichts an.«

»Da stimme ich dir zu. Hast du in Itzehoe angerufen?«

Peter verzog das Gesicht.

»Zwecklos. Dietmar hat seine Mitarbeiter eingeordnet, keine Informationen über inoffizielle Kanäle rauszulassen.« Peter machte eine kurze Pause. »Apropos Infos. Müssen wir für heute Abend nicht noch einen Vortrag vorbereiten?«

»Das übernimmt Hauke.«

Peter sah seinen Chef verdutzt an.

»Weiß der davon?«, fragte er mit einer Mischung aus Schadenfreude und Unbehagen.

In diesem Moment hörten sie den ampelgrünen Jetta vorfahren. Hauke hatte sich noch immer nicht von der Rostlaube trennen können. Seit Sophie sein Auto beleidigt hatte, schien die Liebe zu dem Gefährt noch stärker geworden zu sein. Manchmal glaubte Peter, dass Hauke die kindliche Trotzphase nie abschließend überwunden hatte.

»Du kannst jetzt live dabei sein, wenn ich es ihm eröffne«, flüsterte Philip schmunzelnd.

Peter stand auf. Er wollte den Kollegen schonend auf die Neuigkeit vorbereiten und nahm Haukes Lieblingsbecher aus dem Schrank. »Kein Bier vor vier«, war darauf zu lesen. Ihm schwante, dass sein Kollege diese Regel heute eventuell missachten würde.

Die Tür ging auf und Hauke betrat die Wache. Es dauerte keine zwei Sekunden, bis er Lunte roch. Sein Blick fiel als Erstes auf Peter, der mit seinem Becher in der Hand auf ihn wartete. Das verhieß nichts Gutes. Als Zweites sah er Philip auf dem Tresen sitzen, eines seiner seltenen Lächeln auf dem Gesicht. Hier war etwas im Busch, man musste kein Genie sein, um das zu spüren.

»Was ist denn hier los?«

Die Glastür fiel hinter ihm ins Schloss. Ungeachtet dessen blieb er stehen und schaute die Männer, die vorgaben, seine Freunde zu sein, eindringlich an.

»Nun sagt schon, ihr zwei heckt doch irgendetwas aus.«

Ihr Chef sprang vom Tresen und kam bedenklich nah an ihn heran. Dem Blick nach zu urteilen, hatte er Freude an dem, was jetzt kommen sollte. Hauke hatte keinen blassen Schimmer, aber es würde ihm nicht sonderlich gut gefallen. So viel war klar.

»Mein lieber Hauke, ich habe mir überlegt, dass du uns heute Abend glorreich vertreten wirst.«

»Wie bitte?«

»Kaffee?«, fragte Peter und reichte ihm den Becher.

Am liebsten hätte er diesem Verräter das Ding aus der Hand geschlagen, doch es war sein Lieblingsbecher. Oh, wie er es hasste, wenn sich die beiden gegen ihn verbündeten!

»Ich soll heute Abend den Zampano spielen?«

»Du bist bestens dafür geeignet«, erklärte Philip.

»Das ist ja wohl nicht dein Ernst. Nimm Peter, der hat einen Schlag bei alten Weibern.«

»Komm schon, das ist ein Klischee, dass die Landfrauen nur aus älteren Damen bestehen, die den ganzen Tag nichts anderes tun, als zu kochen und zu backen«, wandte Peter ein.

»Und warum schreiben die dann so viele Kochbücher?«

»Hauke, ich kann das nicht«, begann Peter, »Greta Jansen ist bei den Landfrauen. Du weißt, seit dem Jedermann hat sie wieder Witterung aufgenommen. Wenn ich da heute Abend auftrete, wird die mich mit Fragen bombardieren und mich nicht mehr aus dem Würgegriff lassen.«

Hauke schnaubte. Was für ein lahmes Argument. Sollte er sich die Alte doch endlich schnappen, dann würde sie vielleicht Ruhe geben. Aber für diese Art von unverbindlichem Sex war Peter nicht zu haben. Unter der großen Liebe machte er es nicht. Schon aus Respekt vor seiner toten Frau. Hauke hatte das immer für übertrieben gehalten, aber er hatte das akzeptiert. Schließlich war der Mann nicht mehr der Jüngste.

»Bitte, bitte!«, quengelte Peter.

Philip kam einen Schritt näher, legte den Arm um Haukes Schulter und geleitete ihn sanft zu seinem Schreibtisch.

»Das ist dein großer Auftritt. Ein Saal gefüllt mit geballter Weiblichkeit.«

»Ja, und alle entweder steinalt oder verheiratet. Oder beides. Vielen Dank auch.«

»Das hat dich bisher nicht gestört, oder? Ich meine, dass sie verheiratet waren«, sagte Philip.

»Jetzt komm mir nicht auf die Tour. Das waren Jugendsünden.«

Kaum saß Hauke auf dem Schreibtischstuhl, platzierte Peter seinen Becher vor ihm und fuhr den Rechner für ihn hoch.

»Mit diesem Vortrag wären wir quitt. Dein Alkoholexzess in der Kirche ist damit abgegolten. Keine Anspielungen mehr, keine Forderungen«, unterbreitete Philip ihm sein Angebot.

Hauke nahm einen Schluck von dem frischen Kaffee. »Das hast du auch schon bei meinem Besuch in dem Altenheim gesagt. Als ich mit Rosi das Schmierentheater aufführen musste.«

»Touché. Aber dieses Mal stimmt es.«

Vor zwei Jahren hatte Hauke sich so volllaufen lassen wie niemals zuvor und sich in der Kanzel der Kophusener Kirche verkrochen. Philip hatte ihn entdeckt und gerettet. Ohne sein Eingreifen wäre er garantiert an einer Alkoholvergiftung gestorben. Aber was das Wichtigste war, sie beide, Peter und Philip, hatten die Klappe gehalten. Haukes Mutter hatte nie etwas davon erfahren.

»Abgemacht. Danach ist das Thema aber vom Tisch. Und zwar endgültig!«

»Versprochen«, erwiderte Philip und sie besiegelten es per Handschlag. »Und nun trink deinen Kaffee aus, wir machen einen Ausflug.«

»Bist ja wieder ganz der Alte. Ich weiß nicht, ob mir das gefällt.«

Von Peter erntete er einen strafenden Blick, den Hauke nicht weiter beachtete. Wer austeilen konnte, musste auch einstecken können. Die Schonzeit war vorbei.

19

Goldberg war heute Morgen mit einem Hochgefühl aufgewacht, das er lange nicht mehr erlebt hatte. Ohne ersichtlichen Grund war er förmlich aus dem Bett gesprungen und hatte sich über die völlige Abwesenheit seiner ansonsten trüben Gedanken und der morgendlichen Übelkeit gefreut. Es war ihm sogar gelungen, den kläglichen Rest Müsli aus dem Glasbehälter mit einem verschrumpelten Apfel ohne Vorkommnisse zu verspeisen, und es war ihm wie ein Festmahl vorgekommen. Auf dem Weg zur Wache hatte er sich auf diesen Tag gefreut.

Als er zusammen mit Hauke im Streifenwagen saß, überlegte er, ob das alles mit der endgültigen Befreiung von Judith zu tun haben mochte. Offensichtlicher konnte es kaum sein. Die Entscheidung, Lübeck zu verlassen, hatte in ihm eine Erleichterung ausgelöst, die spätestens seit dem Geständnis gegenüber seinen Freunden nicht mehr zu übersehen war. Seitdem fühlte er sich frei. Selbst seine Albträume waren verstummt. Muriel würde immer ein Teil von ihm sein. Er hatte sie geliebt wie seine eigene Tochter. Das Gefühl des Verlusts blieb. Und die Schuld, die er empfand, aber die wog seit Neuestem deutlich weniger.

Die letzten Wochen mit Judith hatten ihm vor Augen geführt, dass es unmöglich war, die verlorene Zeit zurückzudrehen oder gar nachzuleben. Diese Katastrophe hatte sie beide verändert. Das hübsche Paar vom Polizistenball gab es nicht mehr. Und das lag nicht daran, dass Muriel fehlte oder Judith versucht hatte, ihm etwas anzutun. Nein, es lag in ihnen selbst. Ihre gemeinsame Strecke war abgelaufen, sie hatte in einer Sackgasse gemündet. Die kurze Zeit, die er mit ihr verbracht hatte, war intensiv gewesen. Nur langsam hatte er begriffen, dass ihre wiederbelebte Beziehung nichts weiter war als die Heraufbeschwörung längst vergangener Bilder. Verschwommene, abgegriffene Fotos, die im heutigen Licht blass wirkten. Erinnerungen, an die man gern zurückdachte, die jedoch, objektiv betrachtet, kaum noch etwas mit der Person zu tun hatten, die man heute war. Es kam ihm vor wie ein Film, den man als Kind geliebt hatte, aber bei dem man als Erwachsener feststellt, dass er zu bunt, zu übertrieben oder zu kitschig geraten war. Sie beiden waren aus ihrer Beziehung gewachsen wie aus einem alten Lieblingspullover. Professor Keller, der Chefarzt der Schleswiger Klinik, hatte recht gehabt. Judith und Philip waren sich zugleich nah und fremd. Nah in der Vergangenheit und fremd in der Gegenwart. Ein Widerspruch, den sie zwar nicht auflösen konnten, der sie jedoch miteinander versöhnte. Judith hatte die Gründe ihres Zusammenbruchs begriffen und arbeitete daran, den Verlust zu bewältigen. Goldberg hingegen übte sich in Vergebung. Ihr und sich selbst gegenüber.

Zufrieden warf er einen Blick auf seinen Kollegen neben sich. Hauke schmollte ein wenig, aber das störte Goldberg nicht im Geringsten. Im Gegenteil. Es ließ ihm den nötigen Raum, um über Magda nachzudenken. Er hatte sie verletzt, und ihm war klar, dass er nicht einfach bei ihr in Kollmar klingeln konnte und sie ihn mit offenen Armen empfangen würde. Ihrer beider Geschichte war kompliziert und stand auf dünnen Beinen. Am Anfang war sie es gewesen, die sich von ihrem Ex-Mann hatte lösen müssen, nun war er an der Reihe. Das war der Grund, warum sie ihn bei allem Schmerz verstand und ihn ziehen ließ. Aber um sie nun zurückzugewinnen, brauchte er eine Strategie, eine wundersame Idee, der sie nicht widerstehen konnte. Am besten …

»Was soll ich denen heute Abend erzählen, kannst du mir das mal erklären?«

Hauke holte ihn unsanft aus seinen Gedanken zurück.

»Erzähl ihnen von den Fällen, die du bisher gelöst hast, deinen ungewöhnlichsten Momenten als Polizist.«

»Na ja, da käme schon einiges zusammen.«

Goldberg hatte nicht ohne Grund Hauke für diese Aufgabe ausgewählt. Hinter der spröden und rauen Fassade lebte ein feinfühliger Mensch, der sich nur selten blicken ließ. Hauke brauchte Anerkennung wie jeder andere auch. Bei dem Verhalten, das er meist an den Tag legte, bekam er Zuneigung jedoch nicht oft zu spüren. Selbst schuld, konnte man meinen, aber Goldberg wusste, wie schwer es war, nach einer Trennung wieder Vertrauen zu fassen. Sie alle waren Resultate ihre Erfahrungen, Erziehung, der Lebensumstände und noch vielem mehr. Und nicht jeder vermochte das aus eigener Kraft zu ändern.

»Du hast doch sicher ein paar Schwänke aus Kophusen parat.«

»Und ob. Darauf kannst du deinen Arsch verwetten.«

Wenig später parkte Hauke den Wagen auf dem Parkplatz des Heidehauses an den Deckmannschen Kuhlen. Drinnen war schon Betrieb. Peter hatte erwähnt, dass sie einen Mittagstisch anboten. Die Polizisten stiegen aus. Die Kuhlen waren ein ehemaliges Abbaugebiet für Quarzsand. Eine der Kuhlen gehörte Kremperheide und wurde als Badesee genutzt, die andere besaß der Sportanglerverein Itzehoe und war nur zum Angeln freigegeben. Die beiden Gruben lagen ungefähr hundert Meter auseinander.

»Teilen wir uns auf?«, fragte Hauke.

»Ja.«

»Wie sollen wir hier irgendetwas herausfinden, was die Spürhunde und die Kripo übersehen haben?«

»Das ist jetzt zwei Monate her. Wenn auch nur einer von ihnen noch lebt, muss er sich irgendwo versteckt halten.«

»Und du meinst, die hausen hier? Ausgerechnet im Naturschutzgebiet, das bei gutem Wetter so viele Leute anzieht?«

»Es wird nicht lange dauern.«

Hauke verzog das Gesicht zu einer Grimasse, schwieg aber. Er schloss den Wagen ab, und sie schlugen sich getrennt voneinander ins Gelände. Goldberg bog nach links ab, Hauke ging geradeaus. Die ungewöhnlich warmen Tage hatten die Bäume bereits alle ausschlagen lassen. Es war ein schöner Ort. Besucher, die ihm entgegenkamen, grüßten ihn mit einem knappen Moin. Goldberg erwiderte stets ein Guten Tag oder nur mit einem Kopfnicken. Die norddeutsche Begrüßungsformel klang albern aus seinem Mund, fand er, deswegen mied er sie. Auch wenn er sich hier im Norden mittlerweile heimisch fühlte, kam es ihm unpassend vor, so zu tun, als wäre er vollkommen assimiliert.

Nach ein paar Metern nahm er die erste Abzweigung.

Hier begann sich die Vegetation zu verändern. Die flachen Binnendünen des Naturschutzgebietes erinnerten ihn an die Landschaft in Dänemark. Mit Magda hatte er letztes Jahr ein verlängertes Wochenende in Hvide Sande verbracht. Bevor er erneut in den Strudel seiner Gedanken abtauchte, schob er sie beiseite und konzentrierte sich auf die Umgebung. Er verstand, warum Jessen so gerne hierhergekommen war. Vor ihm befand sich die eine der beiden Kuhlen, an der sich einige Badegäste tummelten. Sie lagen am Ufer verteilt auf ihren Handtüchern und sonnten sich oder schwammen ein paar Runden. Er blieb kurz stehen und beschloss, am Wochenende herzukommen. Möglichst früh, wenn kaum jemand hier war.

Wenige Schritte weiter vom Ufer entfernt gelangte er ins Unterholz, als plötzlich sein Telefon in der Hosentasche vibrierte. Es war Hauke.

»Hast du was gefunden?«, fragte der Kommissar.

»Ich glaube schon. Hier wird nicht nur geangelt. Komm rüber und sieh selbst.«

Über das Telefon lotste Hauke ihn zu der anderen Kuhle, die ausschließlich als Angelteich genutzt werden durfte. Nach gut zehn Minuten erreichte er seinen Kollegen. Er stand auf einem Steg, der umgeben von Schilf ein Stück weit ins Wasser ragte. Goldberg unterbrach die Verbindung. Hastigen Schrittes näherte er sich und betrat die verwitterten Holzplanken.

»Und?«

»Das glaubst du nie.«

Hauke ging in die Hocke. »Siehst du das?«

Mit einem lauten Knacken tat Goldberg es ihm gleich. »Nein. Was?«

»Durch diese Ritzen kann man das Wasser sehen, richtig?«

»Mach es nicht so spannend, Hauke.«

»Durch die nächsten drei nicht.«

Goldberg beugte sich ein Stück weit nach vorne. »Bitte sag mir, dass das nicht alles ist, was du entdeckt hast.«

»Hältst du mich für einen Trottel?«

»Würde ich nie wagen.«

»Ich habe mir das genauer angeschaut und dabei das hier im Wasser gefunden.«

Hauke zog einen Zelthering hinter seinem Rücken hervor. Goldberg hob eine Augenbraue.

»Na, an was erinnert dich das?«, fragte sein Kollege, als hätte er den Fall schon gelöst.

Dem Kommissar war nicht nach Ratespielen zumute. Aber er musste zugeben, dass es ihn an die Zeiten am Baggersee denken ließ, in denen er als Kind geangelt hatte.

»Und das ist nicht alles.«

Hauke beugte den Oberkörper über den Steg, sodass sein Kopf fast im Wasser hing. Goldberg tat es seinem Kollegen auf der anderen Seite gleich. Kopfüber sahen sich die Beamten von der jeweils gegenüberliegenden Flanke aus an.

»Da.« Hauke zeigte auf ein großes, in schwarze Plastikfolie eingewickeltes Paket, das unter dem Steg festgeklebt worden war. »Allein kriege ich das nicht los.«

Gemeinsam zogen sie an dem verschnürten Bündel, und es gelang ihnen, das Klebeband zu lösen. Hauke fischte das Paket aus dem Wasser. Er legte ihren Fund vor sich ab und begann, sich daran zu schaffen zu machen.

»Wie hast du das entdeckt?«

»Ich war früher als Kind oft hier. Aus Nostalgie habe ich mich auf den Steg gesetzt, und da habe ich das Baby durch die Ritzen schimmern sehen.«

»Gutes Auge, Chapeau.«

»Das ist Teichfolie. Warte.«

Hauke griff in die Hosentasche und holt sein Schlüsselbund heraus. Mit der scharfen Kante seines Autoschlüssels schlitzte er die Folie auf.

»So, jetzt haben wir es.«

Zum Vorschein kam ein orangefarbenes Zelt. Es war ein älteres Model, was die Verwendung von Heringen erklärte. Einer von denen musste herausgerutscht sein, der Rest lag eingewickelt in einem Handtuch. Hauke faltete das Zelt auseinander.

»Leer«, kommentierte er enttäuscht.

»Wird hier öfter gezeltet?«

»Eher nicht. Das Zelt ist von anno schieß mich tot. So eines habe ich früher auch besessen.«

»Wir nehmen es mit. Die Kollegen der Spurensicherung sollen es sich ansehen.«

»Ich bring es da aber nicht hin.«

»Das habe ich auch nicht von dir erwartet.«

Hauke wickelte das Zelt wieder notdürftig in die Teichfolie und stand auf.

»Glaubst du, unsere beiden Fährmänner haben sich hierhin abgesetzt?«

»Und leben seit Monaten hier in einem Zelt, ohne aufzufallen? Das halte ich für unwahrscheinlich.«

»Und wenn es nur der Jessen war? Der Knilch ist ja noch nicht so lange untergetaucht. Und das Wetter war in den letzten Wochen zumindest ziemlich warm.«

Goldberg machte eine vage Geste.

»Das Ding ist jedenfalls uralt«, stellte Hauke fest. »Außerdem glaube ich kaum, dass jemand aus dem Umkreis hier kampiert und sein Zelt unter den Steg klebt.«

»Glaubst du etwa an die Theorie der entflohenen Sensenmänner?«

»Wenn du das verdammte brennende Floß gesehen hättest, würdest du diese Verbindung auch herstellen.«

Goldberg zuckte mit den Schultern. Er wollte sich nicht dazu äußern. Dieser Fund war ungewöhnlich, musste aber nicht zwangsläufig mit ihrem Fall zu tun haben. Vielleicht hatte ein Landstreicher das Zelt vergessen. Es gab viele Möglichkeiten.

»Lass uns zum Auto zurückgehen.«

»Was? Wir haben noch nicht mal die Hälfte abgesucht.«

»Mein Gefühl sagt mir, wir haben alles gefunden, was es hier zu finden gab.«

»Ich wette, das Zelt gehört einem der beiden. Schlägst du ein?«

»Ich bin mir nicht sicher.«

»Wenn man es genau wüsste, bräuchte man ja nicht zu wetten.«

Nur mit halbem Ohr lauschte der Kommissar Haukes Exkurs über das Wesen der Wette, während sie den Weg zurück zum Auto antraten.

Peter telefonierte, als sie in der Wache ankamen. Es ging um den Scheiterhaufen auf Ulf Beckers Feld. Offenbar hatte er ihn weder gemeldet noch zwischenzeitlich abgebaut. Peter beendete das Gespräch.

»Ulf hat nichts unternommen. Ich sage den Kollegen in Elmshorn noch einmal Bescheid«, bemerkte er.

»Mach das, obwohl ich mir kaum vorstellen kann, dass die Zeit haben werden, das Ding zu entfernen«, gab Goldberg zu bedenken.

»Dann warten wir einfach ab, bis er zum Einsatz kommt?« Peter klang besorgt.

»Wir könnten ihn beschatten?«, schlug Hauke vor.

»Ulf oder den Scheiterhaufen?« Peters Blick fiel auf das Plastikbündel, das sein Kollege auf dem Tresen abgelegt hatte. »Was ist das?«

»Ein Zelt«, erwiderte der. »Haben wir unter dem Steg entdeckt.«

»Wer zeltet denn da draußen?«

»Eben, Watson.«

Das Geplänkel zwischen den beiden Beamten setzte sich fort. Goldberg war unterdessen in seine Gedanken abgetaucht. Er versuchte zu verstehen, wie das alles zusammenhängen könnte. Übermorgen war Samstag, vielleicht tauchte der Sensenmann ja wieder auf? Das war durchaus denkbar. Schließlich hatte er den Aufwand betrieben und sich ein Boot bauen lassen. Das setzte er sicher nicht nur ein einziges Mal ein. Diese Person legte es darauf an, Aufsehen zu erregen, sie hatte eine Botschaft zu verkünden, die sich ihnen aber noch nicht erschloss.

»Wer von euch hat Samstagabend noch nichts vor?«

Die beiden Männer wechselten einen kurzen Blick und warteten, was diese Frage zu bedeuten hatte.

»Wir werden uns auf die Lauer legen«, erklärte er.

»Die Idee hatten wir auch schon«, meinte Hauke und verzog das Gesicht.

»Und, was ist euer Plan?«

»Hauke und ich haben ein Date«, verkündete Peter. »Ein nächtliches Picknick an der Krückau. Nur wir zwei.«

Goldberg musste schmunzeln. »Ich wusste es vom ersten Tag an. Ihr beide seid wie füreinander bestimmt. Romantisch. Vielleicht können wir den Spaßfaktor durch eine wirkungsvolle Verkleidung noch erhöhen?«

Haukes Gesichtszüge entglitten ihm, während Peter rief: »Ich bin der Mann!«

»Wie, du bist der Mann? Glaubst du, ich setze mir eine Perücke auf und tue so, als wäre ich deine Tussi?«

»Ich habe noch eine von Marion zu Hause. Die trug sie, als die Chemo ihre Haare ausfallen ließ. Ein dunkler Bob. Steht dir bestimmt auch nicht schlecht.«

Hauke schnappte nach Luft. »Das kommt überhaupt nicht in die Tüte. Ich mach mich nicht zum Affen.« Er blickte empört zu Goldberg. »Das kannst du nicht von mir verlangen.«

»Komm schon, das wird lustig.« Peter war begeistert. »Wir holen uns von Rosi was Leckeres zu essen, trinken ein paar Bier und lassen uns vom Sternenhimmel verzaubern.«

»Peter«, sagte Hauke drohend, »du spinnst.«

»Mit Sophie hast du das auch gemacht.«

»Lass Sophie aus dem Spiel. Was tust du eigentlich in der Zeit?«, fragte er an Goldberg gerichtet.

»Ich werde nicht weit von euch mit einem Fernglas hocken und hoch konzentriert die Umgebung im Auge behalten.«

»Das könnt ihr euch abschminken. Schon vergessen? Ich übernehme heute den Vortrag bei den Landfrauen. Damit sind wir quitt. Bis in alle Ewigkeit«, sagte Hauke.

»Es war nur ein Spaß, Hauke. Reg dich ab.«

Skeptisch ließ der Kollege den Blick vom einen zum anderen schweifen.

»Na, dann ist ja gut.«

20

Die Kophusener Landfrauen hatten sich in dem separaten Raum bei Rosi eingemietet. Ihr bescheidener Salon, wie Bärbel ihn nach der Renovierung getauft hatte, eignete sich gut für kleinere Veranstaltungen oder Mitgliederversammlungen einiger ortsansässiger Vereine. Wenn man wollte, bestellte man Essen dazu, wenn nicht, entrichtete man eine geringe Raummiete. Nach den drei Gästezimmern, die sie auf Vordermann gebracht hatte, war der kleine Salon ihr nächstes Projekt gewesen. Nun liebäugelte sie mit der Verschönerung der tristen Terrasse.

Ruth Liebsam saß am Kopfende einer der beiden Tafeln. Peter schätzte die Gruppe auf insgesamt etwa dreißig Frauen unterschiedlichen Alters. Die Erste Vorsitzende erhob sich und begrüßte sie. Danach stellte sie die drei Polizisten vor, die verteilt Platz genommen hatten. Die Frauen waren sichtlich beeindruckt. Hauke und Peter hatten sich für ihre Uniform entschieden; wenn es schon um ihre Arbeit ging, wollten sie sich auch standesgemäß präsentieren. Philip trug wie gewohnt eine helle Leinenhose mit passendem Sakko. Zum Ablauf teilte Ruth Liebsam mit, dass wie üblich erst für das leibliche Wohl gesorgt werde, bevor sie den Referenten das Wort erteilte.

Peter war nervös. Er hatte sich von Hauke breitschlagen lassen, ihn bei seinem Vortrag mit einigen Fotos und Statistiken zu unterstützen. Solche Auftritte lagen ihm nicht besonders. Den Jedermann zu spielen war eine Sache, da war er in eine andere Rolle geschlüpft, aber als er selbst vor einer Gruppe von Menschen zu sprechen, empfand er als schwierig. Ganz zu schweigen von Gretas Anwesenheit. Sein Blick glitt immer wieder zum Nachbartisch. Verstohlen beobachtete er sie, die Frau, mit der er zusammen auf der Bühne gestanden hatte. Vor Hunderten von Leuten hatte sie sich im Negligé auf seinem Schoß gerekelt. Sie waren sich menschlich nähergekommen, und Peter hatte festgestellt, dass sie warmherzig und überaus lustig sein konnte. Während der Proben hatte sie ihm erneut unmissverständliche Avancen gemacht. Peter hatte versucht, dem wie ein Profi-Schauspieler zu begegnen. Greta Jansen war einfach nicht die Richtige für ihn. Mit Grausen erinnerte er sich an ihre missglückte Einladung vor einigen Jahren. Sie hatten nie darüber gesprochen.

Im Grunde seines Herzens hatte er beschlossen, dass es für ihn nach Marion nie eine neue Frau geben würde. Die nur zaghaften Bande zwischen ihm und Henriette, einer alten Freundin von Bärbel, waren jäh durchtrennt worden. Doch selbst wenn sie noch am Leben wäre, er hätte sich niemals auf eine Beziehung mit ihr eingelassen. Es erschien ihm unpassend, obwohl Marion nun schon über zehn Jahre tot war. Ihre Anwesenheit spürte er noch immer.

»Ich habe eine Ankündigung in eigener Sache zu machen«, sagte Ruth und begann, von ihrem neuen Buchprojekt zu sprechen. Es würde ein Bildband werden, der die Leser in den Alltag der heutigen Landfrauen entführte, der eben nicht mehr nur aus Haushalt, Hofarbeit und Kindererziehung bestand. Er sollte die unterschiedlichen Lebenswirklichkeiten der Frauen abbilden und zeigen, dass Moderne und Tradition durchaus zusammenpassten.

Peter schaute nach rechts. Philip hatte sich neben Nadja Kranz platziert, während Hauke bei Lydia Jessen saß, die Nadja ihnen vorgestellt hatte. Die Polizisten hatten vorher beschlossen, möglichst unauffällig vorzugehen. Peters Zielobjekt war Ruth. Sie leitete die Ortsgruppe seit fast zwanzig Jahren. Er wollte sie über Olga ausfragen. Nachdem sie ihnen allen einen guten Appetit gewünscht hatte, setzte sie sich.

»Ein tolles Projekt«, lobte er.

»Danke«, erwiderte sie, »ist ein hartes Stück Arbeit, aber es läuft gut. Der Verlag ist begeistert von meiner Idee. Das ist eine echte Chance, klarzumachen, dass es bei uns Landfrauen um mehr geht als Küche und Herd.«

»Du hast es verdient, Ruth, so lange wie du diesen Ortsverein bereits führst. Wie viele seid ihr momentan?«

»Neunundzwanzig. Jung und Alt.« Ihr Stolz war nicht zu überhören.

»Du hast sicher schon einige unter die Erde bringen müssen.« Peters Überleitung war nicht die pietätvollste, aber sie funktionierte.

»Da sagst du was. In den etlichen Jahren waren es fünfundzwanzig. Und nicht nur alte Frauen, glaube mir. Manch eine erwischte es in jungen Jahren. Wenn ich da nur an Kati denke …«

An den tragischen Unfall erinnerte Peter sich. Kati, bzw. Katharina Sellhorn, war bei Eisregen von der Landstraße abgekommen und in einer der Auen gelandet, die die Straßen säumten. Sie war sofort tot gewesen.

»Schlimme Sache«, bestätigte Peter und machte eine angemessene Pause, bevor er weitersprach. »Gab es auch Selbstmorde?«

»O ja, erst letztens wieder! Die arme Olga.«

Peter spürte das plötzliche Kribbeln in seinem Nacken.

»Stimmt, davon habe ich gehört. Kam sie nicht aus Horst?«

»Ja. Ursprünglich in Kophusen geboren, deshalb ist sie uns auch treu geblieben. Eine tolle Frau war das! Hat nach dem Verschwinden ihres Mannes aber stark abgebaut. Kurz darauf hat sie sich leider das Leben genommen.« Ruth beugte sich zu ihm. »Wenn du mich fragst, hat sie es nicht verkraftet, dass ihr Wilhelm einfach abgehauen ist«, flüsterte sie.

Peter horchte auf. »Warum denkst du das?«

Ruth vergewisserte sich, dass alle am Tisch in ihre eigenen Gespräche vertieft waren.

»Nach dem Verschwinden von Wilhelm hat sie gesagt, dass sie nicht mehr leben wolle. Sie hat diese Ungewissheit nicht ausgehalten.«

»Hatten die beiden Kinder?«

»Ja. Ein Junge und ein Mädchen.«

»Du kennst nicht zufällig ihre Namen?«

»Doch, natürlich. Tom und Marleen.«

Volltreffer, dachte Peter. Jetzt wussten sie mit Gewissheit, wer die Briefschreiberin war. Gleich am Montag würde er sich um die Kinder kümmern. Sie mussten ihnen einen Besuch abstatten. »Was ist damals passiert?«

»Warum interessiert dich das?«, fragte Ruth irritiert.

»Entschuldige, Berufskrankheit.«

Die Erste Vorsitzende bedachte ihn mit einem zweifelnden Blick, der in ein Lächeln überging.

»Ich glaube dir kein Wort, Peter Brandt. Aber sei es drum. Wilhelm war Jäger und ist nach einem Jagdausflug nicht nach Hause zurückgekehrt.«

»Wann war das?«

»Letztes Jahr. Im Dezember.«

»Und man hat ihn nie gefunden?«

»Nicht dass ich wüsste. Aber da fragst du am besten deine Kollegen.«

Wenn sie denn endlich Zeit für ihn hatten, würde er das gerne tun, dachte Peter. Ruth ließ ihren Blick sinken.

»Über die Jahre hatten wir uns angefreundet. Ich glaube, sie hat sehr unter dem Verschwinden ihres Mannes gelitten. Sie hat sich ständig gefragt, ob er wegen ihr abgehauen ist. Bis sie sich vor lauter Verzweiflung in ihrem Haus umgebracht hat. Mehr weiß ich auch nicht.«

»Hat man denn keinen Abschiedsbrief gefunden?«

»Meines Wissens nicht. Aber wie gesagt, frag deine Kollegen.«

»Und ihre Kinder?«

»Die habe ich nie kennengelernt.«

»Seltsame Geschichte.«

»Komm schon, Peter, warum fragst du nach ihr?«

Gerade als Peter etwas erwidern wollte, betrat Bärbel das Nebenzimmer. Vor sich schob sie einen Servierwagen, auf dem sich diverse Schüsseln befanden. Sie ging um die Tische herum und verteilte die Teller mit je einem riesigen Mehlbeutel, eine Sauciere mit Senfsoße, eine Schüssel mit süßer Stachelbeersoße, Kartoffeln und die Fleischplatte. Peter musste sich zwingen, sich nicht von den verführerisch duftenden Schüsseln ablenken zu lassen.

»Also, sag schon.«

Ruth knuffte ihn in den Oberarm.

»Marion kannte sie«, log er und rieb die Stelle, an der sie ihn überraschend kräftig geboxt hatte. Auf die Schnelle fiel ihm nichts anderes ein. »Ich musste nur gerade an sie denken.«

Ruth nickte. »Ach so. Na dann komm, stärke dich, bevor es losgeht.«

Hauke betrachtete genussvoll den prall gefüllten Teller vor sich. Lydia saß zu seiner Linken und aß damenhaft von dem winzigen Stück Teig, das sie auf einem Klecks Stachelbeersoße drapiert hatte. Auf die Fleischbeilage hatte sie im Gegensatz zu ihm verzichtet. Obwohl sie ihn erkannt und entsprechend begrüßt hatte, war bisher noch kein vernünftiges Gespräch zwischen ihnen in Gang gekommen. Lydia hatte auf der Polizeistation die Vermisstenanzeige aufgegeben. Hauke erinnerte sich, dass er ihr einen Kaffee gebracht hatte, während Peter die Anzeige aufgenommen hatte. Lydia unterhielt sich die ganze Zeit mit der jungen Blonden ihr gegenüber, die, nebenbei bemerkt, ziemlich attraktiv war. Hauke hatte versucht, dem Gespräch zu folgen, doch es war unmöglich, da die alte Dame rechts von ihm ihn unentwegt mit Fragen über seine Arbeit löcherte. Normalerweise mochte er das, aber hier war es ihm unangenehm. Zum einen war die Frau schwerhörig und zum anderen konnte er sich nicht auf sein Zielobjekt konzentrieren. Aussichtslos, eine ungezwungene Unterhaltung anzufangen.

Seit das Essen auf dem Tisch stand, wendete sich das Blatt. Die Weißhaarige war damit beschäftigt, ihre riesige Portion Mehlbeutel zu vertilgen, und kümmerte sich nicht weiter um ihn. Hauke nutzte die Gelegenheit und wagte sich vor.

»Sind Sie Vegetarierin?«

Ihm war klar, wenn sie eine dieser militanten Fleischverweigerinnen war, würde es ihm nicht leichtfallen, freundlich zu bleiben. Sie hob den Kopf und sah ihn an. Er setzte ein Lächeln auf und zeigte auf ihren Teller.

»Ach, Sie meinen wegen der Auswahl. Nein, ich versuche im Moment, etwas abzunehmen. In letzter Zeit waren so viele Feste, dass ich ein Paar Pfund zugelegt habe.«

»Ich bitte Sie, wo wollen Sie denn abnehmen?«

Natürlich war das eine rhetorische Bemerkung, doch er wusste, dass es eine heikle Frage bei Frauen sein konnte. Egal, wie alt. Hauke hatte Glück.

Lydia lächelte ihn an und sagte: »Sie sind sehr charmant.«

»Sie meinen, für einen schnöden Polizeibeamten?«

Sie lachte.

»Sie sollten das Fleisch trotzdem probieren. Meine Schwester ist da sehr wählerisch. Alles glückliche und artgerecht gehaltene Tiere.«

»Ach, stimmt, Rosi ist ja Ihre Schwester.«

»Jep, und die Frau, die uns bedient, meine Mutter.«

»Ein echtes Familienunternehmen. Wie schön, dass sich die beiden so gut verstehen und sogar zusammen arbeiten. Früher war das gang und gäbe. Heutzutage ist das ja eher die Ausnahme.«

Hauke nickte zustimmend. »Das heißt nicht, dass die beiden sich nicht auch ordentlich zoffen können.«

Sie kicherte. Derweil nutzte er die Gelegenheit, um sich eine Gabel voll von allem in den Mund zu schieben. Kurzzeitig schloss er die Augen. Gott, schmeckte das fantastisch. Rosi hatte sich wieder einmal selbst übertroffen.

»Na, Ihnen scheint es ja zu schmecken.«

Verschämt öffnete er die Augen.

»Ich kriege so etwas nur selten auf den Teller.«

»Haben Sie keine Frau, die Sie bekocht?«

»Geschieden«, antwortete er.

»Selbst ist der Mann. Mehlbüddel ist nicht schwer. Wenn Sie wollen, zeige ich es Ihnen.«

Hauke, der gerade auf einem Stück Fleisch kaute, verschluckte sich und begann lautstark zu husten. Lydia griff beherzt ein und klopfte ihm kräftig auf den Rücken.

»Keine Angst, ich will Sie nicht verführen.«

Er wurde erneut von einem Hustenanfall geschüttelt. Darauf war er nicht vorbereitet gewesen.

»Ich bringe Ihnen nur das Kochen bei. Wenn Sie wollen.«

Langsam beruhigte er sich. Mit hochrotem Kopf hörte er sich sagen: »Ja, warum eigentlich nicht?«

Im gleichen Augenblick bereute er es. Wohin sollte das führen? Zu einer Neuauflage von Harald und Maud? Zugegeben, so jung war er auch nicht mehr. Er hatte den Film im Kino gesehen. Rosi hatte ihn damals mitgeschleift. Die Bilder hatten sich tief in sein Gedächtnis gebrannt.

»Schön! Wir werden viel Spaß zusammen haben.«

Hauke lächelte gequält. Wie war er noch gleich in diese Situation geraten? Mit etwas Glück war ihr Gedächtnis ihrem Alter entsprechend nicht mehr so gut. Bis zum Ende der Veranstaltung mochte sie es vielleicht wieder vergessen haben. Die einzige Lösung war, das Thema zu wechseln.

»Haben Sie Ihrem Mann auch das Kochen beigebracht?«

Ein sensiblerer Einstieg war ihm nicht eingefallen. Hauke befürchtete, sie gleich trösten zu müssen, weil sie vor ihm in Tränen ausbrach, aber irgendwie musste er nun mal auf dieses Thema kommen. Er konnte sie ja schlecht direkt fragen, warum ihr Mann ihrer Meinung nach das Weite gesucht hatte. Die alte Dame blieb gefasst. Erleichtert stellte Hauke fest, dass sie ihren Kopf zu ihm drehte und ihn freundlich ansah.

»Ich habe es versucht, glauben Sie mir. Aber da war nichts zu machen. Er war einer dieser altmodischen Männer, die glaubten, wir Frauen seien allein für den Haushalt verantwortlich.«

»Haben Sie inzwischen irgendeine Nachricht von ihm?«

»Nein, er ist noch immer verschwunden«, erwiderte sie ruhig.

»Das tut mir sehr leid.«

Ihre gelassene Art, mit dem Thema umzugehen, irritierte ihn. Das Ganze war ja erst zwei Monate her. Zu kurz, um sich damit bereits abgefunden zu haben. Hauke sah die Frau von der Seite an, wie sie ein Stück vom Mehlbeutel abtrennte. Sie hatte graue Haare und wirkte auf ihn wie eine pensionierte Lehrerin, die es gewohnt war, Anweisungen zu geben und sich nicht aus der Ruhe bringen zu lassen. In Erwartung einer längeren Antwort schob Hauke sich die nächste Ladung in den Mund.

»Das muss es nicht.«

»Haben die Kollegen irgendeine Spur oder Hinweise auf seinen Verbleib gefunden?«

Hauke spießte ein großes Stück Fleisch mit der Gabel auf.

»Nein, leider nicht. Diese Ungewissheit macht mir schwer zu schaffen. Er ist jetzt seit neun Wochen und zwei Tagen verschwunden. Einfach so. Er sagte, er wolle spazieren gehen, drüben bei den Deckmannschen Kuhlen. Seitdem habe ich ihn nicht mehr gesehen.«

Hauke kämpfte mit dem Kunststück, das leckere Essen nicht kalt und seine Gesprächspartnerin nicht aus den Augen zu lassen.

»Am Anfang war ich völlig verzweifelt. Ich war überzeugt, dass ihm etwas zugestoßen sei. Aber dann habe ich mir überlegt, dass er mich womöglich einfach wortlos verlassen hat. Und da wurde ich wütend. Kein Lebenszeichen von ihm. Bis heute. Sie hätten ihn doch finden müssen, wenn er irgendwo nach einem Herzanfall gelegen hätte, oder nicht?«

»Eigentlich schon. Aber er könnte natürlich auch Opfer eines Verbrechens geworden sein. Hatte er Feinde?«

»Feinde? Nein, weshalb denn?«

»Ich versuche nur, alle Möglichkeiten aufzuzeigen. Die Kollegen von der Kripo haben das sicher gecheckt.«

»Ja, sie haben allerlei Fragen gestellt. Denken Sie, er wurde umgebracht und irgendwo verscharrt?«

»Wenn Sie möchten, halte ich für Sie Augen und Ohren offen.«

»Das ist sehr nett, Herr Thomsen. Machen Sie das gern.«

Sie lächelte und stocherte in ihrem Essen herum. »Und dann noch die Sache mit Sven. Fürchterlich. Das ist kein gutes Jahr. Aber, wie ich hörte, ermitteln Sie in dem bedauernswerten Unfall?«

Hauke versuchte, das Essen in seinem Mund so zu verteilen, dass er problemlos sprechen konnte. »Na ja, ermitteln würde ich das nicht nennen. Das ist Sache der zuständigen Kollegen.«

»Nadja ist immer noch ganz außer sich.«

»Wie gut kennen Sie denn Herrn Kranz?«

»Sehr gut, schließlich waren mein Mann und er wie Vater und Sohn. Sven ging bei uns ein und aus. Und umgekehrt.«

»Könnte er etwas mit dem Verschwinden Ihres Mannes zu tun haben?«

»Inwiefern?«

»Das frage ich Sie. Haben Sie eine Idee?«

»Nein, mir fällt kein Grund ein.«

Hauke räusperte sich. Es war ihm unangenehm, die nächste Frage zu stellen, aber er konnte ihr das nicht ersparen. »Entschuldigen Sie meine Indiskretion, hätte ihr Mann einen Grund gehabt, Sie zu verlassen?«

Lydia hielt mitten in der Bewegung inne. Die Gabel in der Luft, starrte sie ihn mit offenem Mund an.

»Ich wollte Sie nicht in Verlegenheit bringen, manchmal ...« Weiter kam er nicht.

»Herr Thomsen, ich verstehe, dass Sie Polizist sind und solche Fragen stellen müssen. Und ich schätze, dass Sie mir vermutlich nur helfen wollen, aber denken Sie etwa, ich hätte meinen Mann vergrault? Wir sind seit fünfundzwanzig Jahren verheiratet. Wie in jeder Ehe gab es Aufs und Abs. Glauben Sie mir, ich habe mich in den letzten Wochen sehr oft selbst gefragt, ob ich der Grund für sein Verschwinden sein könnte. Und falls dies zutreffen sollte, ist er ein egoistischer Feigling. Dann soll er gefälligst bleiben, wo der Pfeffer wächst.«

Hauke schluckte. Mit so einem Ausbruch hatte er nicht gerechnet. Das Angebot, ihm das Kochen beizubringen, hatte sich damit wohl erledigt.

Goldberg verstand sich prächtig mit Nadja Kranz. In der jetzigen Situation hatte sie eigentlich nicht herkommen wollen, doch Ruth hatte sie überredet. Während des Essens berichtete sie ihm von den ihrer Meinung nach mysteriösen Umständen, die zu Svens vermeintlichem Unfall geführt hatten. Goldberg erfuhr, dass ihr Mann einer der wenigen Hobbyschäfer in der Gegend war. Er sei ein Natur- und Tierschützer durch und durch. Sie fand es grotesk, dass ausgerechnet er einfach so gestolpert sein sollte. Nadja konnte nicht an diese These glauben, aber die Polizei hatte den Fall zu den Akten gelegt. Da würde auch Goldberg nichts ausrichten können.

»Also sind Sie davon überzeugt, dass Fremdeinwirkung im Spiel war?«

»Ja, davon bin ich hundertprozentig überzeugt. Was sage ich, hundertfünfzigprozentig.«

»Gibt es jemanden, den Sie im Verdacht haben?«

Nadja sah sich um, als müsse sie sich vergewissern, dass niemand zuhörte.

»Ich habe es Ihren Kollegen, die den Fall untersucht haben, schon gesagt.«

»Und?«

Wieder sah sie sich um. Schließlich neigte sie den Kopf näher zu ihm.

»Ich glaube, es hat etwas mit diesem Verpächter zu tun«, flüsterte sie.

»Sie meinen Ulf Becker, der Ihren Mann als Letzter gesehen hat?«

Sie nickte.

»Kannten die beiden sich?«

»Nein, aber wie Sie schon ganz richtig bemerkten, war er der Letzte, der Sven gesehen hat. Außerdem ist es in der Nähe seines Grundstücks passiert.«

»Warum sollte er das getan haben, wenn die beiden sich nie zuvor zu Gesicht bekommen hatten?«

»Sven hat mir erzählt, dass dieser Becker ein komischer Kauz war. Sie hatten kurz vor dem Treffen miteinander telefoniert.«

»Wenn es danach gehen würde, wären ein Drittel der Bevölkerung potenzielle Straftäter.«

Goldberg hätte sich ohrfeigen können. Er versuchte ein gewinnendes Lächeln, doch Nadja schnappte zu wie eine beleidigte Auster. Diese Bemerkung hätte er sich verkneifen sollen. Zu seiner alten Form hatte er noch nicht zurückgefunden. Vor dem Besuch bei Judith wäre ihm das nicht passiert.

»Entschuldigen Sie, Frau Kranz, so hatte ich es nicht gemeint«, versuchte er die Wogen zu glätten.

»Sie sind genau wie die anderen. Dabei reden die Polizisten doch immer davon, dass alles wichtig sein könnte, und dann wird man nicht ernst genommen.«

Goldberg streifte seinen Ärger über sich ab und versuchte, ihr Vertrauen wiederzuerlangen.

»Hatte Ihr Mann Feinde? Oder gab es jemanden, mit dem er sich gestritten hatte? Vielleicht jemanden von früher?«

Ihre Miene veränderte sich. Goldberg sah, dass ihr plötzlich etwas eingefallen war. Allerdings wirkte sie verunsichert.

»Frau Kranz, die meisten Morde sind Beziehungstaten. Deshalb wäre es für mich wesentlich plausibler, wenn Sie mir jemanden nennen, der eine Beziehung zu Ihrem Mann hatte und ihn nicht erst seit Kurzem kannte.«

Prüfend blickte sie sich zu ihren Sitznachbarn um. Alle waren im Gespräch, der Geräuschpegel war hoch. Nadja Kranz beugte sich wieder zu ihm und flüsterte: »Jetzt, wo Sie es sagen, fällt mir tatsächlich jemand ein. Aber wenn ich das äußere, halten Sie mich nur wieder für verrückt.«

»Ich halte Sie nicht für verrückt.«

Sie zögerte.

»Wer ist es?«, ermutigte Goldberg sie.

»Sven hat sich sehr für den Tierschutz engagiert und damit nicht nur Lorbeeren geerntet. Manche werfen ihm vor, er würde sich mehr für Tiere als für seine Mitmenschen interessieren. Das ist nicht ganz falsch. Aber ich liebe ihn dafür.«

Ihre Augen wurden glasig. Goldberg verstand, was sie durchmachte. Er legte seine Hand auf die ihre. Die meisten Menschen hatten das Bedürfnis, über ihre Gedanken zu reden, sie loswerden. Bei Nadja war es nicht anders.

»Wenn es zu schmerzhaft für Sie ist, kann ich das nachvollziehen«, sagte er.

Sie schüttelte den Kopf.

»Nein, ich möchte, dass endlich die Wahrheit herauskommt.« Sie blickte ihm fest in die Augen und sagte tonlos: »Es könnte mit dem Verschwinden von Fritz zu tun haben. Die beiden waren wie Vater und Sohn. Doch vor einigen Wochen haben sie sich heftig gestritten.«

Goldberg konnte es nicht verhindern: Reflexartig schob sich seine linke Augenbraue in die Höhe.

»Worum ging es dabei?«

»Ich weiß es nicht genau. Als ich Sven fragte, sagte er, dass ich mir keine Sorgen machen sollte. Es sei nur eine kleine Meinungsverschiedenheit.«

»Wissen Sie, wann das genau war?«

Sie überlegte einen Augenblick.

»Kurz vor Fritz' Verschwinden. Irgendwann Mitte Februar, schätze ich.«

»Haben sie sich wieder vertragen?«

»Ja, aber ihr Verhältnis war danach etwas angespannt.«

»Haben Sie mit Frau Jessen darüber gesprochen? Könnte Sie wissen, worum es bei dem Streit ging?«

»Sie hat es auch mitbekommen, aber Fritz hat ihr gegenüber nichts Konkretes erwähnt.«

»Warum haben Sie das nicht gleich gesagt?«

»Ich hatte es vergessen.«

»Wie geht es Ihrem Mann?«

»Die Ärzte wissen nicht, ob er jemals wieder ganz der Alte wird. Aber ich gebe die Hoffnung nicht auf. Er ist mein Ein und Alles.«

Nadja blickte auf ihren Teller, den sie nicht angerührt hatte. Sie tat Goldberg leid. Ein geliebter Mensch im Koma, gefangen zwischen Hoffnung und Abschied. Grausam. Er schaute auf den Teigklumpen vor sich. Er kriegte beim besten Willen nichts mehr runter.

Der Vortrag war ein voller Erfolg. Hauke lief zur Bestform auf. Er hatte sich sogar gründlich vorbereitet. Seine Ausführungen waren kurzweilig und ein stimmiger Mix aus ernsthafter Polizeiarbeit und witzigen Anekdoten. Peter übernahm den theoretischen Teil und präsentierte informative Statistiken zum Vergleich der einzelnen Kreise innerhalb Schleswig-Holsteins. Goldberg musste zugeben, dass dies auch für ihn einige neue Aspekte aufzeigte. Nach gut vierzig Minuten beantworteten sie zahlreiche Fragen. Die Landfrauen waren begeistert und geizten am Ende nicht mit Beifall. Peter strahlte. Hauke zwinkerte einer der jüngeren Frauen zu, die vor ihm am ersten Tisch saß und ihn anhimmelte. Der Kommissar seufzte leise in sich hinein. Ihm hätte schließlich klar sein müssen, dass sein schürzenjagender Kollege nicht ewig enthaltsam leben würde. Sophie hatte Hauke monatelang außer Gefecht gesetzt und ihnen damit eine Pause vergönnt. Dieses Zwinkern markierte nun wohl das Ende seiner Entbehrung und signalisierte den Beginn einer neuen alten Zeit.

Die beiden verneigten sich, so wie es ihnen Gregor damals beim Jedermann gezeigt hatte, und sorgten damit für noch mehr Applaus. Kurz glaubte Goldberg, die Frauen würden von ihren Sitzen springen und Standing Ovations geben, doch das geschah dann doch nicht. Einige gingen nach vorne, um den beiden Beamten persönlich zu gratulieren. Haukes neue Eroberung pirschte sich langsam vor. Nachtigall, ick hör dir trapsen, dachte Goldberg, und beschloss, sich einen Espresso zu bestellen. Er stand auf, was niemandem an seinem Tisch interessierte. Nadja hatte während des Beifalls das Nebenzimmer verlassen und vermutlich die Toilette aufgesucht.

Der eigentliche Gastraum war nur zur Hälfte gefüllt. Sicher saßen viele Gäste draußen auf der Terrasse. Dieses Frühjahr versprach heiß zu werden. Für seinen Geschmack deutlich zu heiß. Goldberg lehnte sich an den Tresen zwischen zwei Pärchen, die einen Platz frei gelassen hatten.

»Na, hat es geschmeckt?«, fragte Rosi, die heute Abend den Ausschank übernommen hatte. Für die umsatzstarken Tage hatte sie einen Aushilfskoch eingestellt, der ihre Rezepte penibel umsetzen musste. Bisher klappte es gut. Die Vorbereitungen für den Mehlbeutel hatte sie sich selbstverständlich nicht nehmen lassen.

»Mächtig, aber gut«, sagte er diplomatisch.

»Ich sehe schon, das nächste Mal gibt's Currywurst mit Hackepeter.« Sie lachte.

»Nein, bitte nicht. Auch wenn ich aus Berlin komme, ich mag beides nicht besonders.«

»Espresso zur Verdauung?«

Goldberg nickte. Sie beugte sich zu ihm.

»Wie geht es dir?«, fragte sie leise.

Rosi war nicht nur Haukes Schwester, sie war über die Jahre auch eine Freundin geworden. Es war nur folgerichtig, dass sie sich für seinen Gemütszustand interessierte. Allerdings hatte Goldberg kein gesteigertes Interesse daran, seine Seelenqualen vor ihr auf dem Tresen auszubreiten.

»Es geht wieder«, antwortete er ausweichend.

»Verstehe, nicht hier und nicht jetzt.«

»Danke.«

Rosi lächelte und wandte sich der Espressomaschine zu, die sie auf seine Empfehlung hin gekauft hatte. Er schaute sich um. Von den Katzen fehlte jede Spur. Vielleicht genossen sie den lauen Abend auf der Terrasse oder aber sie waren auf Mäusejagd. Als sein Blick die Eckbank streifte, stutzte er. Den Mann, der ganz rechts saß und aus dem Fenster starrte, hatte er noch nie gesehen. Was nichts zu bedeuten haben musste. Goldberg hatte keinesfalls den Anspruch, jedes Gesicht in Kophusen zu kennen. Außerdem gab es zur Urlaubszeit viele Touristen.

Rosi servierte ihm den Espresso.

»Hier.«

Goldberg wandte sich ihr zu.

»Hast du den Mann, der rechts auf der Eckbank sitzt, schon einmal gesehen?«

Rosi warf einen kurzen Blick in die Richtung.

»Den am Fenster?«

Er nickte.

»Ja, der kommt neuerdings jeden Abend. Trinkt zwei Bier und drei Schnäpse und geht wieder.«

»Seit wann macht er das?«

»Schätze, seit dem Wochenende.«

»Und Bärbel? Kennt sie ihn?«

»Nein. Wir haben beide schon gerätselt, wer das sein könnte.«

»Habt ihr mit ihm gesprochen?«

»Der redet nicht viel. Sieht nicht so aus, als wäre er auf eine Unterhaltung erpicht. Das akzeptieren wir. Hier ist jeder willkommen, solange er keinen Ärger macht.«

»Rosi?«

Ein Mann am anderen Ende des Gastraums rief nach ihr.

»Ich muss, bis später«, sagte sie.

Goldberg blieb an der Bar stehen und trank langsamer als üblich. Dieser Unbekannte hatte etwas an sich, das ihn nicht losließ. Es war sein düsterer Gesichtsausdruck, der unmissverständlich klarmachte, dass er nicht belästigt werden wollte. Die dunkelblonden Haare trug er zu einem langen Zopf im Nacken gebunden. Der schwarze Rollkragenpullover erschien Goldberg angesichts der herrschenden Temperaturen reichlich unpassend. Der Mann spürte seinen Blick und drehte sich zu ihm. Anstatt die Augen hastig abzuwenden, lächelte Goldberg. Mit Speck fing man Mäuse.

21

Draußen war es hell, als Hauke die Augen aufschlug. Im ersten Moment wusste er nicht, wo er sich befand. Nach einem kurzen Blick zu seiner Rechten schoben sich seine Mundwinkel in die Breite. Elsa lag neben ihm und schlief tief und fest. Ihre nackten Schultern ragten unter der Decke hervor. Die Erinnerungen an die letzte Nacht strömten auf ihn ein. Sie beide waren gestern Abend bei Rosi versackt und hatten sich unterhalten. Sämtliche Landfrauen waren schon gegangen. Peter hatte sich ebenfalls verabschiedet, nur Philip hatte sich noch länger mit einem bezopften fremden Typen unterhalten. Hauke hatte sich zwar gewundert, aber sich nicht weiter darum gekümmert. Elsa hatte seine gesamte Aufmerksamkeit beansprucht. Irgendwann nach Mitternacht hatte Rosi sie hinausgeschmissen. Danach waren sie zu Elsa gegangen. Die Frau hatte Feuer im Leib. Eine derartige Nacht war ihm lange nicht untergekommen. Zufrieden blickte er zur Decke. Hauke Thomsen is back, dachte er.

»Was grinst du?«

Erschrocken drehte er sich zu ihr. Mit müden Augen blinzelte sie ihn an. Selbst in diesem Zustand sah sie zum Anbeißen aus. Er neigte sich zu ihr und stützte seinen Kopf auf die Hand. »Ich musste gerade an heute Nacht denken«, erwiderte er.

»Es hat mir gefallen. Wir sollten das bei Gelegenheit wiederholen.«

»Jederzeit gern.«

Hauke beugte sich vor, wobei sein Blick den Wecker streifte. Er riss die Augen auf.

»Scheiße, ist es schon so spät?«

Elsa, die ihre Augen in Erwartung eines Kusses geschlossen hatte, öffnete sie wieder.

»Ja, fast acht Uhr. Musst du los?«

»Tut mir leid, aber mein Dienst beginnt in exakt vier Minuten.«

»Schade, ich hatte gehofft, wir würden uns noch ein wenig amüsieren.«

In Sekundenschnelle überschlug Hauke die Konsequenzen. Er kam ohnehin ständig zu spät. Eine Stunde mehr oder weniger spielte da nun wirklich keine Rolle.

Die Uhr zeigte kurz nach neun, als er pfeifend die Wache betrat. Seine beiden Kollegen sahen ihn vielsagend an, aber Hauke wusste, wie sich ein Gentleman zu verhalten hatte.

»Ich sage kein Wort. Nur so viel ...«

Peter unterbrach ihn. »Bitte, keine Einzelheiten deiner Liebesnacht. Dank deiner Berichterstattung kenne ich sämtliche Vorlieben des weiblichen Geschlechts in Kophusen und Umgebung. Mir reicht das.«

»Ist ja gut«, erwiderte Hauke und hob beschwichtigend die Hände. »Ich hatte nicht vor, euch zu erzählen, dass Elsa eine begnadete …«

Dieses Mal ging Philip dazwischen. »Behalte die pikanten Details bitte für dich. Wir tragen gerade unsere Erkenntnisse von gestern Abend zusammen. Wenn du ermittlungsrelevante Informationen hast, bist du herzlich eingeladen, diese beizusteuern.«

»Okay, okay.« Hauke ging in die Küche und goss sich einen Kaffee ein. »Ich habe mich mit Elsa auch unterhalten.«

Er ignorierte die warnenden Blicke der Kollegen. In der offenen Küchentür lehnend begann er von seinem Gespräch mit ihr zu erzählen. Elsa war Mitte dreißig und seit einem Jahr Mitglied bei den Kophusener Landfrauen. Ihr gefalle es dort, außerdem lerne sie auf diese Art eine Menge neuer Leute kennen. Unter den Frauen herrsche viel Zusammenhalt, man helfe sich gegenseitig und habe immer jemanden zum Reden.

»Ich habe sie nach Olga gefragt«, sagte Hauke stolz.

Er mochte es, wenn man das Angenehme mit dem Nützlichen verbinden konnte. Besonders wenn das Angenehme so hübsch war.

»Und?«, fragte Peter ungeduldig.

»Ruhig, Brauner«, erwiderte Hauke und trank einen Schluck Kaffee. Der schmeckte heute aber auch besonders gut. »Sie hat mir erzählt, dass Olga Angst gehabt hatte. Sie muss sehr nervös und fahrig in den Wochen vor ihrem Tod gewesen sein. Einmal hat sie Elsa gegenüber erwähnt, dass jemand sie bedrohe. Aber näher ging sie nicht darauf ein. Sie schien richtig aufgewühlt. Elsa hat es am Ende nicht gewundert, dass Olga sich umgebracht hat.«

»Und wer hat sie bedroht?«, fragte Peter.

»Das weiß Elsa nicht.« Hauke schlenderte zu seinem Platz und schaltete den PC ein. »Wir sollten uns die Anruflisten von Olgas Telefon geben lassen. Vielleicht kriegen wir darüber etwas raus.«

»Der Anschluss ist doch längst abgemeldet. Und die Daten dürfen nicht gespeichert werden«, erklärte Peter.

Daran hatte Hauke nicht gedacht.

»So kommen wir nicht weiter. Wir stochern im Nebel«, kommentierte Peter.

Hauke fiel Philips seltsamer Gesprächspartner wieder ein. »Wer war eigentlich dieser komische Typ gestern auf der Eckbank, mit dem du dich so angeregt unterhalten hast?«

Philip sah auf. »Er nennt sich Henry und ist auf Wanderschaft.«

»Welcher Typ?«, fragte Peter, der den Abend gestern sehr früh beendet hatte, um Greta keine Chance auf erneutes Anbandeln zu geben.

Philip setzte Peter kurz ins Bild. »Henry hat eine interessante Entdeckung gemacht. Wir haben einen weiteren Zeugen für unseren Sensenmann.«

»Was?«, rief Peter. »Und das erzählst du mir erst jetzt?«

»Ich wollte warten, bis wir vollzählig sind.«

»Und was sagt der einsame Wandersmann?«, fragte Hauke.

»Seine Beobachtungen decken sich mit denen von unserem Pärchen. Er fand diese Erscheinung, wie er sie nannte, so bemerkenswert, dass er ihr gefolgt ist.«

Goldberg machte eine Pause.

»Nun lass dir nicht alles aus der Nase ziehen«, forderte Peter.

»Henry saß in Spiekerhörn am Deich, als unser Phänomen vorbeifuhr. Das Boot glitt Richtung Elbe und kam wenig später in Kronsnest vorbei. Wegen der Fackeln konnte Henry es leicht verfolgen. Der Mann ist gut ausgestattet, besitzt sogar eine typografische Karte des Gebiets. Vor dem Krückau-Sperrwerk musste er allerdings aufgeben, weil der Weg unpassierbar wurde.«

»Und, was genau hat er gesehen?«, fragte Peter aufgeregt.

»Eine Gestalt mit Kutte und Sense, genau wie unser Pärchen sie beschrieben hat. Hauke, wenn du dich von deinem amourösen Abenteuer erholt hast, schlage ich vor, wir sehen uns am Sperrwerk mal um. Aber vorher fahren wir noch bei dem Haus vorbei, an dem Mittwochnachmittag eingebrochen wurde. Ich möchte mir das persönlich anschauen.«

»Okidoki. Wenn du meine extrem gute Laune aushältst, bin ich startklar.«

»Das ist ja ein Ding«, entfuhr es Peter. »Und warum hast du den Knaben überhaupt angesprochen?«

»Um ehrlich zu sein, hielt ich ihn eher für einen potenziell Verdächtigen als für einen wertvollen Zeugen. Rosi sagte, dass er seit einer Woche täglich bei ihr einkehrt. Das ließ mich hellhörig werden.«

»Dein Bauchgefühl ist sensationell«, sagte Peter bewundernd.

»Warten wir ab, ob das Bauchgefühl auch zu etwas führt.« Hauke leerte den Becher. »Auf geht's!«

Die Elbuferstraße war für den regulären Autoverkehr nicht freigegeben, weshalb sie auf dem Weg dorthin Schritttempo fahren mussten, um Fußgängern und Radfahrern auszuweichen. Während der Fahrt hatte Goldberg seinen Kollegen über den angeblichen Streit zwischen Kranz und Jessen informiert. Hauke hatte die neue Information mit einem lang gezogenen Pfeifen kommentiert.

Oberhalb des Krückau-Sperrwerks parkte Hauke den Streifenwagen in der Ausbuchtung. Das letzte Stück gingen sie zu Fuß. Der asphaltierte Weg endete vor einer rotweißen Schranke. Das Sperrwerk öffnete seine Pforten von Mai bis September für Radfahrer und Spaziergänger. Zu bestimmten Zeiten wurde die Brücke gedreht und man konnte die Krückau überqueren. Goldberg betrachtete das Schild, auf dem die Zeiten vermerkt waren.

»Wie spät ist es?«, fragte er.

Hauke sah auf die Uhr. »Halb zwei.«

»Dann haben wir die letzte Öffnung für heute gerade verpasst.«

»Du hättest nicht so lange mit dem Einbruchsopfer quatschen sollen. So attraktiv war sie nun auch wieder nicht.«

Goldberg warf Hauke einen warnenden Blick zu, bevor er sich der Krückau zuwandte. Momentan führte sie nicht viel Wasser. Es schien Ebbe zu sein. Er ging auf die Schranke zu. Hauke, der sein Wohlbefinden unaufhörlich in leisen melodischen Pfeiftönen ausdrückte, folgte ihm. Am Gitter blieb Goldberg stehen. Rechts sah man auf die Elbe. Links schlängelte sich die Krückau entlang. Auf der Strecke zwischen Kronsnest und dem Sperrwerk musste das Boot irgendwo angelandet sein. Die direkte Entfernung schätzte Goldberg nicht länger als drei oder vier Kilometer.

»Glaubst du, der hat seinen Kahn im Hafen geparkt?«, fragte Hauke.

Der Kommissar sah zur anderen Uferseite hinüber. Dort gab es einen Liegeplatz für einige Boote. Die Überlegung war nicht dumm, aber Goldberg erschien es eher unwahrscheinlich, dass ihr Sensenmann einen Ort ausgesucht hatte, der während der Urlaubssaison derart stark frequentiert wurde. Zumal es Privatgelände war und somit der Zutritt für Unbefugte verboten.

»Komm«, sagte Goldberg, das breite Grinsen im Gesicht des Kollegen ignorierend.

Sie kletterten über den Metallzaun linker Hand und marschierten den Deich ein Stück Richtung Kronsnest entlang. Nach kurzer Zeit machten sie kehrt. Der Uferdamm endete abrupt. Goldberg überlegte, die Kollegen der Wasserschutzpolizei um Hilfe zu bitten, aber sie hatten nichts Konkretes vorzuweisen, was einen Einsatz rechtfertigte. Und selbst wenn die Suche nach dem Sensenmann als Ermittlung durchginge, unterlag dieser Fall schließlich nicht ihrer Zuständigkeit.

»Und jetzt?«, fragte Hauke, als sie das Sperrwerk fast erreicht hatten.

»Ich würde mir gern die andere Seite anschauen.«

»Dann los zum Auto.«

»Das dauert eine knappe Stunde.«

»Na und? Hast du noch etwas vor? Willst du die Dame vom Einbruch noch mal befragen?«

»Wir nehmen die Abkürzung.«

Unter Haukes entsetztem Gesichtsausdruck entledigte Goldberg sich seiner Leinenhose und des Sakkos und marschierte auf den Saugbagger zu, der auf Reede lag.

»Das ist jetzt nicht dein Ernst, oder?«

»Wieso nicht?«

»Kannst du überhaupt schwimmen?«

»Jugendschwimmschein.«

»Du hast sie ja nicht alle.«

In T-Shirt und Unterhose balancierte Goldberg über das steinige Flussbett bis zu dem Saugbagger, der auf den nächsten Einsatz wartete. Er wusste selbst nicht, warum er unbedingt ins Wasser wollte, anstatt bequem das Auto zu nehmen. Aber Haukes Gesicht und die damit verbundene Unterbrechung des unsäglichen Pfeifens waren diesen Aufwand wert. Der Boden fühlte sich weich an. Fast so, als würde er durchs Watt laufen. Bei Ebbe war die Krückau nicht übermäßig breit. Wenn er sich am Bug des Schiffes entlanghangelte, blieben geschätzt sechzehn Meter freies Schwimmen. Die Strömung hielt sich in Grenzen.

Das Wasser war kälter als erwartet. Er zog den Fuß zurück. Es war zu spät, um es sich anders zu überlegen. Die Blöße würde er sich nicht geben.

»Philip, das ist doch Quatsch. Jetzt komm, zieh dich wieder an. Das bleibt auch unter uns.«

Selbst wenn Hauke sein Versprechen hielt, würde Goldberg diese Schmach ewig anhängen. Er war einen Schritt zu weit gegangen. Umdrehen kam nicht infrage. Entschlossen stapfte er ins Wasser.

»Philip, ich ziehe dich nicht da raus, wenn es schiefgeht.«

Seine Füße sackten einige Zentimeter in den Schlick. Goldberg überwand den aufkeimenden Ekel und tastete sich am Bootsrumpf vorbei. Er hoffte, das braune Wasser würde keine Bakterien mit sich führen, die ihm gefährlich werden konnten. Das kühle Nass erfrischte ihn, und er spürte, wie die letzten Lebensgeister in seinen Körper zurückkehrten. Es tat überraschend gut. Der Kommissar erreichte das Ende des Bootes und stieß sich mit einem Ruck ab. Die Strömung hatte er allerdings unterschätzt. Er ließ sich von ihr treiben, bis sie für einen Augenblick nachließ und er mit kräftigen Zügen das andere Ufer erreichte. Die Öffnung zum Hafen durchquerte er mit schmerzenden Armen. Mühsam hievte er sich aus dem Wasser und zog sich am Steg hoch.

»Spätestens jetzt bist du einer von uns, Philip. Wer freiwillig in dieser Brühe baden geht, sollte Ehrenbürger der
Elbmarsch werden«, schrie Hauke und lachte.

»Zu viel der Ehre«, rief Goldberg und zog seine klitsch-
nasse Unterhose wieder an die richtige Stelle.

»Keine Angst, ich laufe mit deinen Klamotten nicht
weg.«

Hauke hatte sichtlich Spaß. Hoffentlich führte diese
Aktion auch zu etwas Konstruktivem. Philip war nach einer
ausgiebigen Dusche zumute. Sobald er hier fertig war,
würde er sich nach Hause bringen lassen. Er roch an seinen
Händen und verzog das Gesicht.

»Neues Parfüm?«, witzelte Hauke.

Goldberg antwortete nicht. Stattdessen schritt er mit
zittrigen Beinen den Steg entlang. Er warf einen prüfenden
Blick über die festgemachten Boote. Keines glich auch nur
ansatzweise einem Kahn, wie er ihn suchte. Hoffentlich
sieht mich niemand in diesem Aufzug, dachte er. Bisher
hatte er keine Menschenseele entdecken können. Je schneller er wieder in seine Klamotten kam, desto besser.

Er kämpfte sich einige Meter am Ufer entlang. Das
Schilf und die Steine erschwerten ihm das Fortkommen.
Nach gut zwanzig Minuten stach ihm unter einem Busch
ein unnatürlich aufgeschichteter Haufen aus Zweigen und
Blättern ins Auge. Goldberg ging in die Hocke. Jemand
hatte hier zwei grüne Metallkoffer versteckt. Der Kommissar befreite sie von dem Dreck und ließ die Verschlüsse
aufschnappen. Beide Koffer waren mit Lebensmitteln gefüllt. In verschiedenen Plastikdosen fand er gekochte oder
rohe Nahrung. Dazu einige Flaschen Wasser und ein
Erste-Hilfe-Paket. Goldberg ließ sich zu Boden sinken.
Dass seine Unterhose dreckig wurde, störte ihn nicht. Er

war in Gedanken ganz bei dem Unbekannten. Hatte ihr Sensenmann einen Notvorrat angelegt? Goldberg hatte zwei Möglichkeiten. Entweder er ließ die Sachen hier und sie oberservierten die Stelle, aber von der Straße aus, war das unmöglich. Das hieß, dass sie sich hier ins Gebüsch hocken mussten. Keine angenehme Vorstellung. Die zweite Variante war, dass er die Koffer mitnahm und nach Kiel bringen ließ. Mit Glück war die Person nicht sehr umsichtig gewesen, und sie würden Spuren finden, die sie verrieten. Aber damit hätten sie dem Unbekannten preisgegeben, dass sein Versteck aufgeflogen war, und dann würde er sich womöglich unerkannt aus dem Staub machen.

Die Möglichkeit, dass die beiden Koffer gar nichts mit dem Sensenmann zu tun hatten, schloss Goldberg intuitiv aus. Er sah auf. Wo war das Boot? Wenn er diese Stelle für seine Höllenfahrten nutzte, wo hatte er dann sein Gefährt versteckt?

»Hey, bist du noch da?«, erkundigte sich Hauke. »Hast du was gefunden?«

Sein Kollege war ihm parallel auf der anderen Uferseite gefolgt.

»Ja«, rief Goldberg und tauchte unter dem Busch auf.

»Was denn?«

»Zwei Koffer mit Proviant.«

»Was machen wir mit dem Zeug? Mitnehmen?«

Goldberg entschied sich, sie an Ort und Stelle zu belassen. Falls diese Vorräte wie vermutet vom Sensenmann stammten, wollte er ihn nicht unnötig aufschrecken. Goldberg verbarg die beiden Stahlkoffer so gut es ging unter dem Unrat und versuchte den Eindruck zu erwecken, dass niemand das Versteck entdeckt hatte. Er erhob sich mit knackenden Knien.

»Willst du die hierlassen? Was ist mit Spuren? Das ist

vielleicht Beweismaterial«, entgegnete Hauke ungläubig.

»Solange unser Sensenmann sich in Sicherheit wiegt, hört er nicht auf. Wenn wir ihn stellen wollen, dann sollten wir versuchen, ihn nicht unnötig aufzuscheuchen«, rief Goldberg zurück und hoffte, dass ihr Mann nicht ausgerechnet jetzt irgendwo im Gestrüpp lauerte und ihr Gebrüll seelenruhig mithörte.

»Du meinst, bis morgen Abend?«

»Genau.«

»Stimmt. Die Sachen können wir dann immer noch holen.«

Goldberg machte sich auf den Rückweg. Er fröstelte. Es wurde allerhöchste Zeit, dass er in seine trockenen Klamotten kam. Widerstrebend ließ er sich in den Fluss gleiten und schwamm angestrengt zurück. Als er zitternd aus dem Wasser stieg, ertönte Haukes anerkennender Pfiff.

»Sexy Hexy. Du solltest öfter kurze Hosen tragen.«

»Ich hätte nicht gedacht, dass ich das mal zu dir sagen werde, aber könntest du deine gute Laune etwas zügeln und mir lieber helfen?«

»Sehr wohl, Sir«, sagte Hauke, wobei er sich kurz verneigte.

Goldberg unterdrückte einen Seufzer. Stattdessen ergriff er die Hand seines Kollegen, der ihn unter der gepfiffenen Melodie des Hochzeitsmarsches ans sichere Ufer geleitete. Als Goldberg die trockenen Sachen überzog, verstummte Haukes musikalische Begleitung endlich.

»Jetzt mal im Ernst, was soll das Ganze?«, fragte sein Kollege. »Ein verkleideter Sensenmann, der die Krückau entlangschippert, um am Sperrwerk ein Picknick zu machen? Und sich die Nächte in der Nordoer Heide um die Ohren schlägt?«

»Klingt unglaubwürdig, ich weiß. Unseren Gevatter

Tod gibt es allerdings wirklich. Wir haben drei Zeugen-aussagen, die den nächtlichen Ausflug bestätigen.«

»Ich glaube nicht, dass das die alten Sä…«, Hauke brach ab und lächelte, »dass das die beiden älteren Herren sind. Die haben null Ähnlichkeit mit den Männern, die Paul Degen beauftragt haben.«

»Möglicherweise sind es mehrere. Hauke, überleg doch mal, zwei vermisste Fährmänner und ein Boot. Da muss man kein Genie sein, um einen Zusammenhang her-zustellen.«

»Vielleicht ein genialer Marketing-Gag, um mehr Touris nach Kronsnest zu locken«, schlug Hauke vor.

»Und der Scheiterhaufen? Auch ein Werbegag?«

»Versuchten Mord können wir bei Sven Kranz aus-schließen, oder glaubst du, die beiden Rentner haben vor-gehabt, ihn umzubringen? Und vor allen Dingen, wieso?«

»Was hattest du für einen Eindruck von diesem Ulf?«, fragte Goldberg, während sie den Rückweg zum Auto ein-schlugen.

»Der Typ hat nichts Verdächtiges an sich gehabt, falls du das meinst«, antwortete Hauke. »Ich glaube kaum, dass der einen potenziellen Pächter für seine Wiese nieder-schlägt und dann verschwindet. Die kannten sich ja nicht mal.«

»Habt ihr das überprüft?«

»Klar.«

Die beiden Männer trotteten den Deich entlang. Hau-kes Pfeifen durchbrach die Stille, und Goldberg ertappte sich dabei, gedanklich mitzusummen. Wie hieß der Titel noch gleich? Er kam nicht drauf.

»Sollen wir so tun, als hätte ich dich geschnappt? Ein Exhibitionist am Krückau-Deich würde eine tolle Schlag-zeile abgeben.«

»Nein danke. Mir reicht es für heute an Demütigun-
gen.«

Das Leinenjacket klebte an seinem nassen T-Shirt, die
Hose an den Beinen. Zum Glück konnte er ohne weitere
Zuschauer in den Wagen steigen.

»Wie ein begossener Pudel siehst du aus.«

Hauke feixte sich einen, während er die Fahrertür öffnete.

»Wir fahren erst mal zu mir«, sagte Goldberg, die Bemerkung seines Kollegen übergehend. Er freute sich auf
eine heiße Dusche und vor allem auf eine trockene Unterhose.

22

»Das ziehe ich nicht an!« Hauke verschränkte die Arme vor
der Brust. Die beiden spannen doch. Er würde sich sicher
nicht in diesen zitronengelben Fummel zwängen lassen.
Und erst die potthässliche Perücke! Ausgerechnet feuerro-
te Haare. Hatte Peter nicht von einem dunklen Bob gesprochen? Seine Spitzenlaune war schlagartig in den Keller
gesackt. Der Fummel hing an der Garderobe, und Hauke
wusste sofort, was die beiden hier spielten. Auf dem
Schreibtisch lagen bereits Make-up-Utensilien, die ihn hä-
misch anzugrinsen schienen. Wenn er seinen Samstagabend schon opferte, dann bestimmt nicht in diesen Klamotten.

»Komm schon, wir müssen authentisch aussehen«,
wandte Peter ein.

»Es ist Nacht und stockfinster an der Elbe, da sieht
mich kein Mensch. Außer natürlich in diesem zum Himmel

schreienden Gelbton. Ihr wollt mich fertigmachen.«

»Wir müssen uns auf alle Eventualitäten vorbereiten«, gab Peter zurück.

»Und was, bitte schön, sollen das für Eventualitäten sein? Dass der Typ sich in mich verknallt und mich auf seinem Kahn verschleppt?«

»Du kannst dich ja schlecht in deiner Polizeiuniform zeigen.«

»Zwischen meiner Uniform und dem da gibt es noch jede Menge andere Möglichkeiten. Wo zum Teufel habt ihr diesen Fetzen überhaupt her? Und jetzt sag nicht, dass der von Marion stammt, das glaube ich dir nämlich nicht.«

Peter konnte sich sein dummes Grinsen nicht verkneifen. Genauso wenig wie Philip. Die beiden steckten unter einer Decke.

»Ich habe es geliehen.«

»Und woher, vom Kostümverleih für den Marner Karneval? Soll ich als Charlys Tante gehen, oder was?«

»So schlimm ist es nun auch wieder nicht.« Zu allem Überfluss mischte sich jetzt auch noch sein Chef ein.

»Hauke, hör auf zu jammern, es wird dich niemand außer uns sehen.«

»Wir hatten eine Abmachung, schon vergessen?« Hauke deutete auf das Make-up. »Ich habe mich ein Mal in meinem Leben schminken lassen, und danach habe ich mir geschworen, das nie wieder zu tun.«

Die weiße Pampe, die Mona ihm als Tod im Jedermann ins Gesicht geschmiert hatte, war so hartnäckig gewesen, dass er noch Tage später Spuren davon in seinem Bart und im Haaransatz gefunden hatte. Ekelhaft.

»Wer solche Freunde hat, braucht keine Feinde. Du kannst mir nicht weismachen, dass Marion diese Perücke getragen hat.«

»Nein, die von Marion habe ich nicht gefunden. Und in Glückstadt gibt es leider keinen gut sortierten Perücken-händler. Außerdem dachte ich, nach gestern Nacht ist das Sophie-Trauma endgültig überwunden.«

»Okay, ihr habt es nicht anders gewollt.«

Hauke hob das gelbe Kleid an und hielt es sich vor sei-nen Körper. Im Marner Karneval hatte er sich tatsächlich mal als Frau verkleidet. Das hatte ihm eine Menge Sympa-thiepunkte bei den Damen eingebracht und ein nächtliches Abenteuer. Vielleicht konnte das doch ganz lustig werden.

»Nun beruhige dich, das ist doch nur ein Scherz. Du sollst dich doch gar nicht wirklich verkleiden«, sagte Peter lachend.

»Peter-Schatzi, knutschen wir zur Tarnung auch ein bisschen rum?«

Sein Kollege wurde blass, was Hauke amüsierte. Er konnte den Spieß auch umdrehen.

»Das ist ein Witz, oder?«, fragte Peter. »Du würdest doch nie versuchen, mich zu küssen?«

»Find's raus.«

Peter warf ihrem Chef einen Hilfe suchenden Blick zu. Der schüttelte sanft den Kopf.

»So, wir hatten unseren Spaß«, sagte Philip. »Niemand verkleidet sich als was auch immer. Unser Ruf ist schon gefährdet genug. Also, wie gehen wir morgen Abend vor?«

Peter konnte seine Irritation nicht endgültig abschüt-teln. Offenbar hatte sich das Bild von ihnen beiden, wie sie eng umschlungen am nächtlichen Krückauufer lagen, tief in sein Gehirn gebrannt. Selbst schuld, dachte Hauke zu-frieden.

»Wenn die beiden Koffer wirklich dem Sensenmann gehören, wo versteckt er dann das Boot? Er kann es ja schlecht mit nach Hause nehmen«, bemerkte Hauke, während er sich einen neuen Kaffee aus der Küche holte. »Die Frage ist, wie hängt das alles zusammen? Unser Mann wird ja wohl kaum in der Nordoer Heide schlafen und dann mit dem Boot unter dem Arm mehrere Kilometer latschen, um zu frühstücken. Da verarscht uns doch jemand!«

»Meinst du, da legt jemand absichtlich falsche Spuren aus, um uns in die Irre zu führen?«, fragte Peter.

»Mal ehrlich, wir haben nichts außer einem brennenden Floß mit einem Abschiedsbrief«, sagte Hauke.

»Du vergisst den Sensenmann«, wandte Philip ein.

»Hast du den Typen gesehen? Ich nicht. Wenn ihr mich fragt, da hat sich jemand bloß einen schlechten Scherz erlaubt.«

»Wann genau haben die beiden das Boot gesichtet?«, wollte ihr Chef wissen.

»Warte«, Peter blätterte in einem seiner Dossiers, »um dreiundzwanzig Uhr fünfzehn.«

»Wenn unser untoter Fährmann oberhalb des Sperrwerks seine Fahrt beendet hat, wo hat sie begonnen?«

»In Elmshorn?«, schlug Peter vor.

»Nie im Leben«, entgegnete Hauke, »viel zu auffällig. Da hätte ihn doch jeder sehen können und wir hätten einen ganzen Haufen von Zeugen.«

»Habt ihr eine Karte?« Philip sprang vom Tresen und holte das rollende Whiteboard aus seinem Büro. Peter kramte inzwischen in den Schubladen seines Rollcontainers und zog eine Gebietskarte hervor.

»Ich wusste, dass ich die irgendwann mal brauchen würde.«

»Gut, dann schauen wir uns das mal genauer an«, sagte Philip.

Er faltete die Karte auseinander und befestigte sie mithilfe von durchsichtigen Klebestreifen am Whiteboard.

Danach wählte er einen rostfarbenen Filzstift aus Peters Sammelsurium vom Schreibtisch und zog die Kappe ab. Wie in der Schule, dachte Hauke und rollte auf seinem Schreibtischstuhl näher an die Karte heran. Philip zeichnete einen Kreis bei Kronsnest ein, dort wo das Pärchen ihren Sensenmann gesichtet hatte.

»Da ist das Sperrwerk«, sagte Peter und tippte auf die entsprechende Stelle auf der Karte.

Philip zog einen weiteren Kreis.

»Hier sind die Deckmannschen Kuhlen in der Nordoer Heide.«

Kurz darauf hatten sie alle Orte eingekreist. Inklusive der Stellen, an denen Sven Kranz aufgefunden worden war, das brennende Floß gesichtet und der Scheiterhaufen stand. Schweigend sahen die Männer auf das Whiteboard. Die Fundorte waren allesamt weit auseinander, fand Hauke.

»Hier«, Philip zog einen letzten Kreis, »da hat Henry den Sensenmann gesehen. Wenn unser nächtlicher Ausflügler vorhat, wieder loszuschippern, dann muss er das hier oben tun, damit er mit der Strömung fährt«, überlegte Philip laut.

»Die Krückau ist tideabhängig. Die Fließrichtung kann wechseln«, wandte Peter ein. »Wenn der Pegel der Elbe steigt, drängt das Wasser Richtung Elmshorn. Also flussaufwärts. Je nach Windrichtung muss man sich ordentlich anstrengen, um gegen den Strom anzukommen.«

»Umso mehr ein Indiz, dass wir es mit einem professionellen Fährmann zu tun haben«, meinte Hauke.

Philip nickte. »Es muss einen Anhänger geben, um das Boot zu transportieren.«

»Das würde erklären, warum wir den Kahn nicht gefunden haben«, sagte Hauke. »Der Alte in Krummendeich hat ja auch von einem Auto mit Anhänger erzählt.«

»Wo könnte er starten? Ihr kennt die Gegend besser. Überlegt mal.«

Hauke erhob sich und stellte sich zwischen seine beiden Kollegen. Mit dem Finger fuhr er die Strecke von Elmshorn nach Spiekerhörn entlang. »Auf dem Abschnitt muss es sein.«

»Er könnte es auf einen von den Wettern lagern«, bemerkte Peter.

»Meinst du nicht, dass die Bauern es dort entdeckt hätten? Gerade jetzt im Frühjahr sind die doch ständig auf den Feldern.«

»Was ist mit diesen Wasserflecken?«, fragte Philip und zeigte auf zwei blaue Areale.

»Zu dicht an der Straße«, wandte Hauke ein.

»Ich habe eine verrückte Idee.« Peter zögerte.

»Spuck es aus.«

»Hier ist der Elmshorner Ruderklub. Was, wenn unser Mann sein Boot unter all den anderen Booten versteckt? Das wäre ziemlich clever.«

»Nicht mit so einem Kahn. Noch dazu in dem auffälligen Schwarz. Das zieht viel zu viele Blicke auf sich«, erwiderte Hauke.

»Guter Einwand. Außerdem ist das ein Verein, da kennt jeder jeden. Wenn dort ein Unbekannter mit einem historischen Kahn auftaucht, macht das die Runde. Diskret ist das nicht«, bemerkte Philip.

»Das stimmt«, lenkte Peter ein. »Dann müsste er ein gutes Stück vor dem Club losfahren. Ungefähr hier. Da ist er am weitesten von der Straße weg.«

»Katastrophenweg«, las Hauke den Straßennamen vor, »wie passend.«

»Ich schlage vor«, sagte Philip, »dass wir die Strecke von hier bis nach Spiekerhörn ablaufen. Wenn es kein einmaliger Auftritt war, muss er dort irgendwo eingestiegen sein. Peter, du rufst die Dienststellen im Umkreis an und fragst, ob es weitere Meldungen von unserem Sensenmann gab. Und wir zwei fahren zum Fluss.«

Im Streifenwagen kam Goldberg die Idee, dass ihr Mann möglicherweise gar keinen festen Stützpunkt hatte und in der gesamten Region unterwegs war. Das würde die weit gestreuten Fundorte erklären. Wie groß mochte sein Gebiet sein? Wenn sie davon ausgingen, dass er dicht besiedelte Gegenden mied, blieben im Grunde die zahlreichen Wettern und Auen übrig. Das Areal war zu umfangreich, um es flächendeckend abzusuchen oder gar zu beobachten. Zumal sie nicht einmal einen begründeten Verdacht hatten, dass diese Person ein Verbrechen begangen hatte, beziehungsweise eines plante. Die Theorie mit dem mobilen Kahn gefiel Goldberg zunehmend. Ihm war nur nicht ganz klar, was der Mann damit bezweckte. Nachts auf den Wettern sah ihn kaum jemand. Selbst für das brennende Floß hatte es gerade mal eine Augenzeugin gegeben. Verfolgte ihr Sensenmann ein ganz anderes Ziel? Reichte ihm die Aufmerksamkeit der Polizei? Einerseits ging es um Beachtung, die Verbreitung einer Botschaft, wie auch immer sie lauten mochte. Andererseits durfte er sich nicht erwischen lassen. Was umso schwieriger wurde, je bekannter er wurde. Auf dem Wasser gestaltete sich die Flucht riskant, wenn nicht sogar unmöglich. Also, um was ging es diesem Menschen wirklich?

Zwei Stunden später hatten sie den kompletten Streckenabschnitt abgesucht. Ohne Ergebnis. Kein Boot, keine weiteren Anhaltspunkte. Jedenfalls, soweit sie das beurteilen konnten. Es gab einige Stellen, an denen man problemlos einen Kahn von geringer Größe zu Wasser lassen konnte. Aber das würde bedeuten, dass er zwei Wagen haben musste. Einen zum Ausladen am Startpunkt und den anderen, um das Boot wieder verschwinden zu lassen. Das erhärtete die Theorie, dass sie es mit mehreren Tätern zu tun hatten.

Als sie fast wieder am Wagen angekommen waren, klingelte Goldbergs Telefon. Es war Peter.

»Dem Internet sei Dank, habe den Sohn von Olga Lehmann erreicht. Tom Lehmann ist bereit, mit uns zu sprechen. Ihr könnt gleich zu ihm fahren.« Er gab ihnen die Adresse durch. »Das ist sowohl seine Privatadresse als auch die seines Büros. Er ist Versicherungsmakler.«

»Sehr gut.«

»Und dann habe ich überlegt, ob es Sinn macht, die Halter von Pick-ups und Anhängern zu überprüfen.«

»Ja, warum nicht. Viele werden das nicht sein, oder?«

»Kommt drauf an, wie groß der Umkreis sein soll. Aber mal sehen, vielleicht hat jemand eine Verbindung zu den anderen.«

»Einen Versuch ist es wert. Wenn wir nicht bald fündig werden, wird es vermutlich zu spät sein«, überlegte Goldberg laut.

»Zu spät für was?«

Goldberg antwortete nicht. Hauke würde sich über sein Bauchgefühl nur wieder lustig machen. Obwohl er jedes Mal recht behalten hatte.

23

Olga Lehmanns Sohn hatte den hinteren Teil eines alten Fachwerkhauses in ein edles Büro verwandelt. Den vorderen Teil des top sanierten Gebäudes in Gehlensiel bewohnte er mit seiner Frau und den beiden Töchtern. Nachdem Tom Lehmann ihnen die Haustür geöffnet hatte, hatte er die Beamten ins Büro geführt, das er sich mit zwei Frauen mittleren Alters teilte.

»Das sind meine beiden fleißigen Mitarbeiterinnen. Ohne sie bin ich nichts.« Er lachte.

Goldberg lächelte ihnen zu. Hauke machte Anstalten hinüberzugehen und sie mit Handschlag zu begrüßen, doch Goldberg hielt seinen übereifrigen Kollegen mit einer unauffälligen Handbewegung zurück.

»Herr Lehmann, könnten wir bitte unter vier Augen sprechen?«, fragte der Kommissar und blickte entschuldigend zu den beiden Damen.

»O ja, natürlich. Wärt ihr so freundlich? Macht doch eine Rauchpause.«

Die Frauen erhoben sich und gingen mit ihren Head-Sets über den Köpfen an ihnen vorbei nach draußen. Aus dem Augenwinkel sah Goldberg, wie Hauke sich regelrecht zwingen musste, seine Augen starr geradeaus zu behalten. Geduldig wartete der Kommissar, bis sie den Raum verlassen hatten und die Tür geschlossen war.

»Setzen Sie sich, meine Herren. Kaffee?«

»Nein danke. Wir halten Sie nicht lange von der Arbeit ab.«

Lehmann nahm hinter seinem Schreibtisch Platz und bot den beiden Beamten die Stühle gegenüber an.

»Mein Kollege hat Ihnen ja bereits angedeutet, weshalb wir hier sind.«

Der Versicherungsmakler nickte ernst.

»Wir haben einen Brief gefunden, von dem wir annehmen, dass er von Ihrer Mutter stammt. Wenn Sie so freundlich wären, uns zu sagen, ob er Ihnen bekannt vorkommt. Hauke, würdest du bitte?«

Hauke zückte sein Mobiltelefon und rief die digitale Version des Briefes auf, den Peter vorsichtshalber eingescannt und vor zehn Minuten an Haukes E-Mail-Adresse geschickt hatte. Lehmann nahm das Telefon entgegen und blickte prüfend auf den Bildschirm.

»Ist das die Schrift Ihrer Mutter?«, fragte Goldberg sanft.

»Ja. Eindeutig.«

Goldberg ließ ihm Zeit. Seine Miene veränderte sich. Das fröhliche Lächeln war verschwunden. Eine tiefe Falte bildete sich zwischen den hellblauen Augen. Es schien, als würde er den Inhalt zum ersten Mal lesen. Verwundert hob er den Kopf und sah sie abwechselnd an.

»Was hat das zu bedeuten? Wo haben Sie diesen Brief her?«

»Das heißt, Sie kennen ihn nicht?«

»Nein. Ich sehe ihn zum ersten Mal. Von wem haben Sie ihn?«

Goldberg wollte sich bedeckt halten und ihm unter keinen Umständen von dem brennenden Floß erzählen, um ihn nicht unnötig zu beunruhigen.

»Er ist uns gewissermaßen in die Hände gefallen.«

»Was soll das heißen?«

»Man hat ihn uns überlassen. Anonym.«

»Das verstehe ich nicht. Warum?«

»Wir hatten gehofft, Sie könnten uns helfen, das herauszufinden.«

Lehmann schluckte und schüttelte den Kopf.

»Wie ist Ihre Mutter genau verstorben?«, fragte Goldberg behutsam.

»Sie hat einen Medikamentencocktail geschluckt. Der Klassiker.«

»Wer hat sie gefunden?«

»Das war ich.«

Tom Lehmann verzog keine Miene. Entweder wollte er sich keine Blöße geben oder der Freitod seiner Mutter ging ihm nicht besonders nahe.

»Sie müssen wissen, dass sie über siebzig war und nicht mehr gut zu Fuß. Sie hatte bereits einen Rollator, den sie im Haus aber nur selten benutzte. Wenigstens in ihren eigenen Wänden wollte sie allein zurechtkommen. Meine Schwester und ich haben sie angefleht, das Ding auch zu Hause zu benutzen, aber sie ließ sich nicht überreden. Sie war stur, so wie die meisten alten Leute. Deshalb habe ich jeden zweiten Tag nach ihr gesehen. Meine Schwester und ich haben uns abgewechselt.«

»Hat man keinen Abschiedsbrief gefunden?«

»Nein. Ihr ging es nicht besonders gut. Aufgrund ihrer fortgeschrittenen Arthrose war sie sehr eingeschränkt, litt unter starken Schmerzen. Außerdem hatte sie sich oft verletzt, war gestolpert oder gestürzt. Wir lagen meinen Eltern schon seit Monaten damit in den Ohren, in ein Pflegeheim zu ziehen. Sie hatten sich jedoch strikt geweigert. Nachdem mein Vater verschwunden war, ließen die Unfälle merklich nach, sodass wir glaubten, sie käme allein zurecht. Aber wir haben uns geirrt.«

»Haben Sie nichts von ihrem seelischen Zustand bemerkt?«

»Nein. Meine Mutter stellte ihre Gefühle nicht zur Schau.«

»Und Ihr Vater? Ist er nie wieder aufgetaucht?«

Lehmann schüttelte den Kopf. »Marleen, meine Schwester, und ich gehen davon aus, dass er tot ist.«

»Hat er sich nie bei Ihnen gemeldet?«

»Nein.«

»Haben Sie eine Ahnung, warum er damals verschwunden ist?«

»Wir haben natürlich nachgebohrt, aber meine Mutter schwieg dazu. Sie sagte, dass ihre Ehe nicht besonders glücklich war.«

»Ich verstehe. Und die Stürze Ihrer Mutter wurden nach dem Verschwinden Ihres Vaters seltener?«

»Ja, sie schien nicht mehr so ungeschickt zu sein. Wir scherzten manchmal über ihre Ungeschicklichkeit.«

»Wie hat sie diese Stürze erklärt?«

»Ihre Arthrose machte ihr zu schaffen, auch wenn sie das nie zugab. Es war kaum mit anzusehen, wie sie sich zum Beispiel beim Kartoffelschälen quälte.«

»Was hat Ihr Vater dazu gesagt?«

»Er scherzte mit. Er hat ihr nie im Haushalt geholfen. Meine Eltern lebten nach dem klassischen Geschlechtermodell. Daran hat auch ihre Erkrankung nichts geändert.«

»Was meint Ihre Mutter damit, wenn Sie schreibt, dass sie bessere Eltern hätten sein sollen? Dass sie alles getan hat, um Ihnen den Vater nicht zu nehmen?«

Lehmann blickte vor sich auf das Display. Er bemerkte, dass es inzwischen schwarz geworden war, und reichte das Handy zurück an Hauke. Er zögerte so die Antwort hinaus, da war sich Goldberg sicher. Es gab etwas, das ihm unangenehm war.

»Um ehrlich zu sein, ich weiß es nicht.«

Der Mann log, so viel stand fest. Olgas Sohn wusste ganz genau, warum sich ihre Mutter bei ihren Kindern entschuldigte. Die Familie hatte ein Geheimnis, und Goldberg ahnte auch bereits, welches das war.

»Wissen Sie, Herr Lehmann, wenn ich diesen Brief so lese, ohne Ihre Frau Mutter zu kennen, würde ich denken, dass das ein Abschiedsbrief ist. Die Frage ist, warum sie ihn nicht dort hinterlegt hat, wo Sie und Ihre Schwester ihn finden konnten. Irgendjemand muss von diesem Brief gewusst haben.«

»Und hat ihn geklaut? Warum?«

Seine Augen funkelten ihn an. Lehmann verbarg etwas. Sie konnten ihn jedoch nicht unter Druck setzen. Sie hatten objektiv betrachtet keinen Grund dazu.

»Das klingt in der Tat seltsam, wer klaut schon einen Abschiedsbrief. Es sei denn, dieser Jemand möchte, dass der Inhalt des Briefes nicht bekannt wird. Also, wofür entschuldigt sich Ihre Mutter bei Ihnen und Ihrer Schwester? Haben Sie keine Idee?«

Lehmann gab seinem Fluchtreflex nach und stand auf. Der Mann musste Abstand schaffen. Er brauchte einen

Augenblick für sich, denn er ging zum Fenster und schaute hinaus. Erst jetzt wandte sich Goldberg zu Hauke, der nur darauf zu warten schien, in das Geschehen einzugreifen. Der Kommissar machte eine beruhigende Geste und blickte zurück zu dem Mann am Fenster. Schließlich drehte Lehmann sich um.

»Meine Mutter war alkoholkrank. Sie war oft schon tagsüber angetrunken und konnte sich nicht um uns kümmern. Uns alle hat das sehr belastet. Wahrscheinlich hat mein Vater sie aus diesem Grund verlassen.«

»Eben sagten Sie noch, Sie wüssten es nicht.« Ungehalten mischte Hauke sich nun doch ins Gespräch ein.

»Es ist mir schon als Kind peinlich gewesen, und das hat sich nicht geändert.«

Lehmann hielt sich mit beiden Händen an der Stuhllehne fest. Sein vermutlich maßgeschneiderter Anzug wirkte plötzlich fehl am Platz. Der Makler hatte seine elegante Erscheinung und seine Selbstsicherheit verloren. Goldberg überlegte, wie man die Situation entschärfen könnte, doch Hauke sah offenbar keine Veranlassung dazu.

»Sie reden mit der Polizei. Schon mal was von Falschaussage gehört?«

»Mir war nicht klar, dass ich hier vor Gericht stehe?« Lehmanns Ton wurde scharf.

Goldberg warf Hauke einen warnenden Blick zu. Der hob die Hände und lehnte sich in seinem Stuhl zurück.

»Herr Lehmann, verzeihen Sie bitte meinem Kollegen. Natürlich stehen Sie hier keineswegs unter Eid. Wir sind hier, um ein paar Fragen zu klären.«

»Das sieht Ihr Mitarbeiter offenbar anders.«

»Nein, das trifft nicht zu. Er schießt nur manchmal ein wenig über das Ziel hinaus.«

»Sie haben ihn nicht im Griff.«

»Eine letzte Frage, Herr Lehmann«, überging Goldberg die Bemerkung, »könnte es sein, dass Ihre Mutter sich das Leben nahm, weil Ihr Mann sie verlassen hat?«

Er atmete tief ein. »Ja.«

»Das erklärt leider nicht, wer den Brief an sich genommen hat und warum.«

»Sie hat sich nach ihren Alkoholexzessen immer bei uns entschuldigt. Vielleicht hat sie sich geschämt. Vermutlich hat sie den Brief geschrieben, aber sich nicht getraut, ihn uns zugänglich zu machen.«

»Und wie ist er dann in fremde Hände gelangt?«

»Wir haben nach ihrem Tod eine Entrümpelungsfirma beauftragt, das Haus zu räumen. Vielleicht fragen sie die mal.«

»Ja, das könnte eine Erklärung sein. Wir verabschieden uns, Herr Lehmann. Haben Sie vielen Dank für Ihre Kooperation.«

Sie gaben sich die Hand. Hauke verzichtete vorsichtshalber auf einen Händedruck und machte eine vage Geste in Richtung Lehmann. Der nickte nur und ließ die Beamten ziehen.

Draußen vor der Tür standen die beiden Frauen, sicher schon bei der dritten Zigarette angelangt. Als sie die Polizisten kommen sahen, verstummte ihre Unterhaltung augenblicklich.

»Sind Sie fertig?«, fragte die Jüngere der beiden.

»Ja, Sie können wieder rein. Schönen Tag noch, die Damen.« Hauke tippte sich galant mit den Fingern an seine Dienstmütze.

»Danke.« Die Frau lächelte.

Goldberg blieb am Treppenabsatz stehen und wartete auf seinen Kollegen, damit er keine Dummheiten anstellen konnte. Grinsend ging er an seinem Chef vorbei. Als sie in den Streifenwagen stiegen, waren die Frauen bereits im Haus verschwunden.

»Für ihr Alter sahen die gar nicht schlecht aus«, meinte Hauke im Wagen.

»Hauke, bitte tu mir einen Gefallen und unterlass solche diskreditierenden Äußerungen in meiner Gegenwart. Was soll das überhaupt heißen: für ihr Alter.«

»Na ja, das sind eben keine jungen Hüpfer mehr.«

»Und deshalb ist es überraschend, wenn sie noch attraktiv sind?«

»Nein, so habe ich das ja nicht gemeint. Ich wollte nur sagen, dass ich schon weitaus hässlichere Frauen in dem Alter gesehen habe.«

»Gott, hörst du dir eigentlich selbst zu?«

»Manchmal.«

»Denkst du wenigstens auch über Männer so eindimensional?«

»Ja. Guck dir Peter an. Der sieht für sein Alter noch spitzenmäßig aus. Ein echtes Schmuckstück, ich meine, der ist fast sechzig. Aber guck dir Manfred an. Der ist genauso alt und sieht schon nicht mehr so gut aus. Oder nimm Rosi. Die wirkt wesentlich älter als Mitte vierzig.«

»Es ist deine Schwester.«

»Na und? Trotzdem kann sie ja alt oder jung für ihr Alter aussehen. Das Rauchen hätte sie bleiben lassen sollen.«

»Hauke, du bist respektlos.«

»Mann, was ist denn daran so schlimm? Ich verachte die Frauen ja nicht für ihr Aussehen.«

»Nicht? Wie großzügig von dir.«

»Du weißt ganz genau, was ich meine.«

»Nein, du verstehst nicht, dass du Frauen damit nur auf ihr Äußeres reduzierst. Möchtest du auf dein Erscheinungsbild reduziert werden?«

»Wenn es hilft.«

»Versuchen wir es anders. Was hat dir an Hilke besonders gefallen?«

»Lass meine Ex aus dem Spiel! Das ist unfair.«

»Auf dem Foto, das bei dir noch immer an der Wand hängt, hat sie ziemlich viele Falten für ihr Alter. Wenn du mich fragst, entspricht sie nicht gerade deinen hohen Standards.«

»Hör auf damit.«

»Und nimm Sophie. Natürlich war sie attraktiv, aber hast du ihre beginnende Cellulitis am Oberschenkel nicht bemerkt? Ich finde, da hätte sie sich etwas sorgfältiger abbürsten können.«

»Wenn du nicht sofort die Klappe hältst, kannst du zu Fuß gehen.«

»Ich möchte dich nur daran erinnern, dass alle Lebewesen deinen Respekt verdienen, nicht nur die, für die du ernsthafte Gefühle hegst.«

»Ja, du hast recht und ich habe meine Ruh.«

Damit hatte er seinen Kollegen mundtot gemacht. Goldberg zog den Gurt über den Brustkorb und ließ in einrasten. Hauke startete den Motor.

»Und wohin jetzt?«

»Auf die Wache.«

Hauke brummte etwas Unverständliches, während er den Wagen wendete und auf die Landstraße Richtung Kophusen abbog.

»Was du von unserem Herrn Lehmann hältst, brauche ich dich nicht zu fragen, oder?«, bemerkte Goldberg.

»Ich habe Respekt vor ihm. Als Mann.«

»Hör auf zu schmollen, Hauke. Das steht dir nicht.«

»Glaubst du ihm die Alkoholgeschichte?«

»Es würde zumindest den Selbstmord erklären. Ich

hoffe, Genaueres können uns die Kollegen sagen.«

»Die werden sicher keinen Atemtest gemacht haben. Und da sie nicht obduziert wurde, sehe ich schwarz.«

»Wir sollten Ruth fragen. Die beiden Frauen standen sich nah.«

»Ich frage mal Elsa.«

»Ihr bleibt in Kontakt?«

»Warum nicht? Gibt in Kophusen nicht viele respektable Frauen.«

»Die Alkoholsucht wäre außerdem eine mögliche Erklärung, weshalb ihr Mann verschwunden ist.«

»Ist aber nicht gerade die feine Art.«

»Wir sollten mit der Schwester sprechen. Auch auf die Gefahr hin, dass ihr Bruder sie inzwischen instruiert hat.«

»Du glaubst, er lügt?«

»Ich glaube, wenn es die Wahrheit ist, ist es nur die halbe.«

»Dein Bauchgefühl?«

»Ja.«

Goldberg sah aus dem Fenster auf die sonnenbeschienenen Felder. Seine Gedanken wanderten zu Magda. Die Sehnsucht nach ihr wurde zusehends stärker. Sollte er sie mit einem Picknick im Freien überraschen? Nein. Zu banal. Es musste etwas Großes, etwas Außergewöhnliches sein, womit er ihr beweisen konnte, was er für sie empfand. Für sie zu kochen schied aus. Nicht originell genug, außerdem war er nicht besonders gut am Herd. Sollte er vor ihrem Fenster singen? Oder nackt durch Kophusen laufen? Resigniert schloss er die Augen. Er wollte ihr nicht ohne Plan begegnen. Das wäre fatal und würde das völlig falsche Signal senden. Ihm musste dringend etwas einfallen, bevor es endgültig zu spät war.

24

Die Dämmerung hatte bereits eingesetzt, als sie sich am Samstag um kurz vor neun vor der Wache trafen. Peter rüstete sie mit den Funkgeräten aus und verstaute anschließend den Picknickkorb im Kofferraum des Saabs. Er hatte eine kleine Mahlzeit für sie zusammengestellt, samt alkoholfreiem Bier. Es sollte möglichst echt wirken, auch wenn die Wahrscheinlichkeit gering war, dass ihr Fährmann sie überhaupt bemerken würde. Peter ließ die Klappe ins Schloss fallen. Das Cabrio seines Chefs war sein ganzer Stolz. Ein Modell der 900-Reihe, ein echter Klassiker und hier bei ihnen in der Gegend ziemlich selten. Es war eher ein Stadtauto, fand Peter, das wunderbar in eines dieser hippen Stadtteile von Hamburg oder Berlin gepasst hätte. Aber er wollte Philip seinen Spaß nicht verderben. Besser als Haukes abgewrackter ampelgrüner Jetta war er allemal.

»Bereit?«, fragte Peter.

»Wenn es sein muss«, entgegnete Hauke.

»Steigt ein«, befahl Philip.

Die Nacht war ungewöhnlich warm. Peter kurbelte das Fenster herunter.

»Ich habe noch mal über das Gespräch mit dem Kollegen nachgedacht«, begann Peter, der am Nachmittag endlich einen Beamten aus Horst ans Telefon gekriegt hatte. »Könnte nicht Tom Lehmann den Brief genommen haben, um die Alkoholsucht seiner Mutter zu vertuschen? Schließlich hat er sie aufgefunden.«

»Und stellt ihn dann Monate später auf einem brennenden Floß aus?«, erwiderte Hauke.

Peter verstummte. Sein Kollege hatte recht. Das war zu dünn. Es musste um etwas anderes gehen. Olga hatte laut Polizeibericht einen Cocktail aus diversen Schlaftabletten geschluckt. Die leeren Schachteln hatten fein säuberlich aufgereiht auf ihrem Nachttisch gelegen. Ihr Sohn hatte den Notruf abgesetzt und wenig später waren die Kollegen eingetroffen. Da war sie bereits tot gewesen. Die Staatsanwaltschaft hatte sich gegen eine Obduktion entschieden. Die Situation war eindeutig gewesen.

»Möglicherweise war Tom Lehmann doch nicht der Erste, der sie gefunden hat«, wandte Philip ein.

Peter runzelte die Stirn. »Du meinst, da war jemand vorher da und hat den Brief mitgehen lassen?«

»Warum nicht? Manche Selbstmörder telefonieren noch ein letztes Mal, um sich zu verabschieden.«

»Schade, dass die damals nicht ermittelt haben. Was ist, wenn sie doch nicht so ganz freiwillig aus dem Leben schied?«, mutmaßte Peter.

»Vielleicht ist ja auch ihr ehrenwerter Ehemann aus der Versenkung aufgetaucht und hat sie dazu gezwungen«, warf Hauke ein.

»Ja, warum eigentlich nicht.« Peter überlegte kurz. »Aber was hätte er davon, den Brief zu klauen und ihn auf so seltsame Art uns zuzuspielen?«

»Auch wieder wahr.«

Philip bog auf die schmale Straße Richtung Kronsnest ab. Einen Moment herrschte angespannte Stille.

»Wir müssen mit Marleen sprechen. Wenn wir das Geheimnis der Familie Lehmann kennen, kommen wir unserem Sensenmann einen entscheidenden Schritt näher«, bemerkte Philip.

»Was du immer mit deinen Geheimnissen hast«, murmelte Hauke.

Peter starrte in die Dämmerung hinaus. Die wenigen Wolken am Himmel waren ein Glück für sie. Das spärliche Mondlicht wurde wenigstens nicht verdeckt. Goldberg parkte den Wagen direkt vor dem Gebäude. Der Aufgang zum Fähranleger lag rechts daneben. Peter nahm den Korb aus dem Kofferraum. Das Fernglas reichte er Philip.

»Komm, Schatz, wir gehen vor«, scherzte Hauke und hakte sich bei ihm unter. Peter überfielen die ersten Zweifel an ihrem Plan.

»Philip, ich kriege ein bisschen Angst«, sagte er kleinlaut.

»Schatz, das brauchst du nicht, ich passe doch auf dich auf. Soll der böse Bube ruhig kommen.«

Hauke knetete liebevoll Peters rechte Wange. Der Mann hatte sichtlich Spaß, während Peter ihre Vorstellung plötzlich nur noch halb so amüsant fand. Oben auf dem Deichkamm angekommen, schlugen sie den Weg direkt zum Anleger ein. Hanna und Moritz hatten vor dem Bauwagen an der Sitzecke gesessen. Peter hatte vorgeschlagen, es ihnen gleichzutun. Auf das romantische Kerzenmeer auf dem Tisch würden sie aber verzichten.

Goldberg hielt sich bewusst im Hintergrund. Sie konnten nicht wissen, ob ihr Fährmann sich nicht längst auf dem Gelände oder in Sichtweite befand. Er blieb hinter dem Schuppen neben dem mit einer Plane abgedeckten Boot zurück und blickte aufs Wasser hinaus. Es herrschte Flut, die Krückau schien wie eine Badewanne vollgelaufen zu sein. Die fortgeschrittene Dämmerung spendete nicht mehr viel Licht, aber jeder von ihnen hatte sicherheitshalber eine Taschenlampe mit dabei. Goldberg zog sein Telefon aus der Tasche. Inzwischen war es halb zehn durch. Er hoffte, dass sie nicht zu lange warten mussten und sich dieser unorthodoxe Ausflug am Ende lohnen würde.

Sein Blick glitt hinüber zu den beiden Turteltauben, die gerade dabei waren, ihren Picknickkorb auszupacken. Peter breitete die Decke vor dem Tisch aus und ließ sich darauf nieder. Hauke öffnete zwei Bierflaschen und reichte eine an seinen Freund weiter. Sie prosteten sich zu. Goldberg durchflutete plötzlich ein wohliges Gefühl. Erstaunlich schnell hatte er sich wieder in sein altes Leben eingefügt, obwohl er das zuerst nicht für möglich gehalten hatte. Die ersten Tage hier in Kophusen hatten sich trotz der Erleichterung alles andere als heimisch angefühlt. Er war in einem Paradox gefangen gewesen. Zwar war er einsam gewesen, aber an Gesellschaft war nicht zu denken gewesen. Er hatte sich seiner Gefühle für Judith geschämt. Seine beiden Freunde hatten ihm die Rückkehr jedoch leicht gemacht. Das wusste er zu schätzen.

Es verging eine geschlagene Stunde, in der nichts geschah. Goldberg hatte sich auf den Boden gehockt, mit dem Rücken gegen die Seitenwand des Schuppens gelehnt, und starrte auf den Fluss. Unter weniger angespannten Umständen hätte er den Abend durchaus genießen können. Plötzlich schoss ihm ein Gedanke durch den

Kopf. Mit einem faden Picknick im Grünen würde er Magda nicht hinter dem Ofen vorlocken, aber was wäre, wenn er sie gewissermaßen hierhin entführte? Er könnte einen der Fährmänner bitten, mit ihnen eine Bootstour zu unternehmen. Wie in Venedig. War das nicht sogar viel origineller? Venedig konnte doch jeder. Möglicherweise würde er ihr sogar die alles entscheidende Frage stellen. Moment, hatte er das gerade wirklich gedacht? Die alles entscheidende Frage? Nicht einmal Judith hatte er sie zu stellen gewagt. Und in ihrer Beziehung hatte es immerhin ein Kind gegeben. War er bereit für die Ehe? Kaum dass er das Wort in Gedanken ausgesprochen hatte, zog er die Idee auch schon zurück. Heiraten hatte er bisher immer kategorisch abgelehnt. Er brauchte keinen Trauschein, um sich zu einer Frau zu bekennen. Treue war für ihn auch so wichtig, dafür musste er nicht verheiratet sein. Zumal er gar nicht wusste, ob Magda überhaupt noch einmal heiraten wollte. Nach ihrer missglückten Ehe mit Georg hatte sie nicht übermäßig viel Lust mehr dazu verspürt. Das wusste er. Vielleicht würde sie ein Antrag eher verschrecken. Nicht jetzt, dachte er und schob seinen inneren Zwiespalt beiseite.

Das letzte Mal war ihr Sensenmann gegen elf Uhr gesichtet worden. Bis ein Uhr würden sie auf ihrem Posten bleiben. Das Flüstern der beiden Kollegen drang an sein Ohr. Obwohl er nicht verstand, worüber sie sprachen, konnte er Haukes leichtes Säuseln in der Stimme hören. Peter hingegen klang etwas genervt. Sie gaben durchaus ein realistisches Paar ab. Die Dunkelheit hatte sich inzwischen ausgebreitet. Geduld war nicht unbedingt Goldbergs Stärke, doch er zwang sich, konzentriert und vor allen Dingen wach zu bleiben. Die ausgeschaltete Taschenlampe drehte er nervös in seinen Händen. Das Fernglas hatte er um den Hals gehängt. Dann passierte etwas. Endlich! Es war das Geräusch der Wellen, das Goldberg aufhorchen ließ. Seine Muskeln spannten sich. Er beugte den Kopf vor in Richtung Krückau und erspähte die flackernden Lichter in etwa hundert Meter Entfernung.

»Er kommt«, flüsterte der Kommissar in das Funkgerät, das er in seiner Jackentasche trug.

»Wir sehen ihn«, quäkte es zurück.

Das Boot glitt flussabwärts Richtung Elbe. Genau wie das letzte Mal. Bisher konnte Goldberg nicht viel ausmachen. Außer einer Gestalt, die sich im Rhythmus des Riemens bewegte. Wieder ein neues Wort, das er im Zuge einer Ermittlung gelernt hatte. Die Wasserschläge waren jetzt deutlich zu hören. Das Licht der Fackeln erhellte die Nacht, doch das Gesicht der Person war nicht zu erkennen. Der schwarze Umhang besaß eine Kapuze, die die Gestalt tief über den Kopf gezogen hatte. Mit dem rechten Arm wriggte sie das Boot voran. In der linken Hand hielt sie die Sense. Es war in der Tat ein unheimlicher Anblick. Kaum hörbar bahnte sich der Fährkahn seinen Weg durch das Wasser. Die Gestalt vor ihm gab keinen Laut von sich. Es herrschte eine geisterhafte Stille, die nur von dem Geräusch der Wellen unterbrochen wurde. Goldberg sah, wie der Kahn die Sitzecke erreichte. Haukes und Peters Flüstern war verstummt. Das Schiff fuhr ungerührt weiter. Aus seiner Position hinter den Bäumen konnte Philip nicht feststellen, ob der Fährmann das vermeintliche Liebespaar entdeckt hatte. Doch als es gerade an ihnen vorbei war, erklang die Stimme des rätselhaften Bootsführes.

»Hol över.«

Goldberg lief es kalt den Rücken hinunter. Instinktiv zog er den Kopf ein. Und als wollte der Mann sichergehen, dass man ihn hörte, wiederholte er den Ruf ein weiteres

Mal. Die Stimme klang tief mit einem eindeutig norddeutschen Einschlag. Goldberg hielt die Luft an. Die Geräusche kamen näher. Der Kommissar lugte um die Ecke. In der Mitte der zwei Fackeln entdeckte er ein winziges rundes Licht. Goldberg legte die Taschenlampe auf dem Boden ab und nahm das Fernglas zur Hand. Aber es war zu dunkel, um zu erkennen, was da leuchtete. Der rote Punkt schien etwas erhöht zu stehen. Es konnte eine Kamera sein. Filmte der Sensenmann etwa seinen Auftritt? Der Kahn glitt an ihm vorüber. Sein Blick fiel auf den Schriftzug. Im Licht der Fackeln konnte er die mit weißer Farbe gemalten Buchstaben lesen: Denn der Sünde Sold ist der Tod.

Es war nicht schwer zu erraten, dass dieser Satz aus der Bibel stammte. Offenbar war hier jemand in religiöser Mission unterwegs. Goldberg ließ das Boot vorbeiziehen. Dann rappelte er sich auf.

»Kommt her«, flüsterte Goldberg so leise wie möglich in das Funkgerät.

»Verstanden«, gab Peter zurück.

Während die Kollegen sich zum Schuppen schlichen, ließ Goldberg das Boot nicht aus den Augen.

»Und nu?«, flüsterte Peter hinter ihm.

Der Kommissar drehte sich um. Seine Kollegen gingen neben ihm in die Hocke.

»Konntet ihr etwas erkennen?«, fragte Goldberg.

»Und ob! Hast du das Motto auf dem Kahn gelesen?«, wisperte Hauke und wiederholte die Worte.

»Ja, habe ich. Ist euch das rote Licht aufgefallen? Zwischen den Fackeln?«

»Ja, das muss eine Kamera sein«, sagte Peter.

»Okay, wir folgen ihm, und sobald sich die Möglichkeit ergibt, greifen wir zu«, flüsterte Goldberg.

»Und was ist, wenn er bewaffnet ist?«, wandte Peter ein.

»Mach mal halblang. Das ist ein harmloser Spinner.«

»Und wenn nicht?« Peter erhob sich, als ein Geräusch sie aufhorchen ließ. »Was war das?«

Die drei Beamten starrten in die Nacht. Die Krückau war leer. Das Boot schien hinter der Flussbiegung verschwunden zu sein.

»Vielleicht ist noch ein Sensenmann auf dem Landweg unterwegs«, mutmaßte Hauke.

»Wir müssen ihm hinterher«, schlug Peter vor.

»Ja, aber unauffällig. Ich will wissen, wo der Sensenmann anlegt. Vielleicht wartet dort ein Komplize auf ihn«, befahl Goldberg.

Die drei Beamten schlichen das Kopfsteinpflaster entlang, kletterten über die Metallabsperrung und gelangten auf den Deichkamm. Im spärlichen Licht des Mondes waren die Schafe bloß schwache Umrisse. Sie nahmen kaum Notiz von ihnen.

»Seht ihr den Schein der Fackeln? Weit kann er nicht sein«, flüsterte Peter.

»Psst«, zischte Goldberg.

Wortlos tasteten sie sich vorwärts und folgten dem Licht, das sich gegen den dunklen Himmel abzeichnete. Es dauerte eine Weile, bis sie die Flussbiegung erreicht hatten. Der Kahn schwamm ungefähr fünfzig Meter von ihnen entfernt. Wenn sie rannten, konnten sie in wenigen Minuten dort sein. Goldberg blieb stehen und ging in die Hocke.

»Wartet«, flüsterte er.

»Was macht der denn jetzt?«, fragte Hauke leise.

»Der steuert das Ufer an«, erwiderte Peter.

Das Boot bewegte sich langsam auf die Seester Seite zu.

»Da ist eine Stelle, wo er anlegen kann. Der will aussteigen.« In Peters Stimme war die Aufregung deutlich zu hören.

»Wir müssen rüber«, sagte Goldberg und erhob sich. »Zurück zur Fähre, aber keinen Mucks.«

Die drei Männer eilten zum Fähranleger zurück. Hauke stolperte einmal fast über seine eigenen Füße. Es gelang ihm gerade noch, einen Sturz abzufangen. Ein leiser Fluch entglitt ihm.

»Alles okay?«, wisperte Peter.

»Ja! Drecksdeich!«

Es dauerte nicht lange, und sie hatten den Anleger erreicht. Gemeinsam ließen sie den Fährmann Jakob zu Wasser, das Boot, das neben dem Bauwagen im Gras gelegen hatte. Obwohl es nahezu windstill war, schaukelte es, als Goldberg vorsichtig einstieg. Mühsam hielt er sich auf den Beinen. Peter stellte sich wesentlich geschickter an. Yoga, dachte Goldberg, wischte den überflüssigen Gedanken aber sofort beiseite. Hauke kam als Letzter an Bord. Peter musste ihn festhalten, damit er nicht das Gleichgewicht verlor.

»So eine wacklige Scheiße«, fluchte Hauke leise.

Als ihr Kollege endlich auf der Bank saß, übernahm Peter den Riemen und legte sich ins Zeug, um möglichst schnell ans andere Ufer zu gelangen. Doch diesen Kahn in die richtige Richtung zu manövrieren, gestaltete sich schwieriger als gedacht. Alles in allem hatte Goldberg das Gefühl, es dauerte ewig, bis sie wieder schlammigen Grund unter dem Kiel hatten. Peter sprang als Erster an Land und zog es ein großes Stück weiter ans Ufer. Endlich. Hastig stiegen die anderen beiden aus.

»Los, bevor er abgehauen ist«, drängte Peter.

»Wo soll er denn hin?«

Goldberg ignorierte Haukes Bemerkung. »Wo ist der Scheiterhaufen?«

Wortlos übernahm Peter die Führung den Weg hinauf zum Deich.

»Scheiße. Meine Füße sind patschnass.«

»Spar deine Kräfte, Hauke«, mahnte Goldberg.

Ein leises Fluchen erklang hinter ihm, das er geflissentlich überhörte. Peter erreichte den Drahtzaun, der die Wiese vom Feldweg trennte. Das Licht der Taschenlampe leuchtete auf. Goldberg sah, wie Peter den Deich erklomm. Sie folgten ihm. Die Fenster der Häuser hinter dem Erdwall waren vollkommen dunkel. Die Bewohner hatten offenbar noch nichts von ihrem nächtlichen Besuch bemerkt.

»Da ist Feuer«, entfuhr es Peter oben auf dem Deichkamm.

Es schien größer zu werden. Eine einzelne Flamme jedoch bewegte sich waagerecht in Richtung Fluss zurück.

»Ist das der Standort des Scheiterhaufens?«, fragte Goldberg.

»Verdammt. Beeilen wir uns besser«, rief Peter bereits im Laufschritt.

Sie trotzten der Dunkelheit und rannten den Deich entlang. Der Boden war uneben. Plötzlich erschien es Goldberg gar nicht mehr so unwahrscheinlich, dass man bei einem unglücklichen Sturz sein Leben verlieren konnte. Nach einigen Metern hatten sie freie Sicht auf den Scheiterhaufen, der inzwischen bis zum unteren Drittel loderte. Goldberg erfasste sofort die Gestalt, die aus dem aufgeschichteten Holz ragte. Hinter ihm hörte er Hauke brüllen.

»Verdammte Scheiße, wir müssen da rauf! Da oben steht einer.«

»Ich laufe zum Boot. Ihr kümmert euch um das Opfer«, rief Peter und zog seine Dienstwaffe aus dem Hosenbund. »Vielleicht erwische ich ihn noch.«

»Ich rufe die Kollegen.« Goldberg zog das Telefon aus der Hosentasche und wählte die Nummer der Einsatzzentrale. Das Gespräch dauerte nur wenige Sekunden. In der

Zeit hatte er sich dem Scheiterhaufen genähert.

»Verdammt, Philip, wie kriegen wir den da bloß runter?«, rief Hauke panisch.

Der Kommissar starrte auf die Umrisse des Körpers. Man hatte ihn an den Pfahl in der Mitte gebunden. Der Kopf hing vornübergebeugt, als wäre er bewusstlos oder, schlimmer noch, tot.

Die Hitze schlug ihnen ins Gesicht. Das Feuer hatte drei Viertel des Haufens eingenommen und fraß sich in Windeseile weiter nach oben. Der Holzstapel war bestimmt zwei Meter hoch, ohne Schutzkleidung würden sie sofort verbrennen.

»Was machen wir jetzt? Wir können den nicht elendig verrecken lassen«, brüllte Hauke.

»Hallo«, rief Goldberg nach oben. »Hören Sie mich?«

Das Knistern der Flammen war laut. Der Mann rührte sich nicht. In Sekundenschnelle überflog Goldberg ihre Optionen. Das Ding zu betreten war unmöglich. Um das Feuer zu löschen, fehlte ihnen jegliches Equipment. Weder hatten sie einen Eimer, noch würde die Zeit ausreichen. Aber genauso wenig konnten sie dastehen und zusehen, wie ein wehrloser Mann vor ihren Augen verbrannte. Die absurde Situation schien aussichtslos. Nur einige Meter vom Fluss entfernt fiel ein Mensch den Flammen zum Opfer.

»Wir müssen ihn da runterholen«, wiederholte Hauke. »Aber wie?«

Goldberg setzte sich in Bewegung. Er rannte einmal um den Haufen herum. Doch wer auch immer das gewesen war, hatte gründliche Arbeit geleistet. Es gab keine Aufstiegsmöglichkeit. Das Opfer rührte sich nicht. Entweder war es tot oder man hatte es betäubt, anders war die Starre nicht zu erklären. Er rief erneut. Ohne Ergebnis.

Hilflos verhallte seine Stimme in der Nacht. Dann endlich vernahm er die Sirenen.

»Die Feuerwehr«, rief Hauke.

Goldberg schaute nach oben. Dem Mann konnte nicht mehr geholfen werden, aber vielleicht würden sie wenigstens den ominösen Sensenmann erwischen.

»Ich lotse die Kollegen.«

Hauke lief der Sirene entgegen. Goldberg starrte unterdessen auf den leblosen Körper. Es war zum Verzweifeln. Wie egoistisch er war. Sein Überlebenswille war größer als der Wunsch, diesen Menschen zu retten. Fairerweise musste er zugeben, dass der Mann unmöglich noch am Leben sein konnte. Sie waren zu spät gekommen.

Peter rannte über die Wiese und erreichte wenig später das Ufer. Das Boot war leer. Er drehte sich um. Wo war der Mann hin? Als zwei Scheinwerfer aufleuchteten, wurde es ihm klar. Blitzschnell wandte er sich um. Das Auto stand seitlich zu ihm. Mit dem Lichtkegel leuchtete er in den Innenraum. Peter erkannte drei Gestalten. Ihre Köpfe waren mit schwarzen Kapuzen bedeckt. Er zielte auf die Reifen, doch der Wagen setzte sich bereits in Bewegung. Er kniff die Augen zusammen. Das Nummernschild fehlte. Wenigstens die Marke und den Fahrzeugtyp konnte er erkennen. Der leere Anhänger klapperte, während das Auto in der Dunkelheit davonraste.

»Verdammter Mist!«

Einen Augenblick blieb Peter stehen und starrte den kleiner werdenden Rücklichtern hinterher. Dann fiel ihm das Boot wieder ein. Im Lichtkegel der Taschenlampe sah er den Kahn am lehmigen Uferrand auf und ab wippen. Mit einem Seil war er an einem Busch festgebunden. Peter kämpfte sich durch das Schilf. Die Fackeln hatte der Sensenmann gelöscht. Peter leuchtete hinein. Das rote Licht war verschwunden. Die leere Halterung, die am Bootsrand mit einer Zwinge befestigt war, verstärkte ihre Vermutung, dass der Sensenmann sich bei seiner Aktion gefilmt hatte. Der Innenraum des Bootes war ebenfalls leer. Peter fragte sich, ob das Opfer mit dem Kahn transportiert worden war oder ob die beiden Komplizen ihn in dem Wagen hierhergebracht hatten. Mit Glück war der Mann bereits tot, bevor man ihn in Brand gesteckt hatte. Wenn ja, hatte der Tod Skrupel bewiesen, das machte ihn auf absurde Weise menschlich.

Als Peter zur Wiese zurückkehrte, waren die Feuerwehrmänner noch mit dem Löschen beschäftigt. Er schloss zu seinen beiden Kollegen auf, die sich einige Meter entfernt aufhielten, um die Arbeiten nicht zu behindern.

»Und?«, fragte Philip.

»Ich war zu spät. Keine Chance. Aber es waren drei. Die zwei Komplizen müssen im Fluchtauto auf ihn gewartet haben. Immerhin haben sie das Boot dagelassen.«

»Hast du das Kennzeichen?«, fragte Philip.

»Nee, abgenommen. Aber es war einer von diesen SUVs. Ein Volvo. Dunkelblau oder schwarz.«

»Verdammte Scheiße«, entfuhr es Hauke und drückte damit laut aus, was sie alle dachten.

Diesen Einsatz hatten sie gründlich vermasselt. Das Blaulicht hatte inzwischen sämtliche Nachbarn geweckt. Einige Schaulustige hatten sich eingefunden. Peter hatte nicht übel Lust, sie alle gleich zu verhaften. Er mochte diese Gaffer nicht. Einer von ihnen hatte sein Smartphone gezückt und begann, das Geschehen zu filmen. Peter wollte gerade eingreifen, doch Hauke kam ihm zuvor. Sein Kollege stellte sich dem Mann in den Weg.

»Das würde ich an Ihrer Stelle besser lassen. Oder möchten Sie eine Anzeige haben?«

»Ich mache doch gar nichts«, erwiderte der Gaffer und sah von seinem Display auf.

»Die Anfertigung einer solchen Aufnahme, die ‚die Hilflosigkeit einer anderen Person zur Schau stellt‘ sind laut Paragraf 201a StGB verboten. Dazu kommt die Behinderung der Einsatzkräfte. Für Sie bedeutet das nicht nur ein Bußgeld, dafür können Sie bis zu zwei Jahren einsitzen.«

»Lassen Sie mich gefälligst in Ruhe. Sind Sie überhaupt Polizist?«

Wenn Philip dem Mann nicht in diesem Augenblick seinen Dienstausweis unter die Nase gehalten hätte, hätte Hauke ihm vermutlich das Telefon aus der Hand gerissen.

»Polizei Kophusen. Goldberg. Philip Goldberg. Sie werden diese Aufnahmen sofort löschen.«

Der große Blonde musterte sie.

»Das sage ich kein zweites Mal.«

Zögernd warf der Gaffer einen Blick auf den Ausweis. Dann nickte er widerwillig und tat wie von ihm verlangt.

»Das nächste Mal verpasse ich Ihnen eine Anzeige, haben wir beide uns verstanden?«, sagte Hauke.

»Ich wusste nicht, dass das strafbar ist«, erwiderte der Mann kleinlaut.

Hauke stand sichtlich kurz vor einer Explosion, doch er beherrschte sich.

»Selbst wenn das nicht strafbar wäre, besitzen Sie denn keinen Funken Anstand? Der Mann da ist vielleicht bei lebendigem Leib verbrannt, und Sie haben nichts Besseres zu tun, als das zu filmen? Was hatten Sie mit den Aufnahmen vor? Sie ins Netz stellen und sich am Tod eines Menschen aufgeilen?«

Entgeistert starrte der Blonde ihn an. Der Spott war aus seinem Gesicht gewichen.

»Was sind Sie bloß für ein Mensch? Sind Sie überhaupt einer? Wenn Ihre eigene Frau da oben in Flammen aufginge, würden Sie sie dann auch filmen? Was ist das? Sensationsgeilheit, oder wollen Sie mit diesen Aufnahmen viral gehen? Ist es das? Berühmt für fünf Minuten?«

Hauke redete sich immer mehr in Fahrt. Er hatte dem armseligen Mann anscheinend noch so einiges mit auf den Weg zu geben, als Philip beschwichtigend die Hand auf die Schulter des Kollegen legte.

»Sie sollten jetzt in Ihr Haus zurückkehren, sonst überlegen wir uns das mit der Anzeige doch noch«, sagte Philip.

Hastig nickend drehte der Mann sich auf dem Absatz um und schlich wie ein räudiger Köter von dannen.

»Beruhige dich.«

»Ich will mich aber nicht beruhigen. Diese Leute lernen nur, wenn so ein Verhalten Konsequenzen hat.«

»Ja, ich weiß, und trotzdem haben wir gerade Wichtigeres zu tun.«

Sie wandten sich wieder zum Scheiterhaufen um, wo gerade einer der Feuerwehrmänner sich den Weg nach oben zu dem Gefesselten bahnte. Als er das Seil, mit dem man ihn festgebunden hatte, durchtrennte, sackte der Körper in sich zusammen. Sie waren zu spät. Der Sensenmann hatte sein erstes Todesopfer gefordert.

25

Sobald die Elmshorner Kollegen am Tatort eingetroffen waren, hatte Goldberg ihnen Bericht erstattet und sich anschließend mit seinen Beamten zurückgezogen. Der Einsatzleiter hatte versprochen, sie über die laufenden Ermittlungen in Kenntnis zu setzen. Es wurmte den ehemaligen Hauptkommissar, dass sie alle weiteren Ermittlungen abgeben mussten. Aber so waren die Regeln. Dienststellenleiter in Kophusen zu sein bedeutete nicht nur weniger Stress, sondern auch weniger Verantwortung. Immerhin war der Elmshorner Kollege nicht so unkooperativ wie Dietmar Klose aus Itzehoe, der ihnen den letzten Fall weggenommen und jegliche Zusammenarbeit unmissverständlich abgelehnt hatte.

In dieser Nacht war nicht an Schlaf zu denken. Zu Rosi wollten sie nicht, samstags brummte der Laden meistens, also beschlossen sie, kurz auf der Wache einzukehren. Hauke hatte am Freitag einen Kasten Bier gekauft, der noch immer im Auto stand. Jeder mit einer Flasche in der Hand, starrten die drei Männer trübe vor sich hin. Peter brach als Erster das Schweigen.

»Das war scheußlich. So etwas habe ich noch nie erlebt.«

»Wenigstens war er schon tot, als man ihn angezündet hat. Von dem Feuer hat der arme Kerl nicht mehr viel mitbekommen«, lenkte Hauke ein.

Der Notarzt, den sie verständigt hatten, hatte nichts mehr tun können. Als die Feuerwehr ihn vom Mast nahm, war das Opfer fast bis zur Unkenntlichkeit verbrannt gewesen. Fest stand nur, dass die Leiche männlich war.

»Trotzdem. Wer macht denn so etwas? Das sieht doch nach einer Hinrichtung aus. Wie die Hexenverbrennung früher im Mittelalter.«

»Dazu passt das Bibelzitat auf dem Fährkahn«, stimmte Goldberg Peter zu. »Der Tote wurde öffentlich abgestraft. Er muss jemanden sehr verletzt haben.«

»Makaber. Unser Fährmann hat jedenfalls ein Faible für Feuer. Erst dieser Brief, jetzt ein Mensch. Und dann noch die Kamera. Wieso filmt der sich dabei?« Hauke nahm einen kräftigen Schluck aus der Flasche. »Da wird es mal richtig interessant und wir sind wieder raus.«

»Wer sagt denn das? Wir ermitteln ja wohl weiter.«

»Wir müssen die Obduktionsergebnisse abwarten«, bemerkte Goldberg und hoffte, dass der Einsatzleiter Wort hielt und sie informierte. »Kam euch irgendetwas an dem Opfer bekannt vor?«

»Viel war ja nicht mehr von ihm übrig, was man hätte identifizieren können.«

Hauke schüttelte angewidert den Kopf. Peter zögerte

kurz, bevor er ebenfalls verneinte.

»Könnte es nicht der verschwundene Fährmann gewesen sein?«, erwog Peter.

»Und welcher der beiden?«, fragte Hauke. »Und die Täter, konntest du die wirklich nicht erkennen?«

»Nee, keine Chance.«

»Schöne Scheiße.«

»Ich werde am Montag mit der Zulassungsstelle telefonieren. Ich kenne da jemanden, vielleicht kann er mir helfen, den Volvo ausfindig zu machen.«

»Hoffentlich«, brummte Hauke. »Ich will diese Scheißkerle kriegen.«

»Denken wir logisch«, begann Goldberg. »Wenn wir davon ausgehen, dass es sich um dieselben Täter handelt, die den Abschiedsbrief aufgebahrt haben, was war heute ihr Motiv, wieder als Sensenmann in Erscheinung zu treten und den Mann auf dem Scheiterhaufen zu verbrennen?«

»Kommt drauf an, wer das Opfer ist. Solange wir das nicht wissen, wird das schwierig«, entgegnete Hauke resigniert.

Die Beamten schwiegen eine Weile. In Goldbergs Kopf machte sich ein Gedanke breit. Das Verbrennen auf dem Scheiterhaufen kam einer öffentlichen Hinrichtung gleich. Also lautete die Frage, was ihr Opfer getan hatte, um diesen Tod zu verdienen. Wenn der Mann bereits tot gewesen war und nicht direkt durch die Flammen starb, hieß das, dass sie es nicht mit wirklich skrupellosen Tätern zu tun hatten. Trotzdem sollte sein Körper vernichtet werden. Bei dem Brief lag die Sache anders. Der sollte unbeschadet gefunden und gelesen werden. Da ging es mehr um den eigentlichen Akt als um das tatsächliche Vernichten.

»Nehmen wir mal an, der Tote auf dem Scheiterhaufen

ist einer unserer vermissten Fährmänner«, schlug Goldberg vor. »Wer könnte ein Interesse an seinem Tod haben?«

»Wenn es der Lehmann ist, wo war seine Leiche dann fünf Monate lang? Oder hat man ihn die ganze Zeit über gefangen gehalten?«, warf Hauke ein.

»Es könnte genauso gut Jessen sein«, stellte Peter fest. »Vielleicht hat sich Lehmann an Jessen gerächt? Wäre doch möglich, dass sie keine so guten Freunde mehr waren. Das könnte sogar der Grund dafür sein, dass er abgehauen ist.«

»Wir sind uns einig, dass es mit Olga zu tun haben muss?« Goldberg blickte in die Runde. Seine Kollegen nickten zustimmend.

»Eifersucht? Jessen hat eine Affäre mit ihr, Lehmann kommt dahinter und setzt sich ab, um einen Racheplan zu schmieden. Olga erfährt von Jessens Entführung und bringt sich um, weil sie die Schuld nicht erträgt?«, mutmaßte der Kommissar.

»Klingt in meinen Ohren völlig plausibel«, bemerkte Hauke und nahm einen Schluck Bier.

»Aber Lehmann verschwindet doch nicht so lange im Voraus«, entgegnete Peter skeptisch. »Und außerdem, wer sind die anderen zwei?«

»Vielleicht hat es ihm gereicht und er ist Hals über Kopf abgehauen. Der Racheplan hat sich erst später entwickelt. Wenn man allein vor sich hin schmort, kann das ganz unschöne Folgen haben. Frag Philip, der kennt sich aus!«

Die Spitze konnte sich Hauke nicht verkneifen. Goldberg nickte zum Zeichen der Zustimmung. Er hatte ja recht. In der Isolation steigerte man sich in seine Gedankenwelt hinein und kam eventuell auf dumme Ideen.

»Aber wer sind dann seine Komplizen?«, fragte Peter erneut. »Und was ist mit Sven Kranz?«

»Vielleicht hat er Jessen helfen wollen und kam Lehmann in die Quere«, schlug Hauke vor.

»Dann sollte der Schäfer vorsichtshalber nicht wieder aus dem Koma aufwachen. Jedenfalls nicht, bevor wir Lehmann geschnappt haben«, erwiderte Peter.

Goldberg dachte nach. Es war durchaus denkbar, dass es sich derart abgespielt hatte. Aber die Zeit zwischen Lehmanns Verschwinden und Jessens Tod erschien ihm zu lang. Was sollte Lehmann mit Jessen über zwei Monate gemacht haben, bevor er ihn endgültig umbrachte? Gefangen gehalten? Gefoltert? Und wer waren die zwei Komplizen, die sich an diesem monströsen Plan beteiligten? Und vor allen Dingen, warum?

»Und welche Theorie haben wir, wenn der Tote Wilhelm Lehmann ist?«, warf Goldberg in den Raum.

»Wie wäre es mit seinen Kindern?«, schlug Hauke vor.

»Warum die Kinder?«, fragte Peter.

»Die sind sauer, dass er sie und ihre alkoholkranke Mutter verlassen hat.«

»Das macht ja nun gar keinen Sinn. Wieso sollten die dann Jessen was antun, geschweige denn dem Kranz?«

»Ich denke, es existiert ein Geheimnis zwischen den Fährmännern, von dem Olga möglicherweise gewusst hat. Als die beiden Männer verschwinden, packt sie die Angst, es könnte sie als Nächstes erwischen, und sie bringt sich selbst um. Vielleicht ist sie sogar erpresst worden. Vielleicht ist ihr Freitod in Wirklichkeit ein Mord«, mutmaßte Goldberg.

»Es gibt doch einen Abschiedsbrief«, warf Peter ein.

»Der könnte ein erzwungenes Geständnis sein. Warum lag der Brief nicht bei der Leiche? Wer hat ihn entwendet?«, fragte Goldberg.

»Ach, du meinst, dass man Olga kurz vor ihrem Tod

gezwungen hat, den Brief zu schreiben?«, hakte Peter nach.

»Warum nicht?«

»Dann hätten wir es aber mit Tätern zu tun, die wir noch gar nicht auf dem Schirm haben«, schlussfolgerte Hauke. »Und ohne Motiv finden wir die nie.«

»Ich bin mir sicher, bei Olga laufen die Fäden zusammen. Wir müssen unbedingt mit Marleen sprechen. Vielleicht hatte Olga zu ihrer Tochter ein engeres Verhältnis«, meinte Goldberg.

»Ja, oder sie ist kooperativer als ihr versnobter Bruder. Würde mich nicht wundern, wenn der die armen alten Männer abgemurkst hat. Außerdem wäre der jung und fit genug, diesen Kahn zu lenken.«

Peter drehte seinen Kopf zu Hauke. »Na, jetzt kommt es raus.«

Goldberg musste schmunzeln. Hauke hatte sich, ohne es zu ahnen, in ein Fettnäpfchen gesetzt.

»Was soll das jetzt schon wieder heißen?«, fragte Hauke irritiert.

»Ich bin neunundfünfzig Jahre alt und durchaus noch in der Lage, so einen Kahn zu lenken. Wie du gesehen hast«, entgegnete Peter.

Hauke verzog sein Gesicht zu einer reumütigen Miene. Geschlagen hob er die Hände.

»Entschuldigung, mein Freund, so habe ich das nicht gemeint.«

»Sechzig ist das neue Fünfzig. Merk dir das, bevor du dich über das Alter anderer Leute mokierst. Du denkst wirklich nur in Schubladen.«

Hauke sah zu Goldberg hinüber. »Kannst du auch mal was sagen?«

»Ich mische mich nur ein, um Gewaltanwendung zu unterbinden. Alles andere müsst ihr unter euch klären.«

»Toller Chef.« Er prostete ihm zu. »Danke.«

Goldberg erwiderte die Geste und nippte an dem Bier.

»Wir sind uns also einig, dass der Tote eine Verbindung zu Olga haben muss?« Goldbergs Kollegen nickten. »Eifersucht wäre denkbar, aber es könnte noch ein weiteres Motiv geben.«

»Nun spuck es schon aus.«

»Mal angenommen, Olga hätte eine Liaison gehabt, dann könnte daraus doch ein Kind entstanden sein?«

»Ja, und ein Sohn wäre Haukes Meinung nach auch kräftig genug.«

Hauke rollte mit den Augen und stieß ein verhaltenes Schnauben aus.

»Wie lange wirst du mir das vorhalten? Einen Monat, zwei?«

»Konzentriert euch«, ermahnte Goldberg. »Ich denke da an ein uneheliches Kind, dass sie zur Adoption freigegeben hat. Möglicherweise ein Ergebnis aus einer frühen Affäre mit Jessen.«

»Du meinst ein trauriges Leben im Heim, Waise erfährt von den leiblichen Eltern und rächt sich für seine schreckliche Kindheit.« Hauke wandte den Blick zu Peter. »Oh, entschuldige, wenn dir das wieder zu schubladenhaftig ist.«

Bevor Peter antworten konnte, ging Goldberg dazwischen.

»Wir werden am Montag der Tochter einen Besuch abstatten«, bestimmte Goldberg. »Und ich gehe jetzt ins Bett. Danke für das Bier. Gute Nacht.«

»Schlaf gut, Philip.«

Draußen herrschten noch immer warme Temperaturen. Kurz kam ihm der Gedanke, spontan bei Magda vorbeizuschauen und sie einfach um Verzeihung zu bitten, aber er tat es nicht. Stattdessen dachte er über Strafe und Buße nach. Hatten sie es mit einem religiösen Fanatiker zu tun, der vielleicht gar nichts mit dem familiären Umfeld zu schaffen hatte? Möglicherweise war Olga Mitglied einer orthodoxen Kirche gewesen, die eine außereheliche Affäre nicht guthieß. Sie mussten ihr Ermittlungsfeld erweitern. Ein Grund mehr, ihre Tochter zu befragen. Goldberg machte sich eine gedankliche Notiz. Die These der Eifersucht des Opfers behielt er im Hinterkopf.

Auf dem Deich zu seiner Linken hörte er ein Schaf blöken. Er erinnerte sich, als er zum ersten Mal hier entlanggegangen war. Hauke hatte ihn verzweifelt von der Wache aus angerufen. Damals war er Hilde Deterding begegnet. Da ahnte er nicht, was ihn hier in Kophusen erwarten würde. Kurz entschlossen nahm er die Stufen, die in die Deichwand eingelassen waren. Oben angekommen setzte er sich und ließ den Blick über die Elbe schweifen, die vor ihm im Mondlicht schimmerte. Er wollte bleiben. Sicher nicht für immer, aber ein gutes Stück des Weges würde er in Kophusen verbringen. Hier am Deich hatte er noch etwas zu erledigen. Ohne Magda würde er nicht gehen. Das Telefon in seiner Tasche vibrierte. Er zog das Gerät heraus und schaute auf das Display.

»Was ist los, Hauke? Muss ich den Ringrichter spielen?«

»Was? Nein, Quatsch. Der nette Kollege hat gerade angerufen. Sie wissen, wer der Tote ist.«

Schlagartig veränderte sich seine Stimmung und er schaltete auf Ermittlungsmodus um.

»Und?«, fragte er.

»Unser vermisster Fährmann.«

»Welcher der beiden?«

»Fritz Jessen, der Mann von Lydia.«

»Ich bin gleich bei euch.«

Die Betriebsamkeit auf der Wache war herzerwärmend. Wenn es nicht immer um verbrecherische Aktivitäten gehen würde, hätte ihr Zusammenspiel direkt etwas Heimeliges an sich.

»Wie haben die das so schnell herausbekommen?«, fragte Goldberg, noch bevor er die Tür hinter sich geschlossen hatte.

»Jessen trug einen Ehering. Aber nicht um den Finger, sondern an einer Kette um den Hals. ›In ewiger Liebe Fritz und Lydia‹ eingraviert«, erklärte Hauke, das zweite Bier vor sich. »Der Kollege hat es gesehen und ihm abgenommen, bevor er in die Rechtsmedizin gebracht wurde.«

»Also ist es nur eine Vermutung«, bemerkte Goldberg, seine Enttäuschung unterdrückend.

»Na ja, eine sehr wahrscheinliche, wenn du mich fragst. Die Täter wollten sichergehen, dass wir das Opfer identifizieren können.«

»Was Neues von den Sensenmännern?«, fragte der Kommissar.

Peter schüttelte den Kopf, ohne von seinem Rechner aufzuschauen. Das halbvolle Bier stand neben dem Bildschirm.

»Auch noch eins?«, fragte Hauke.

»Nein, danke. Ich ziehe einen klaren Kopf vor.« Er schwang sich auf den ockerfarbenen Besuchertresen.

»Also, was ergibt sich daraus?«

Peter sah auf. »Fritz Jessen wurde vor zwei Monaten von seiner Frau Lydia als vermisst gemeldet. Es gab mehrere Presseaufrufe, aber er blieb wie vom Erdboden verschluckt. Bis jetzt.«

»Unter der Annahme, dass er es wirklich ist«, mahnte Goldberg.

Peter nickte und fuhr fort: »Jessen verschwand am

achtundzwanzigsten Februar diesen Jahres, also vor gut zwei Monaten. Ein Handy besaß er nicht. Wir waren bei der groß angelegten Suchaktion dabei. Hunde, Taucher, alles erfolglos. Bei Freunden ist er nie aufgetaucht. Auch bei seinen Kindern nicht. Man hat nie eine Leiche gefunden.«

»Bis heute Nacht.«

Peter nickte.

»Aber das ist noch nicht alles, was unser Superhirn ausgegraben hat«, sagte Hauke. »Erzähl schon.«

»Ich habe mir eben noch mal die Daten angesehen, und zwei Ereignisse liegen verdächtig nah beieinander.« Peter machte eine kurze Pause, ehe er weitersprach. »Olga Lehmann verstarb am zweiten März. Also genau zwei Tage, nachdem Fritz verschwand.«

Goldberg hob die Augenbraue. Das war kein Zufall.

»Mach morgen bei den Kollegen Druck. Ich will die Akte haben. Und zwar von allen vieren.«

»Da rufe ich gleich in der Früh an.«

»Wir haben keinen eindeutigen Beweis, dass Olga Lehmann sich selbst getötet hat«, murmelte Goldberg.

»Glaubst du ernsthaft, dass die Alte umgebracht wurde?«

»Hauke, ab wann beehrst du eine Dame mit dem Titel Alte? Ab vierzig?«, fragte Goldberg.

»Dann ist sie ja so alt wie ich. Nee, ab sechzig.«

»Dann bin ich also auch der Alte für dich?«, bemerkte Peter.

»Noch nicht, du bist ja noch ein Jahr drunter, außerdem siehst du nicht so aus. Graue Haare muss man schon haben, um den Titel verliehen zu bekommen.«

»Witzbold.«

»Gleich am Montag fahren Hauke und ich zu Marleen,

und du, Peter, kümmerst dich um den Hintergrundcheck der gesamten Familie Lehmann. Alles, was du finden kannst.«

»Montag ist mein freier Tag«, wandte Hauke ein.

»Jetzt nicht mehr.«

26

Peter hatte zum zweiten Mal in Folge schlecht geschlafen. Sonntagabend hatte er sich eigentlich mit Hauke bei Rosi treffen wollen, aber der hatte sich mit seiner neuen Flamme Elsa verabredet. Daraufhin hatte er Philip angerufen, und die beiden hatten sich auf einen Tee in dessen Garten getroffen. Es war ein schöner ruhiger Abend gewesen. Natürlich war ihr aktueller Fall ebenso Gesprächsthema wie Philips Verhältnis zu Magda. Auch wenn sein Chef nicht viel erzählt hatte, man sah es ihm an, dass er nicht glücklich über die Situation war. Peter hatte ihm angeboten, sich für ihn bei Magda einzusetzen, aber Philip hatte das vehement abgelehnt. In der Nacht hatte er von den beiden geträumt. Magda, die ihn umbringen wollte, und Olga Lehmann, die Fritz auf dem Scheiterhaufen festband. Um drei war er aufgewacht. Um sechs Uhr war er schließlich zur Wache gefahren.

Der Hintergrundcheck der Familie Lehman gestaltete sich schwierig. Im Netz war nichts zu finden über sie. Resigniert nahm er Olgas Brief erneut zur Hand und überflog die Zeilen.

… Um Euch nicht den Vater zu nehmen. Besonders Dir, Tom. Ich habe gesehen, wie sehr Du an ihm gehangen hast. Trotz seiner Ausfälle. Ich habe lange versucht, wieder sicheren Boden unter die Füße zu bekommen, leider ist es mir nicht gelungen. Nach allem, was geschehen ist, kann ich nicht ohne ihn leben. Ihr wisst, er war ein eigenwilliger Mann, aber auch ich trage Schuld an dem, was er getan hat. Ich hätte ihm eine bessere Frau sein sollen und Euch eine bessere Mutter …

Was bedeutete ›trotz seiner Ausfälle‹? Was war in dieser Familie passiert? Offenbar hatte der häusliche Segen schief gehangen, anders war das nicht zu interpretieren. Er blickte auf die Wanduhr. Es war halb acht. Konnte er es um diese Zeit schon bei Marleen probieren? Er beschloss zu warten und loggte sich auf dem Portal der örtlichen Presse ein. Die Artikel, die er fand, waren wenig ergiebig. Aber was hatte er erwartet? Dass der Norddeutsche Kurier mehr wusste als die Polizei? Er entschied, Bruno in Kiel anzurufen. Olgas Brief und die Geldscheine des Strohmanns sollten inzwischen angekommen sein.

»Hab mir schon jewundert, wann ihr euch meldet«, sagte Bruno ohne ein Wort der Begrüßung.

Sein Berliner Dialekt kam immer wieder mal durch, obwohl er normalerweise einwandfreies Hochdeutsch sprach. Er kokettierte gern damit, dass er nicht aus Norddeutschland, sondern aus der hippen Hauptstadt stammte.

Goldberg und er waren zusammen zur Polizeischule gegangen. Während ihr Chef den Weg der Beamtenlaufbahn eingeschlagen hatte, hängte Bruno ein Medizinstudium dran. Der Polizeidienst war nichts für ihn, hatte er festgestellt. Nun war er in Kiel als Chefarzt der Rechtsmedizin gelandet und erledigte kleinere Aufgaben für sie. Natürlich inoffiziell.

»Und? Bist du schon dazugekommen, dir die Sachen anzugucken?«

»Ja, und das, obwohl ich seit Samstag eine frische Leiche auf dem Tisch habe, wie ihr wahrscheinlich wisst. Die kommt doch auch von euch, oder?«

»Nicht direkt. Aber wenn ich dich schon einmal dran habe, würde ich auch dazu gerne mehr wissen.«

»Eins nach dem anderen. Ihr haltet mich schon genug auf Trab.«

Bruno lachte.

»Also, an den Scheinen sind jede Menge Fingerabdrücke. Wie zu erwarten war, ist es unmöglich, die sicherzustellen. Bei dem Brief sieht es anders aus. Da konnte ich zwei saubere Abdrücke nehmen. Ich schicke sie euch heute Nachmittag zum Abgleich.«

»Danke. Und was ist mit Fritz Jessen?«

»Da weißt du mehr als ich. Einen Abdruck des Gebisses haben wir gemacht. Er hat schwerste Verbrennungen davongetragen. Aber zum Glück ist er nicht vollständig verbrannt. Auf den Röntgenbildern ist eine Kopfverletzung zu erkennen. Sieht mir nach einem Schlag auf den Hinterkopf aus. Vermutlich mit einem stumpfen Gegenstand. Genaueres weiß ich erst nach den Laborergebnissen.«

»Also ist er vor dem Brand ermordet worden?«

»Das wäre durchaus möglich. Bevor du fragst, ich habe

tatsächlich noch Partikel sicherstellen können. Sieht mir nach einem groben Gegenstand aus Glas aus. Vielleicht einer dieser massiven Aschenbecher oder Ähnliches. Näheres nach der Analyse.«

»Sonst irgendetwas Auffälliges?«

»Ja, einige Verletzungen, die auf den Bildern zu sehen sind, könnten auf Abwehrspuren hindeuten. Wenn das stimmt, hat unser Opfer sich gewehrt, und zwar ziemlich heftig.«

»Verstehe.«

»Sag mal, was stimmt bei euch da unten eigentlich nicht? Ich sollte endlich mal nach Kophusen kommen und mir diesen ungewöhnlichen Menschenschlag anschauen.«

»Du kommst ja doch nicht.«

»Wie geht es dem Stationsleiter?«

»Geht so.«

»Was ist los?«

»Du weißt es nicht?«

»Nein.«

»Er hatte Kontakt mit Judith aufgenommen.«

»Was?«

»Ja, das hat uns alle umgehauen. Er und Magda sind nicht mehr zusammen deswegen.«

»Er ist doch nicht wieder …«, weiter kam Bruno nicht.

»Nein, zum Glück nicht. Am besten, er sagt dir das persönlich.«

»So diskret, Peter?«

»Ja, in manchen Dingen schon.«

»Grüße ihn von mir und deinen Charmebolzen auch. Diesen Sommer werde ich euch besuchen kommen. Versprochen.«

Nach dem Telefonat ging Peter in die Küche und schenkte sich Kaffee ein. Die Kekse waren leider alle. Er musste dringend neue kaufen. Mit dem Becher in der Hand lehnte er sich an den Türrahmen und überlegte, wie die Täter den armen Jessen wohl auf den Scheiterhaufen bugsiert hatten. Viele unterschätzten, wie schwer eine Leiche war. Man brauchte Kraft, um sie zu bewegen. Zu dritt wäre das sicherlich möglich gewesen. Die beiden Komplizen mussten in Seester auf den Sensenmann gewartet haben. Er war gespannt auf die Ergebnisse der Spurensicherung. Ob Jessen in dem Kahn transportiert worden war oder nicht. Warum bloß dieser Aufwand, fragte sich Peter. Offensichtlich wollten die Täter ihr Opfer zur Schau stellen. Sollte das zur Abschreckung dienen? Doch auf wen war das gemünzt? Der Spruch am Boot schloss auf ein religiös motiviertes Verbrechen. Oder war das nur Ablenkung und Teil einer völlig verrückten Inszenierung? Dazu passte die Kamera an Bord. Wollten sie die Aufnahmen womöglich ins Netz stellen? Peter setzte sich an den Rechner und rief gerade das bekannteste Videoportal auf, als das Telefon klingelte. Es war Paul Degen, ihr Strohmann aus Freiburg.

»Ich habe die Fotos bekommen und wollte Bescheid geben, dass es der Mann neben mir ist, der mich gefragt hat, ob ich das Boot für ihn kaufe.«

»Kennen Sie den anderen auch?«

»Nee, den habe ich noch nie gesehen. Was ist mit meinem Geld?«

»Die Geldscheine sind wieder freigegeben. Sobald ich sie zurückhabe, schicke ich Sie Ihnen zu.«

Degen grummelte etwas Unverständliches.

»Sagen Sie, könnte der Mann sich verkleidet haben?«

»Was soll das jetzt wieder? Nein. Obwohl, na ja, meine Augen sind nicht mehr die besten.«

»Ich danke Ihnen, Herr Degen. Und falls sich die Person noch einmal bei Ihnen melden sollte, geben Sie uns bitte umgehend Bescheid.«

»Meinetwegen«.

Peter hörte das Klicken in der Leitung. Degen hatte einfach aufgelegt.

27

»Vermutlich ist der andere Mann vom Segelverein einer unserer Komplizen.«

Goldberg hatte mehr zu sich selbst gesprochen. Er saß wie gewohnt auf dem Tresen und ließ die Beine baumeln.

»Ja, das habe ich auch gedacht«, sagte Peter.

»Moment mal, habt ihr nicht gesehen, wie alt die Männer auf den Fotos sind? Wie sollen solche Tattergreise bitte einen ausgewachsenen Mann transportieren?«

»Nur weil sie alt sind, heißt das nicht, dass sie auch klapprig sein müssen«, wandte Goldberg ein. »Lass dich nicht von Äußerlichkeiten täuschen.«

»Schon klar, aber die sehen aus wie hundert.«

»Nun übertreib mal nicht, Hauke. Ich habe überlegt, ob sich die beiden Männer vielleicht verkleidet haben könnten.«

»Verkleidet?«

»Na ja, vielmehr sich älter gemacht haben. Damit man sie nicht erkennt. Die sind schon ein Risiko eingegangen, indem sie dort aufgetaucht sind.«

Goldberg versank in seine Gedanken. Sie hatten es mit mindestens drei Tätern zu tun, vielleicht sogar mehr. Wer sagte, dass es nur einen Sensenmann gab? Niemand hatte das Gesicht gesehen. Es konnten genauso gut mehrere sein. Eine Gruppe von Leuten, die beschlossen hatten, ein Exempel an den beiden Fährmeistern zu statuieren? Damit würde ihre Theorie über das uneheliche Kind hinfällig. Hatten sie es stattdessen mit einem Ritualmord unter Fährmännern zu tun? Hatten Lehmann und Jessen vielleicht gegen irgendeinen ominösen Ehrenkodex verstoßen? Nur Sven Kranz war nicht auf der Krückau unterwegs gewesen. Falls der überhaupt zu den Opfern zählte und tatsächlich einem versuchten Totschlag entkommen war. Hatte er Jessen womöglich Schutz geboten? Wollte er seinen Ziehvater retten? Vielleicht hatte er mit den Fährmännern reden, sie zur Vernunft bringen wollen. Aber das war gründlich schiefgelaufen. Wenn Olga tatsächlich Selbstmord begangen hatte, hatte sie möglicherweise von dem Geheimnis der Männer gewusst. Das könnte es sein, was es zu verzeihen galt. Aber was hatten Wilhelm Lehmann und Fritz Jessen so Schlimmes getan, dass sie den Tod verdienten? Und wo war dann die Leiche von Lehmann? Warum war er nicht öffentlich verbrannt worden, wenn er sich doch der gleichen Tat schuldig gemacht hatte? Immerhin wurde er schon seit Monaten vermisst. Oder lebte er noch und wartete auf seine bevorstehende Strafe? Vielleicht gab es in der Nähe einen weiteren Scheiterhaufen, der bisher unentdeckt geblieben war?

»Hey«, rief Hauke und stieß gegen Goldbergs rechtes

Bein. »Kannst du uns bitte an deinen wertvollen Gedankengängen teilhaben lassen?«

»Wir müssen mit den Mitgliedern des Fährvereins sprechen«, erwiderte Goldberg geistesabwesend.

»Was? Das sind fast fünfzig Leute.«

»Du denkst, die waren das?«, fragte Peter, Haukes Einwand übergehend.

Goldberg teilte ihnen seine Überlegungen mit und stieß dabei auf wenig Gegenliebe. Die beiden Beamten waren hier geboren und hatten ihr ganzes bisheriges Leben in der Elbmarsch verbracht. Es war für sie jedes Mal schwer zu glauben, dass einer von ihnen ein Verbrechen begangen haben sollte.

»Also, ich weiß nichts von einem Ehrenkodex. Das ist totaler Quatsch! Deine Fantasie geht mit dir durch.«

»Da muss ich Hauke recht geben. Ich kenne die meisten persönlich. Die sind alle sehr nett und harmlos. Ich kann mir nicht vorstellen, dass die einen Ritualmord begehen.«

»Außerdem wären die ja wohl nicht so dumm und würden ihre Kollegen so dicht am eigenen Anleger killen. Der Verdacht fällt doch dann sofort auf sie.«

»Dazu kommt, dass wir nicht wissen, ob Wilhelm wirklich was zugestoßen ist. Womöglich hat er sich schlicht aus dem Staub gemacht. Wir sollten der Bootsaufschrift nachgehen. Vielleicht steckt eine Sekte dahinter?«, schlug Peter vor.

»Hast du hier bei uns schon einmal von einer Sekte gehört? Ich nicht«, gab Hauke zu bedenken.

Peter schüttelte den Kopf. »Dann eben ein Geheimbund?«

»In Kophusen?« Hauke schnaubte leise.

»Vielleicht kein Geheimbund«, lenkte Goldberg ein, »aber eine Gemeinschaft.«

»Du meinst so etwas wie eine VHS-Gruppe, die anstatt Dänisch zu lernen eine Hexenverbrennungsexkursion wie im Mittelalter unternimmt?«

»Nein, Hauke, ich denke eher an eine Gruppierung mit einer gemeinsamen Idee, einem Ziel. Diese Sache wirkt auf mich wie eine perfekt abgestimmte Choreografie. Dazu die Kamera auf dem Kahn. Wozu wurde der Auftritt gefilmt, wenn nicht etwas mehr als ein bloßer Mord dahintersteckt?«

»Kommt schon, bleiben wir auf dem Teppich. In Kophusen gibt es keine fanatischen Glaubensbrüder, die ihre Mitglieder verbrennen, weil sie sich nicht an ihre Regeln halten«, protestierte Hauke.

»Wobei wir dann wieder bei den Fährmännern wären.« Peter überlegte kurz. Plötzlich kam ihm eine Idee. »Wir sollten mit Ludger sprechen, er ist zwar schon lange kein aktives Mitglied mehr, aber er kennt sie alle.«

»Ja, das ist gut. Der weiß auch über die Ehemaligen Bescheid. Alle, die so ein Boot bedienen können, kämen theoretisch infrage.«

»Hauke und ich fahren zu ihm. Versuch du, bei den Kollegen zu erfragen, ob sie das Boot bereits auf Spuren untersucht haben.«

»Mach ich. Bis nachher.«

Ludger Schmitt wohnte direkt im Dorf, sodass sie den Weg von der Wache zu Fuß zurückgelegt hatten. Als sie klingelten, dauerte es eine Weile, bevor er öffnete. Schmitt hatte graues Haar, trug eine Lesebrille auf der Nase, über dessen Ränder er sie freundlich anschaute.

»Nanu. Hauke, was macht ihr hier?«

»Moin, dürfen wir kurz reinkommen?«

Der ehemalige Fährmann bat sie hinein. Das Innere des Hauses erinnerte Hauke an ein Museum. Überall standen kleine und große Buddelschiffe verteilt. Sie folgten Ludger durch den engen Flur in das abgedunkelte Wohnzimmer. Die Jalousien waren zur Hälfte heruntergelassen, um die Sonne auszusperren. Hier setzte sich die Sammlung fort. Hauke traute sich nicht, irgendetwas anzufassen. Nachdem Ludger ihnen einen Platz angeboten hatte, machten sie es sich auf der Couch bequem.

»Möchtet ihr etwas trinken?«

Philip und er schüttelten den Kopf. Sein Chef ließ sich wie immer nicht anmerken, was in ihm vorging. Obwohl Hauke sicher war, dass er Ludgers Sammelleidenschaft ebenso merkwürdig fand wie er selbst. Der Mann verfügte über ein beneidenswertes Pokerface.

»Herr Schmitt, mein Name ist Goldberg. Philip Goldberg.« Er zückte seinen Dienstausweis und hielt ihn dem alten Fährmann unter die Nase, doch der winkte ab.

»Ich weiß, wer Sie sind. Ich kenne jedes Gesicht hier.«

Er saß ihnen gegenüber in einem Sessel, der auf Hauke so wirkte, als wäre er nagelneu.

»Was kann ich für euch tun?«

»Sie haben vielleicht von dem Toten drüben in Seester gehört. Wir leisten den Kollegen vor Ort ein wenig Amtshilfe und übernehmen einige Befragungen.«

Hauke musste schmunzeln. Natürlich war das gelogen. Aber Philip machte das auf so eine galante Art, dass man ihm alles abnahm. Doch irgendwann würde ihnen ihre eigenmächtige Ermittlungsarbeit auf die Füße fallen, das war so sicher wie das Amen in der Kirche. Der Kollege aus Krempe hatte gute Kontakte nach oben. Eines Tages würde die Interne zu ihnen nach Kophusen kommen, und dann gnade ihnen Gott, dass sie alle mit einer Verwarnung davonkamen und nicht vor einem Disziplinarausschuss landeten.

»Ja, ich habe es heute Morgen in der Zeitung gelesen. Zusätzlich zu meiner Tageszeitung habe ich ein Online-Abo und kann sämtliche Artikel lesen, die in den anderen Zeitungen erscheinen. So bleibe ich auf dem Laufenden. Die Leute munkeln, dass es Fritz gewesen ist. Der alte Jessen, stimmt das?«

»Das wissen wir zum jetzigen Zeitpunkt noch nicht sicher.«

Ludger nickte verständig und hakte nicht weiter nach. »Hat man denn schon rausgefunden, wer den Mann verbrannt hat?«

»Nein, leider nicht. Kannten Sie Herrn Jessen gut?«

»Ja, früher haben wir ja ziemlich aktiv im Verein zusammengearbeitet. War ein feiner Kerl. Immer hilfsbereit und hat sich sehr für die Fährarbeit engagiert.«

»Hatte er Feinde?«

»Bei uns im Verein jedenfalls nicht. Er war immer ein gern gesehenes Mitglied.«

»Wie funktioniert Ihre Vereinsarbeit?«

Philip hatte den Nerv des Mannes getroffen. Ludger war Fährmann mit Leib und Seele. Lebhaft begann er, ihnen die Geschichte der Fähre zu erzählen. Vom einfachen Transportmittel zur regionalen Touristenattraktion. Normalerweise interessierte Hauke diese sogenannte Attraktion wenig, da er weder passionierter Radfahrer noch Wanderer war. Er war Autofahrer und als solcher bevorzugte er Brücken. Aber er musste zugeben, dass es immer auf die Art des Vortrags ankam. Aufmerksam folgten sie den Ausführungen des alten Mannes. Er besuchte noch immer jede Mitgliederversammlung, weshalb er auch über die aktuellen Ereignisse innerhalb des Vereins informiert war. Ludger hielt Kontakt mit den ehemaligen Kollegen aufrecht. Hauke musste zugeben, dass das ein bewundernswerter Knabe war. Wenn er in dem Alter nur halb so viel Biss hatte, würde er zufrieden sein.

»Glauben Sie mir, es ist harte Arbeit, so einen Verein am Laufen zu halten«, schloss er. »Es erfordert Engagement von den Leuten, egal ob Fährmann oder Fährfrau.«

»Du solltest Vorträge halten«, sagte Hauke anerkennend.

»Das interessiert heute nur noch wenige Menschen. Die jungen Leute sind so sehr mit sich selbst beschäftigt. Die Welt ist kompliziert geworden. Ich möchte nicht mit denen tauschen.«

»Herr Schmitt, die nächste Frage wird Sie vielleicht etwas verwundern, aber wie Sie wissen, komme ich aus Berlin und habe kaum Erfahrung mit dem Leben auf dem Land. In den fünf Jahren, in denen ich jetzt in Kophusen bin, habe ich zwar vieles kennengelernt, aber eben nicht alles.«

»Na, dann schießen Sie mal los.«

»In Berlin hatte ich es vor einigen Jahren mit einem sehr interessanten Fall von Gruppenritualen zu tun. Gibt es bei Ihnen so etwas? Prüfungen für die Neuen, heimliche Aufnahmerituale?«

Ludger sah ihn einen Augenblick entgeistert an. Dann verfiel er in ein lautes Lachen. »Geheime Aufnahmerituale, Sie machen mir Spaß. Was glauben Sie, was bei uns im Verein passiert? Die Neuen unter Wasser in einen Käfig sperren, und wer sich befreien kann, darf mitmachen, wer Pech hat, nicht?«

»Sehen Sie, Herr Schmitt, an Fantasie mangelt es Ihnen nicht.«

»Ja, aber an geistiger Umnachtung schon. Nein, Herr

Goldberg, so etwas gibt es bei uns nicht. Das hier ist nicht Berlin.«

»Wir haben es mit zwei vermissten Fährmännern innerhalb weniger Monate zu tun. Kommt Ihnen das nicht seltsam vor?«

Ludger Schmitt stockte für den Bruchteil einer Sekunde. Hauke wäre das fast entgangen, wenn er nicht gerade überlegt hätte, ob der Mann tatsächlich über zwei unterschiedlich farbige Augen verfügte. Hauke warf Philip einen schnellen Blick zu, obwohl er wusste, dass sein Chef sich niemals durch Blickkontakt verraten würde. Das tat er nur, wenn er sichergehen konnte, dass ein Befragter es nicht bemerkte.

»Ein dummer Zufall.« Der alte Mann nahm seine Brille ab.

»Sie kannten Wilhelm Lehmann?«

»Klar, aber auch da fällt mir niemand ein, der ihn entführt haben könnte.«

»Gab es Gerüchte?«, fragte Philip.

»Was für Gerüchte?«

»Sie wissen, wie das im Vereinsleben so läuft. Man hört Dinge über andere, von denen man nicht weiß, ob sie wahr sind.«

»Ach, das war nur dummes Gerede«, entfuhr es Ludger, der seine Bemerkung sogleich bereute.

»Also gab es da etwas?«

»Wenn den Leuten langweilig ist, fangen sie an, Sachen zu erfinden. Das war alles.«

»Was wurde Ihrer Meinung nach denn erfunden?«

Der Fährmann zögerte. Er fummelte an den Bügeln seiner Brille herum. Den Blick hatte er abgewendet.

»Nun zier dich nicht so, Ludger. Was hat man geredet?«, griff Hauke ein. »Wir können auch den Lietz fragen, der erzählt es uns bestimmt mit Begeisterung.«

»Nein, Hauke, bitte. Glaubt ihm kein Wort. Für den ist Klatsch und Tratsch ein gefundenes Fressen. Ohne Rücksicht auf den Wahrheitsgehalt.«

»Dann raus mit der Sprache.«

»Das habt ihr aber nicht von mir, hörst du? Ich beteilige mich aus Prinzip nicht an solchem Getratsche.«

»Ehrenwort.« Hauke hob die Hand zum Zeichen des Schwurs.

Ludger sah sich um, als könne sie jemand in seinem eigenen Wohnzimmer belauschen. Er beugte sich über den gekachelten Wohnzimmertisch und senkte die Stimme.

»Es ist ungefähr ein Jahr her. Da kam das lächerliche Gerücht auf, dass Wilhelm seine Frau geschlagen haben soll.«

»Olga?«, fragte Hauke.

Ludger nickte. »Niemand hat das ernst genommen. Wilhelm ist ein sehr netter, hilfsbereiter Mann, der keiner Fliege was zuleide tut.«

»Wer hat das behauptet?«, fragte Philip, der sich ebenfalls über den Tisch beugte.

»Ich weiß nicht, wer das Gerücht in Umlauf gebracht hat, aber angeblich habe Olga es jemandem erzählt. Natürlich alles unter dem Siegel der Verschwiegenheit.«

»Wem soll sie es erzählt haben?«, hakte Hauke nach.

Der Fährmann zuckte mit den Schultern.

»Was wurde aus dem Gerücht?«, fragte Philip.

»Nichts. Die angebliche Neuigkeit ebbte ab, wie das Wasser unter dem Kiel.«

»Es wurde doch sicher über das plötzliche Verschwinden von Wilhelm gesprochen? Gab es Hinweise, Theorien, Spekulationen?«

»Einige sagten, er sei abgehauen, weil Olga trank. Andere waren überzeugt, dass er tot sei. Suizid. Seine Frau war süchtig. Sie hatte so manches Mal eine Fahne. Am helllichten Tag, wohlgemerkt. Aber Wilhelm hat über so etwas nicht gesprochen. Er gehört noch zu dem Schlag von Mensch, der seine dreckige Wäsche nicht in der Öffentlichkeit wäscht.«

»Sonst nichts?«, hakte Philip nach.

»Nicht dass ich wüsste. Wilhelm und Fritz waren gute Freunde. Wenn jemand etwas Privates von Wilhelm gewusst hat, dann war es Fritz. Und umgekehrt. Schon komisch, dass sie beide nicht mehr da sind.«

28

»Glaubst du den Gerüchten?«, fragte Hauke, als sie in den Streifenwagen stiegen.

»Ohne Feuer kein Rauch«, erwiderte Goldberg. »Wir müssen dringend mit Marleen Lehmann sprechen.«

Hauke schnallte sich an, während er mit Peter telefonierte und sich die Adresse von Marleen geben ließ. Er reichte Goldberg den Zettel.

»Sie ist sicher bei der Arbeit und nicht zu Hause«, wandte der Kommissar ein.

»Das ist die Büroadresse. Peter war fleißig.«

Eine halbe Stunde später parkte Hauke den Wagen in einem überschaubaren Gewerbegebiet außerhalb von Kophusen. Die Firma für Sicherheitstechnik, in der Marleen tätig war, lag im ersten Stock. Sie klingelten an der Glastür. Eine rundliche Frau in einem dunkelblauen Kostüm öffnete ihnen und begrüßte sie freundlich. Kurz umriss Goldberg ihr Anliegen, und die Empfangsdame führte sie in ein helles Büro am Ende des Flurs.

»Marleen, die Polizei möchte dich sprechen«, sagte sie.

»Bitte, treten Sie ein, meine Herren.«

Toms Schwester hatte lange braune Haare. Die Locken wirbelten umher, als sie den Kopf hob. Goldberg stellte sie beide kurz vor und kam gleich zur Sache.

»Frau Lehmann, es geht um Ihre Eltern.«

Irritiert bot sie den Beamten einen Platz vor ihrem Schreibtisch an. Die grünen Sessel waren gepolstert, sodass er dem Impuls, sich tief hineinsinken zu lassen, widerstehen musste. Goldberg berichtete ihr von dem Brief und unter welchen Umständen sie ihn gefunden hatten. Hauke zückte sein Telefon und öffnete die PDF-Datei für sie. Sie überflog das Schriftstück. Aus dem Augenwinkel bemerkte Goldberg, wie Hauke sich genüsslich in dem Sessel zurücklehnte. Bei heiklen Befragungen war sein Kollege keine große Hilfe. Besser gesagt, er vermasselte sie meistens.

Marleen war wesentlich näher am Wasser gebaut als ihr Bruder. Sie ließ den Brief sinken. Als sie den Kopf hob, hatte sie Tränen in den Augen. Bevor Goldberg fortfuhr, suchte er innerlich nach dem passenden Klang seiner Stimme. Er musste langsam und behutsam vorgehen, sonst bestand die Gefahr, dass sie sich verschloss oder zusammenbrach. Die Frau vor ihm war schwer einzuschätzen.

»Kennen Sie den Inhalt dieses Briefes?«, fragte er.

»Nein, ich habe ihn noch nie gesehen.«

»Ihr Bruder hat uns erzählt, dass Ihre Mutter alkoholkrank war, stimmt das?«

»Ja, sie trank viel und oft.«

»Können Sie sich erklären, warum Ihr Vater sie damals verlassen hat?«

»Ich zerbreche mir darüber den Kopf seit dem Tag seines Verschwindens und habe keine Antwort darauf.«

»Die nächste Frage, die ich Ihnen stellen muss, mag intim sein, doch ich komme leider nicht drum herum.«

»Mein Vater hat uns Kinder nicht geschlagen«, kam sie ihm zuvor.

Goldberg hob die Augenbrauen und sah sie erstaunt an.

»Es ist nicht das erste Mal, dass Sie darauf angesprochen werden?«, fragte der Kommissar.

»Nein. Die Gerüchte gingen durch die ganze Nachbarschaft. Früher in der Schule musste ich mir einiges von meinen Mitschülern anhören. Sie wissen, wie grausam Kinder sein können?«

Er nickte. »Und Ihre Mutter?«

Die braunen Augen der Frau fixierten die Schreibtischplatte. Sie schien von alten Erinnerungen eingeholt worden zu sein. Hauke wurde ungeduldig und räusperte sich. Sie hob den Kopf.

»Meine Eltern haben oft gestritten. Besonders wenn sie getrunken hatte. Und manchmal gab es komische Laute, die wir uns als Kinder nicht erklären konnten. Am Tag darauf hatte sie meisten einen blauen Fleck irgendwo am Arm. Einmal hat sie sogar gehumpelt. Ich fragte sie, was passiert sei, doch sie lächelte nur und sagte, sie habe sich am Bettpfosten gestoßen.«

Goldberg begriff sofort. »Das heißt, es ging über Jahre?«

»Seit ich denken kann. Als Kinder haben wir den fadenscheinigen Ausreden noch geglaubt, obwohl Tom und ich tief drinnen wussten, dass da irgendetwas nicht stimmte. Je älter wir wurden, desto misstrauischer wurden wir. Meine Mutter hat immer versucht, uns vor der Wahrheit zu schützen. Tom hat ihr alles geradezu dankbar geglaubt. Ich denke, er hätte die Vorstellung nicht ertragen, dass sein geliebter Vater ein Schläger war.«

»Haben Sie Ihren Vater jemals darauf angesprochen?«

»Jahre später, einmal. Kurz bevor er verschwand.«

»Wie hat er reagiert?«

»Er war sauer. Fuchsteufelswild. Er hat mich ange-brüllt, dass er unsere Mutter nie angerührt habe. Was ich eigentlich von ihm denken würde. Und drei Tage später war er weg.«

»Wie oft kam es vor, dass Ihre Mutter Verletzungen hatte?«

»Alle paar Monate. Er schlug sie nicht täglich.«

Ihr Blick fiel zurück auf den Brief. Sie konnte die Trä-nen nicht länger zurückhalten.

»Was muss sie die ganze Zeit gelitten haben? Und das alles für uns. Wir haben es ihr nie wirklich gedankt.«

»Sie hat es Ihnen nie erzählt?«

»Nein, aber es war ein offenes Geheimnis in unserer Familie. Wir haben alle die Klappe gehalten.«

»Ihr Vater, trug er auch Blessuren davon?«

»Nein. Ich habe jedenfalls nie etwas bemerkt.«

»Haben Sie das nach dem Tod Ihrer Mutter der Polizei mitgeteilt?«

Sie schüttelte stumm den Kopf.

»Und Ihre Mutter? Haben Sie sie jemals direkt ge-fragt?«

»Immer wieder. Jedes Mal hat sie eine dumme Ausrede vorgeschoben und ihn in Schutz genommen. Heute glaube ich, sie hat sich geschämt. Für sich selbst und für ihn. Sie wollte nicht, dass wir in ihm einen schlechten Vater sehen. Wie krank kann man sein? Sich schlagen zu lassen und den eigenen Mann dann auch noch zu verteidigen!«

»Das ist schwer zu verstehen, aber jeder Mensch ist unterschiedlich stark. Und sie tat es sicher, um Sie zu beschützen. Das sollten Sie dabei bedenken.«

»Ja, möglich.«

»Hatte Ihre Mutter eine Affäre?«

Sie sah ihn verwundert an. »Nein. Sie war strenggläubig. Das wäre eine Sünde für sie gewesen.«

»Frau Lehmann, kennen Sie Fritz Jessen? Er war ein Fährmann-Kollege Ihres Vaters.«

»Ja, natürlich. Sie waren beste Freunde, wenn man das so nennen kann. Ich kannte fast alle Fährmänner von früher. Mein Vater hat uns oft am Wochenende mitgenommen. Warum fragen Sie?«

»Er ist ebenfalls verschwunden. Seit zwei Monaten, um genau zu sein. Momentan gehen wir davon aus, dass er möglicherweise Opfer eines Verbrechens geworden ist.«

»O mein Gott.« Sie rang nach Luft. Diese Nachricht traf sie offenbar völlig unvorbereitet.

»Können Sie sich vorstellen, dass Ihr Vater mit Fritz Jessen über die Gewalt gegenüber Ihrer Mutter gesprochen hat?«

»Vielleicht. Vielleicht auch nicht. Mein Vater war ein sehr schweigsamer Mann, aber die beiden waren ziemlich eng.«

»Wie war das Verhältnis zwischen Fritz Jessen und Ihrer Mutter?«

»Sie kannten sich gut. Fritz und Lydia waren früher oft zum Essen bei uns. Die beiden waren wie Onkel und Tante für mich und Tom. Wir haben viel Zeit in Kronsnest verbracht, Ausflüge gemacht. Meine Mutter und Lydia waren gute Freundinnen. Sie haben viel zusammen unternommen. Allein schon wegen der Landfrauen.«

In diesem Moment gelangte ein Gedanke an die Oberfläche von Goldbergs Bewusstsein, der auf den ersten Blick absurd erschien. Die Landfrauen waren eine gewachsene

Gemeinschaft und es gab viele von ihnen. Er schob seine Überlegungen für den Augenblick beiseite, um das Gespräch zu Ende führen zu können.

»Glauben Sie, dass die beiden über Ihre familiäre Situation sprachen?«

»Wahrscheinlich eher als mein Vater.«

»Lydia könnte also davon gewusst haben?«

Sie zuckte mit den Achseln.

»Ich danke Ihnen für Ihre Offenheit, Frau Lehmann, Sie haben uns sehr geholfen.«

Goldberg erhob sich.

»Ich würde den Brief gerne haben.« Sie gab Hauke das Telefon zurück.

»Ich lasse Ihnen eine Kopie zukommen. Das Original kann Ihnen erst ausgehändigt werden, wenn die Ermittlungen abgeschlossen sind.«

»Danke.«

Sie reichten sich die Hände, während Hauke sich ächzend aus dem Sessel hievte.

»Falls Ihnen noch etwas einfällt, bitte ich Sie, uns zu benachrichtigen.«

Goldberg legte seine Visitenkarte auf den Schreibtisch, und die Beamten verließen das Büro. Wenn Goldberg, so wie in diesem Moment, das kurze Stechen in seinem Bauch spürte, wusste er, dass sie auf etwas Interessantes gestoßen waren. Eine Ahnung, der er folgen musste, so abwegig sie auch klingen mochte.

29

Hauke trat aus der Dusche. Er griff nach dem Handtuch, das über der Wandheizung hing, und rubbelte sich ab. Der Tag war ziemlich heiß geworden, und es tat gut, die durchschwitzte Uniform loszuwerden. Nackt stand er vor dem riesigen Badezimmerspiegel und betrachtete sein Gesicht. Er wurde älter, das war nicht zu leugnen. Die Haut verlor zusehends an Spannkraft. Vielleicht sollte er seine tägliche Pflege umstellen. Noch war es zu retten, fand er. Aber es würde nicht mehr lange dauern, da würde sein Kinn doppelt so groß sein und sein Hals faltig. Seine Erfolgsquote bei den Frauen würde das deutlich senken. Wie Hilke heute wohl aussah? Er hatte sie schon ewig nicht mehr getroffen. Ihr Profilbild in den sozialen Netzwerken ließ keine Rückschlüsse auf ihr Äußeres zu. Er stöhnte.

Wann hörte er bloß auf, an sie zu denken? Hauke hängte das Handtuch zurück und griff nach der Bodylotion.

Seine gute Laune kehrte im Nu zurück, als er an den heutigen Abend dachte. In weniger als einer Stunde würde Elsa vor der Tür stehen. Nach Feierabend war er bei Rosi vorbeigefahren und hatte für sie beide etwas zu essen mitgenommen. Roastbeef mit Rosis sensationellen Bratkartoffeln. Er brauchte sie nur warm zu machen. Entweder davor oder danach, je nachdem wie der Abend verlief. Eine teure Flasche Rotwein hatte er ebenfalls eingepackt. Rosi hatte nur gegrinst. Sie kannte ihn gut.

Einbalsamiert und parfümiert betrat er das Schlafzimmer. Auf einem Bügel warteten eine dunkelbraune Stoffhose und ein weißes Hemd. Das hatte er sich von Philip abgeschaut. Er fand, dass ihm das ebenso gut stand wie seinem Chef. Angezogen tapste er leichtfüßig die Treppe hinunter. Er liebte dieses Haus. Dass Hilkes Geist immer noch aus der einen oder anderen Ecke emporschwebte, störte ihn nicht. Meistens. Kurz bevor er nach oben gegangen war, um sich fertig zu machen, hatte er vorsichtshalber das letzte Bild von Hilke entfernt. Es hing im Flur neben dem Spiegel und zeigte sie in einem grünen Sommerkleid. Seine flüchtigen Bekanntschaften brachte er normalerweise nie nach Hause. Er zog es vor, zu den Frauen in die Wohnung zu gehen. Da fühlten sie sich in der Regel sicherer. Und entspannter.

Hauke unterdrückte den Impuls zu einem breiten Lächeln. Elsa hatte ihn heute Nachmittag angerufen und gefragt, ob sie sich nicht heute bei ihm treffen wollten. Er hatte nichts dagegen. Sein kleines Domizil ließ sich herzeigen. An seinen Putzqualitäten hatte Hilke nie etwas auszusetzen gehabt. Im Gegenteil. Elsa war außergewöhnlich, fand Hauke. Wild und ungestüm. In den Federn hatte sie einige Tricks drauf, die ihn überrascht hatten. Er freute sich auf heute Abend. Das Bett hatte er extra frisch bezogen, damit es ebenso verführerisch duftete wie er.

Im Wohnzimmer hatte er den runden Esstisch eingedeckt. Sogar ein paar Kerzen hatte er aufgetrieben. Er wollte nichts dem Zufall überlassen. Wohin ihn die Geschichte mit Elsa führte, wusste er zwar nicht, aber es ließ sich durchaus vielversprechend an. Er wollte keine feste Bindung. Nach Sophie hatte er sich davon bis auf Weiteres verabschiedet. Gegen ein paar leidenschaftliche Nächte hatte er allerdings nichts einzuwenden.

In der Küche befreite er das Essen aus den gestapelten Tiffin-Lunchboxen, die Rosi in ihrem Ökowahn verwendete. Es kam weder Styropor noch Plastik infrage. Alles, was außer Haus über die Ladentheke ging, wurde in diesen metallenen Boxen zum Abholen bereitgestellt. Gegen Pfand verstand sich. Satte fünf Euro verlangte sie. Hauke fand es total umständlich und übertrieben, aber es funktionierte. Das Roastbeef drapierte er auf einer länglichen Platte. Hilke hatte nichts von dem teuren Service mitgenommen, das sie zur Hochzeit geschenkt bekommen hatten. Die Bratkartoffeln schichtete er in die Pfanne um, und die hausgemachte Remouladensoße füllte er in die passende Sauciere. Zufrieden blickte er auf sein Werk, als es an der Tür klingelte.

Elsa sah atemberaubend aus. Sie trug ein rosafarbenes Trägerkleid, das bis zu ihrem Brustansatz ausgeschnitten war. Unterstrichen wurde der Anblick vom Riemen ihrer Handtasche, der zwischen den Brüsten verlief. Ihre Figur konnte sich sehen lassen. Sie wohnte noch nicht sehr lange in Kophusen. Ein wirklich attraktiver Neuzugang in ihrem beschaulichen Ort, hatte Hauke gedacht, nachdem sie sich in ihrem Schlafzimmer die Zeit vertrieben hatten. Er war wie berauscht gewesen.

»Hey, Großer. Alles klar?«

»Jetzt ja. Komm rein.«

Elsa schlüpfte durch die Haustür. Er zog sie hinter ihnen zu und drehte sich zu ihr um. Zu mehr kam er nicht. Sie schmiegte ihren biegsamen Körper an ihn. Ihre Finger umfassten Haukes Kopf und sie zog ihn zu sich herunter. Das fängt ja gut an, dachte er und ließ sich bereitwillig von ihr küssen. Ihre Zunge bewegte sich sanft und fordernd. Er ließ seine Hände um ihre Hüften kreisen. Abrupt zog sie ihren Kopf weg.

»Hast du mir nicht ein Essen versprochen?«, hauchte sie zärtlich.

»Du gehst hier ja gleich zur Sache. Von mir aus können wir auch später essen.«

»Was gibt es denn?«

»Ich habe uns etwas von meiner Schwester besorgt.«

»Aber nicht den Mehlbeutel, oder? Ich brauche dein Blut heute woanders als in deinem Magen.«

Hauke grinste. »Wie wäre es erst einmal mit einem Glas Wein?«

»Gute Idee, mein Großer.«

Obwohl er ihren Kosenamen für ihn nicht besonders mochte, lag etwas Verheißungsvolles in der Art, wie sie ihn aussprach. Elsa löste sich von ihm und ging ins Wohnzimmer.

»Wow, Kerzen. Du bist ja ein echter Romantiker.«

»Um ehrlich zu sein, hat meine Ex-Frau sie hiergelassen.«

Hauke hatte Elsa an ihrem ersten Abend von seiner verkorksten Ehe berichtet. Ironischerweise war Hilke nach Hamburg abgehauen, weil sie die Einöde nicht ausgehalten hatte. Bei Elsa war es genau umgekehrt. Sie war nach

Kophusen gekommen, weil sie dem stressigen Stadtleben entkommen wollte. Das jedenfalls hatte sie ihm an ihrem ersten Abend bei Rosi erzählt und dabei sehr überzeugend gelächelt.

»Sie hatte Geschmack, das muss man ihr lassen.«

Elsa war am Esstisch stehen geblieben und unterzog sein Wohnzimmer einem prüfenden Blick.

»Ich hole den Wein.«

In der Küche goss Hauke den Rotwein in zwei bauchige, langstielige Gläser.

»Hier«, sagte er, als er wieder vor Elsa stand.

Während sie an dem Glas nippte, blickte sie ihn über den Rand hinweg an. Ein heftiges Kribbeln in seinem Bauch machte sich bemerkbar. Er hoffte nur, dass diese Nacht kein Notruf einging.

»Hm. Das ist der Wein von unserem ersten Abend.«

»Du hast gesagt, du würdest allein deswegen schon in Kophusen bleiben.«

»Aufmerksam.«

»Gehen wir nach oben, oder …?«

»Immer mit der Ruhe, Großer. Wir haben noch die ganze Nacht vor uns. Das erhöht die Spannung.«

»Hast du schon Hunger?«

»Lass uns erst den Wein trinken.« Sie setzte sich auf das rote Sofa. »Und was gibt es Neues bei euren Ermittlungen?«

Hauke schüttelte den Kopf. »Netter Versuch.«

»Spielverderber. Wisst ihr wenigstens etwas Neues von dem schrecklichen Mord?«

»Da sind die Kollegen von der Kriminalpolizei dran.«

»Das heißt, immer wenn es spannend wird, müsst ihr Leine ziehen?«

»Ja, so ungefähr.«

»Und, hat man das Boot untersucht?«

»Die Spuren werden noch ausgewertet. Das braucht Zeit.«

Kurz streifte Hauke der Gedanke, woher sie von dem Boot wusste, schob ihn aber schnell beiseite. Sicher hatte die Zeitung darüber berichtet.

»Du lügst, du willst es mir nur nicht sagen.«

»Ich darf nicht, das ist ein Unterschied.«

Sie schmollte demonstrativ.

»Ich dachte, ihr Bullen habt so ein aufregendes Leben.«

»Falsch gedacht.«

Er versuchte, sie zu küssen, doch sie wich ihm aus.

»Deine Kollegen waren bei Lydia. Sie haben ihr mitgeteilt, dass sie bei dem Toten seinen Ehering gefunden haben. Glaubt ihr, dass es Fritz Jessen ist?«

»Kein Kommentar. Wie geht es ihr?«

»Nicht besonders, wie du dir vorstellen kannst. Den eigenen Mann auf einem Scheiterhaufen hingerichtet, das ist wirklich übel.«

Hauke stutzte kurz. Waren die Kollegen inzwischen sicher, dass es sich bei dem Toten um Fritz Jessen handelte?

»Hat Lydia dir Genaueres erzählt?«, fragte er.

»Ach, du sagst mir nichts, aber ich soll dir alles verraten?«

»Du unterliegst nicht der Schweigepflicht.«

»Doch, der freundschaftlichen.«

»Willst du nicht, dass der Täter geschnappt wird?«

Sie nippte an ihrem Glas. »Die Arme ist völlig mit den Nerven runter. Sie weiß nicht, wer das getan haben könnte. Ich meine, wer macht so etwas Grausames?«

»Es gibt viele kranke Seelen da draußen«, entgegnete Hauke und wagte einen neuen Versuch, sie zu küssen.

Er wollte die gute Stimmung nicht verderben. Den

Mord konnten sie auch hinterher besprechen. Das Thema war zu ernst und turnte ihn nicht gerade an.

»Ich verstehe das nicht, ich meine, die ticken doch nicht richtig, oder? Sind dir schon mal solche kranken Typen begegnet, die einen Menschen auf einem Scheiterhaufen verbrennen? Habt ihr eine Spur zu denen?«

Sein Gesicht an ihren Hals gedrückt, hielt er abrupt inne. Auch wenn nicht mehr viel Blut in seinem Gehirn verweilte, hatte er es nicht völlig abgeschaltet.

»Wen meinst du mit ›die‹?«, fragte er, den Kopf von ihrer Schulter lösend.

»Was?«

»Du hast gesagt, ›die‹ ticken doch nicht richtig. Wen meinst du damit?«

»Die Typen.«

»Woher willst du wissen, dass es mehrere sind?«

»Deine Kollegen haben Lydia gegenüber eine Andeutung gemacht und das hat sie mir erzählt.«

»Ach so.«

Hauke versuchte, sich seine leichte Irritation nicht anmerken zu lassen. Die Wahrscheinlichkeit, dass die Polizisten Lydia gegenüber von mehreren Tätern gesprochen hatten, war relativ gering. Normalerweise verrieten sie keine internen Ermittlungsergebnisse, es sei denn, sie wären für eine Zeugenbefragung relevant. Er beschloss, seine Verwunderung zu unterdrücken. Schließlich hatte er diese tolle Frau neben sich.

»Ist doch auch logisch, oder nicht? Eine erwachsene Männerleiche ist sicher ganz schön schwer, oder?«

»Ja, das stimmt«, erwiderte er und beugte sich zu ihrem Gesicht.

Wieder wich sie seinem Kussversuch aus. »Ich schaue viele Krimis. Läuft ja fast nichts anderes mehr in der Glotze.«

Hauke stutzte erneut. Warum ritt sie auf diesem Thema herum? Sie waren ja nicht hier, um den Fall zu erörtern.

»Außerdem habe ich einen gesunden Menschenverstand.« Sie lachte laut und nippte verlegen an ihrem Glas.

Ja, oder Täterwissen, dachte Hauke plötzlich. Es war nicht nur ihr krampfhafter Versuch, ihre Bemerkung plausibel zu erklären. Ihr ganzes Benehmen kam ihm mit einem Mal seltsam vor. Als würde sie ihn ausfragen wollen. Sicher, sein Job erregte immer Interesse, aber woher wusste sie von dem Boot? Die Kollegen hätten sich äußerst dilettantisch angestellt, wenn sie ihr von dem Sensenmann erzählt hätten. Die Identität Jessens war noch nicht zweifelsfrei ermittelt worden. Ein Abgleich von Zähnen oder möglicher DNA-Spuren dauerte Tage. Wie aufs Stichwort stellte sie ihren Rotwein auf dem Tisch ab und rückte näher an ihn heran. Elsa berührte sanft sein Gesicht.

»Wollen wir uns ein bisschen amüsieren?« Sie küsste ihn. »Fällt dir da etwas ein?«

»Allerdings«, flüsterte er, bemüht, seine Gedanken für sich zu behalten.

Er war hin- und hergerissen. Zum einen hatte er diese umwerfende Frau in seinem Arm, die bereit war, mit ihm die wildesten Dinge zu tun. Und zum anderen wurde er den schrägen Verdacht nicht los, dass sie etwas im Schilde führte oder schlimmer noch, dass sie etwas mit dem Mord zu tun hatte. So muss sich dieses beschissene Bauchgefühl anfühlen, von dem Philip immer sprach, dachte er. Während Elsa sich an den Knöpfen seines Hemds zu schaffen machte, überlegte er fieberhaft, was zu tun war. Er könnte ihr Spiel mitspielen und versuchen, sie aufs Glatteis zu führen, doch er sah rasch ein, dass er nicht clever genug war, sich im Handumdrehen eine Strategie zu überlegen. Wenn er sie rausschmiss, würde sie Verdacht schöpfen, und wenn sie im echten Leben nur halb so wild war wie im Bett, dann gnade ihm Gott. Plötzlich hatte er einen rettenden Gedanken.

»Was hältst du davon, wenn wir nach oben gehen?«, flüsterte er ihr ins Ohr.

»Zu alt, um es auf dem Sofa zu machen?«

Den Impuls zu protestieren unterdrückte er.

»Nein, aber ich habe extra das Bett neu bezogen. Der Duft nach frischer Bettwäsche macht mich besonders scharf.«

Gerade als er es ausgesprochen hatte, wurde ihm klar, wie dämlich das klang. Offenbar störte sich Elsa nicht daran. Sie sah auf und grinste.

»Du bist der Einzige, bei dem spießig gleich sexy ist. Na dann komm, mein Großer.«

Das hatte auch noch keine Frau zu ihm gesagt. Aber jetzt war nicht der Zeitpunkt, sich dagegen zu wehren. Sie stand vom Sofa auf und reichte ihm die Hand. Hauke ergriff ihre schmalen Finger und setzte ein anzügliches Lächeln auf. Für ihn war das mehr als seltsam. Er hatte diesen Gesichtsausdruck noch nie faken müssen.

»Geh du schon mal rauf. Ich stelle das Essen in den Kühlschrank.«

»Ganz der Hausmann. Du bist so süß.« Sie küsste ihn leidenschaftlich. »Mach aber schnell, ich warte nicht gern.«

Im Gehen warf sie ihm einen Luftkuss zu und verschwand die Treppe hinauf. Hauke wartete, bis ihre Schritte verklungen waren, bevor er sein Mobiltelefon von der Station nahm. Er wählte Philips Privatnummer aus. Während er den Freizeichen lauschte, schlich er in die Küche. Es dauerte nicht lange und das erlösende Knacken erklang.

»Hauke, was gibt es?«

»Ich glaube, du hast recht«, flüsterte er.

»Womit? Dass du ein …«

Hauke unterbrach ihn. »Elsa ist hier und sie weiß angeblich von Lydia, dass es mehrere Täter sind. Außerdem weiß sie von dem Boot. Ich kann mir nicht vorstellen, dass die Kollegen diese Informationen preisgegeben haben.«

Philip brauchte einen kurzen Moment, bis er schaltete. »Bist du sicher?«

»Sie hat versucht, sich rauszureden. Du sagst doch immer, je mehr Erklärungen, desto verdächtiger.«

»Ist sie noch da?«

»Ja, sie ist oben und wartet auf mich.«

»Dann kannst du jetzt das Angenehme mit dem Nützlichen verbinden. Schlaf mit ihr.«

»Was? Die Frau ist vielleicht eine Mörderin.«

»Das ist eine dienstliche Anweisung.«

»Philip, auch wenn ich auf dem Gebiet ziemlich geübt bin, ich bin keine Maschine, die man an- und ausschalten kann.«

»Komm schon, tu nicht so, als ob dich das ausbremsen würde.«

»Na hör mal. Ich bin nicht nymphoman.«

»Du bist ja auch ein Mann.«

»Was?«

»Lassen wir das. Beschäftige sie, solange du kannst. Wir sind unterwegs.«

Ohne ein weiteres Wort unterbrach sein Chef die Verbindung. Na toll. Wie sollte er sich jetzt in Stimmung bringen? Das war ihm auch noch nie passiert. Sex im Dienst der Polizei. Um sich etwas Zeit zu verschaffen, räumte er die Sachen in den Kühlschrank. Dann trat er in den Flur. Unschlüssig blieb er vor der Treppe stehen. Unter solchem Druck konnte er unmöglich auf Touren kommen. Besorgt blickte er zur Mitte seines Körpers.

»Wir müssen das schaffen, hörst du? Lass mich jetzt nicht im Stich«, flüsterte er.

Wenn er es nicht bringen würde, würde sie das merken, und dann? Würde sie ihn umbringen? Hatte sie womöglich eine Waffe dabei? Er beschloss, ihre Handtasche zu durchwühlen. Hastig schlich er ins Wohnzimmer zurück. Geistesgegenwärtig huschte er zur Glastür, die auf seine Terrasse hinausführte, und öffnete sie leise. Nur einen winzigen Spalt, damit es nicht auffiel und die Kollegen ungehindert Zugang hatten. Falls er gleich oben um sein Leben ringen musste. Die Vorstellung, beim Sex zu sterben, gefiel ihm gar nicht. Unter anderen Umständen wäre ihm der Gedanke sehr verlockend vorgekommen, aber nicht mit einem Messer am Hals.

Er drehte sich zum Sofa. Elsas Handtasche lag auf der Lehne, da, wo sie sie abgestreift hatte. Das Ding war nicht sehr groß. Das hätte er im Nu erledigt. Mit schnellen Schritten ging er hinüber und öffnete den Reißverschluss. Er griff in das Innenleben und kramte darin herum. Außer ein paar Schminkutensilien fand er zum Glück nichts. Doch, Moment mal. Was war das? In einer der Seitentaschen ertastete er etwas Hartes. Es fühlte sich wie eine Dose an. War das ein Deo? Bei den ungewöhnlich heißen Temperaturen wäre das nicht verwunderlich. Aber es konnte auch etwas anderes sein. Hauke wollte gerade den Reißverschluss der Seitentasche öffnen, als er ihre Stimme hinter sich hörte.

»Hey, was machst du da, Großer?«

30

Goldberg hatte es sich bei Haukes Anruf gerade mit einem Espresso auf der Terrasse gemütlich gemacht und war dabei gewesen, einen Brief an Magda zu verfassen. Das konnte er jetzt vergessen. Nachdem er das Gespräch mit Hauke beendet hatte, rief er sofort Peter an. Es dauerte eine halbe Ewigkeit, bis er ihn endlich erreichte und ihm Bericht erstatten konnte.

»Um Himmels willen. Wir müssen ihn retten. Wer weiß, was diese Frau mit ihm vorhat!«

»Immer mit der Ruhe. Wir haben keinen einzigen Hinweis, dass sie die Täterin ist oder überhaupt etwas mit der Sache zu tun hat. Ich hole dich ab und wir fahren zu ihm, dann sehen wir weiter.«

Goldberg leerte die Tasse, die er von Muriel geschenkt bekommen hatte, und ließ den angefangenen Brief auf dem Tisch liegen. Er griff nach dem Sakko. Als Letztes nahm er die Autoschlüssel vom Brett, das neben der Tür hing, und verließ das Haus. Auf der Fahrt zu seinem Kollegen ließ er den heutigen Tag noch einmal Revue passieren. Nach dem Besuch bei Marleen war ihm tatsächlich der Gedanke gekommen, dass sie ihre Gruppe gefunden hatten. Nicht religiöser Natur, aber eine Gemeinschaft, die zusammenhielt, was auch immer da kommen möge. Der Verein der Landfrauen war über Jahre hinweg gewachsen und geprägt von gegenseitigem Zuspruch und tatkräftiger Unterstützung. Seine beiden Kollegen hatten erwartungsgemäß vehement widersprochen. Goldbergs Bauchgefühl sah das anders. Er dachte an Elsa. Sie lebte noch nicht lange in Kophusen. Konnte sie die Drahtzieherin sein? Hatte sie es in so kurzer Zeit geschafft, eine unschuldige Ansammlung von Frauen zu instrumentalisieren und sie zu Mörderinnen zu machen? Und wenn ja, warum?

Der Kommissar hielt vor Peters verklinkertem Haus. Der Vorgarten war prächtig in Schuss, stellte Goldberg überflüssigerweise fest, als sein Kollege auch schon aus der Tür trat.

»Und, hast du einen Plan, wie wir ihn da rausholen?«, fragte Peter, sobald er die Beifahrertür aufgerissen hatte.

»Steig bitte erst einmal ein.«

»Bin ja schon drin.«

Er schloss die Tür und griff nach dem Gurt.

Goldberg setzte den Blinker und scherte auf die Fahrbahn aus.

»Glaubst du, sie will ihn umbringen?«, fragte Peter besorgt.

»Warum sollte sie das tun?«

»Weil wir ihr auf die Schliche gekommen sind.«

»Ich teile deine Sorge, aber lass uns zunächst sehen, wie die Lage vor Ort ist, bevor wir voreilige Schlüsse ziehen.«

»Der immer mit seinen Frauengeschichten. Ich habe ihn gewarnt. Das bringt dich noch irgendwann ins Grab, habe ich gesagt.«

Peter verstummte. Mit düsterem Blick starrte er vor sich auf die Straße hinaus. Goldberg überlegte indessen, wie sie am klügsten vorgehen sollten. Immerhin bestand die Möglichkeit, dass alles ein großes Missverständnis war. Sein Bauchgefühl hielt vor keinem Gericht der Welt stand. Die Kollegen der Spurensicherung hatten das Boot auseinandergenommen, hatten allerdings nichts finden können. Der ermittelnde Beamte hatte sie heute am späten Nachmittag freundlicherweise darüber informiert. Sie hatten keine Spur, keine Hinweise, schon gar keine Beweise.

»Fahr schneller.«

»Peter, beruhige dich. Wir sind ja gleich da.«

Um die Nerven des Kollegen zu schonen, beschleunigte Goldberg den Saab merklich, was Peter einen anerkennenden Seufzer entlockte.

»Was meinst du, wie hoch mag die Wahrscheinlichkeit sein, dass die Frau eines Fährmeisters selbst in der Lage ist, so ein Boot zu beherrschen?«, fragte Goldberg.

»Du denkst, dass Jessen es seiner Ehefrau beigebracht haben könnte?«

»Ja.«

»Möglich ist das schon. Aber worauf willst du hinaus?«

»Nehmen wir mal an, Wilhelm schlägt seine Frau. Regelmäßig. Olga hat Angst vor ihm und will ihre Kinder schützen. Deswegen geht sie nicht zur Polizei. Stattdessen fängt sie das Trinken an, was wiederum zu häuslicher Gewalt führt. Ein schrecklicher Kreislauf beginnt. In ihrer Verzweiflung beichtet sie Lydia ihr Leid. Die spricht mit Fritz darüber. Was hat er darauf getan, das ihn das Leben gekostet hat?«

»Vielleicht haben die Frauen Selbstjustiz geübt und Wilhelm bestraft. Fritz bekommt davon Wind und will zur Polizei gehen. Da geraten die Frauen in Panik«, mutmaßte Peter.

»Das klingt plausibel. In seiner Not wendet sich Fritz an Sven Kranz, den Ziehsohn. Dieser will ihn beschützen, aber bei sich zu Hause kann er ihn nicht verstecken. Nadja ist auch bei den Landfrauen, die Gefahr, dass sie sich verplappert, ist Kranz zu groß. Also versorgt er Jessen über einige Wochen mit dem Nötigsten. Das würde auch die Koffer mit den Vorräten in Seestermühe erklären oder das Zelt bei den Deckmannschen Kuhlen. Aber Lydia ist nicht auf den Kopf gefallen. Sie kann sich denken, dass Fritz sich in seiner Not an Sven wendet. Entweder erfahren sie von Nadja, wo er ist, und lauern ihm auf, oder aber sie haben ihn verfolgt. Sie bedrohen den Hobbyschäfer, und er sagt ihnen, wo Fritz sich versteckt hält.«

»An den Deckmannschen Kuhlen«, griff Peter den Faden auf. »Und damit Sven nichts ausplaudern kann, wollen sie ihn aus dem Weg räumen. Doch der Mordversuch geht schief. Sie werden gestört und fliehen.«

»Sie finden Fritz und statuieren an ihm ein Exempel. Das wäre ein mögliches Szenario.«

»Und wo ist Lehmanns Leiche? Warum wird die nicht öffentlich verbrannt? Immerhin ist er der Schuldige.«

»Vielleicht hatten sie die Idee mit dem Scheiterhaufen erst später. Was ist, wenn Fritz von der häuslichen Gewalt gegenüber Olga gewusst hat?«

»Du meinst, er hat ihn gedeckt?«, fragte Peter.

»Ja. Er trägt gewissermaßen eine Mitschuld. Mitgefangen, mitgehangen«, mutmaßte Goldberg.

»Gut, aber wie schon gesagt, wo ist Wilhelm Lehmann?« Peter überlegte kurz. »Vielleicht hat er Verdacht geschöpft und ist geflohen? Dann wäre er noch am Leben.«

»Vielleicht halten sie ihn auch irgendwo gefangen, um ihn seiner Strafe zuzuführen.«

»Über so viele Monate?«

»Das Beste kommt zum Schluss.«

»Und Olgas Selbstmord?«

»Möglicherweise war sie in den Plan eingeweiht und hielt dem Druck nicht stand. Sehr stabil war sie ja offenbar nicht.«

Hauke wohnte etwas außerhalb. Goldberg nahm die letzte Kurve und drosselte das Tempo. Um sie nicht zu verraten, parkte er auf dem Grünstreifen zwischen zwei Leitpfosten einige Meter vor dem Haus des Kollegen entfernt. Die Beamten stiegen aus und schlossen leise die Türen. Im Schutz der Dunkelheit schlichen sie zum hinteren Teil des Hauses. Aus dem Wohnzimmer fiel Licht auf die Terrasse. Goldberg schob einige Zweige der Johannisbeersträucher auseinander und spähte hinein. Das Zimmer war leer. Auf dem Boden lag eine Damenhandtasche. Wenn Hauke seiner Anordnung gefolgt war, würde er sich vermutlich oben im Schlafzimmer aufhalten. Aber wie kamen sie ins Haus?

»Da, siehst du?«, flüsterte Peter und deutete auf den Spalt in der Tür.

»Guter Mann.«

Goldberg schaute zu, wie sein Kollege die Dienstwaffe aus dem Gürtel zog und das kurze Rasenstück überquerte. Mit leichtem Unbehagen folgte er ihm. An der Tür angelangt, warfen sie einen Blick in das Innere. Der Kommissar zog die Tür ein Stück auf und Peter schlüpfte hindurch. Sie traten ins Wohnzimmer. Es war still im Haus. Goldberg beugte sich hinab zu der Handtasche. Der Inhalt lag auf dem Boden verstreut. Neben diversen Kosmetikartikeln fand er ein Foto. Er fischte es aus dem Durcheinander und drehte es um. Das Bild zeigte einen Mann. Goldberg schätzte ihn auf Ende sechzig. Das schüttere Haar war ergraut. Die traurigen Augen blickten in die Kamera und ließen ein seltsam berührendes Gefühl in ihm zurück.

»Wir müssen weiter«, flüsterte Peter und schlich Richtung Küche.

Der Kommissar richtete sich auf, ohne den Blick von der Fotografie zu nehmen. Vom Alter her könnte der Mann Elsas Vater sein. Er sah verlebt aus, als hätte er einiges durchmachen müssen in seinem Leben. Warum hatte sie ausgerechnet dieses Foto in der Tasche? Ein Bild, auf dem er so traurig dreinblickte. Erinnerte man sich nicht lieber an die schönen Dinge? Ein Lachen oder eine Umarmung?

»Beeil dich«, raunte Peter, der inzwischen am Treppenabsatz stand.

Goldberg sah von dem Foto auf und schob es in die Tasche. Schritt für Schritt schlichen sie die Stufen hinauf. Oben angelangt traten sie dicht an die Schlafzimmertür und lauschten. Alles war still. Den Kommissar überfiel eine dunkle Vorahnung.

31

Eine Viertelstunde später waren Goldberg und Peter auf dem Revier angelangt. Peter schnappte sich den Telefonhörer und tippte die Nummer von Ruth ein. Kurz darauf hatte er Elsas Handynummer auf einem Block vor sich notiert, aber die Mailbox sprang sofort an. Frustriert legte er den Hörer auf.

»Was machen wir jetzt? Haukes Handy liegt im Haus und sein Auto steht vor der Tür. Sie können zu Fuß oder mit ihrem Wagen unterwegs sein. Verdammter Mist.«

»Wir fahren zu Lydia Jessen.«

Peter blätterte in einem seiner Dossiers und suchte ihre Adresse heraus. Eilig stiegen sie in den Streifenwagen. Die Landfrau wohnte in einem hübschen Einfamilienhaus inmitten der kleinen Neubausiedlung, die inzwischen auch schon über zehn Jahre alt war. Sie hatten Glück, die Zweite

Vorsitzende war noch auf und bat sie herein. Der Flur führte in das Wohn- und Esszimmer, das direkt an die offene Küche grenzte. Der Duft nach gebratenem Fett hing in der Luft.

»Setzen Sie sich bitte«, sagte sie und nahm auf dem beigefarbenen Sofa Platz.

Die Beamten setzten sich in die beiden farblich abgestimmten Sessel gegenüber.

»Entschuldigen Sie bitte die späte Störung, Frau Jessen«, begann Philip. »Wie geht es Ihnen?«

Sie ließ sich Zeit mit ihrer Antwort, als müsse sie erst gründlich in sich hineinfühlen. Auf Peter wirkte sie nervös. Ihre Bewegungen waren fahrig, als wäre sie zerstreut. Was angesichts der Ereignisse nicht weiter verwunderlich war.

»Es ist alles so unwirklich. Ich kann es noch gar nicht glauben. Mein Fritz vermutlich verbrannt.«

»Ja, das muss furchtbar für Sie sein«, bemerkte Philip.

»Wer tut so etwas Schreckliches? Haben Sie schon eine Spur von diesen Ungeheuern?«

»Nein, tut uns leid. Bisher nicht.«

»Mein armer Fritz.«

Sie senkte den Blick. Ihre Hände kneteten ein altes Stofftaschentuch, wie es Peters Vater früher benutzt hatte. Ihre Knöchel stachen weiß hervor. Er beobachtete sie. Lydia wirkte abgelenkt. Ihr Blick wanderte immer wieder im Raum umher.

»Wir werden Sie nicht lange aufhalten, Frau Jessen. Wir haben nur ein paar Fragen.«

Sie nickte.

»Ich habe Ihren Kollegen schon alles gesagt. Ich weiß nicht, wer so etwas getan haben könnte. Oder warum.«

»Wir müssen sämtliche Eventualitäten ausschließen. Die Kollegen haben Sie sicher nach Ihrem Alibi gefragt?«

»Ja, allerdings. So ein Unsinn, als ob ich meinen Mann umbringen würde.«

»Wo waren Sie in der Nacht zum Sonntag?«

»Wir hatten eine Vorstandssitzung bei Ruth zu Hause. Das können alle bestätigen.« Sie blickte Philip fest in die Augen.

»Wer war da?«

»Ruth natürlich. Elsa, als unsere neue Schriftführerin, die Kassenwartin Heike und meine Wenigkeit. Ich bin die Zweite Vorsitzende.«

»Worum ging es bei dieser Sitzung?«

»Wir haben die Veranstaltungen für das kommende Jahr geplant. Außerdem haben wir unseren diesjährigen Sommerausflug vorbereitet.«

»Ist es üblich, dass Sie sich zu Hause treffen?«

»Ja, wir machen das reihum. Jede ist mal dran.«

»Gab es etwas Ungewöhnliches an diesem Abend?«

»Nein, alles war wie immer.«

»Wie gut kannten Olga Lehman und Sie sich eigentlich?«, fragte sein Chef.

Peter sah, wie Lydia Philip erstaunt ansah. Mit dieser Frage hatte sie nicht gerechnet. Langsam konnte Peter seine Unruhe kaum noch im Zaum halten. Sie hatten zwar besprochen, behutsam vorzugehen, aber sie hatten keine Ahnung, wo Hauke sich aufhielt und ob Elsa in der Lage war, ihm etwas anzutun. Sie mussten die beiden finden. Möglichst schnell. Nervös rutschte er auf dem Sessel herum.

»Ähm, sehr gut. Wir waren befreundet.«

»Haben Sie auch über private Dinge gesprochen?«

Wäre das Taschentuch in ihrer Hand ein kleines Kätzchen gewesen, sie hätte dem armen Tier längst den Garaus gemacht.

»Ja, selbstverständlich.«

»Hat Ihre Freundin Ihnen gegenüber jemals von Gewalt in ihrer Ehe berichtet?«

Lydia straffte sich. »Ja, das hat sie. Sie hat mir erzählt, dass Wilhelm handgreiflich ihr gegenüber gewesen ist. Nicht nur einmal. Sie hat mir sogar ihre blauen Flecken gezeigt.«

»Warum ist sie nicht zur Polizei gegangen?«

»Meinen Sie, die hätten ihr geglaubt? Außerdem hatte sie panische Angst vor ihm. Und dann die Kinder. Sie wäre ja völlig allein dagestanden. Sie können mir glauben, ich habe auf sie eingeredet, sie solle ihn anzeigen. Aber sie wollte partout nicht.«

»Wer hat davon gewusst?«

»Wenn Sie mich fragen, alle. Es war ein offenes Geheimnis.«

»Hat sie sich geschämt?«

»Ja, in Grund und Boden. Das müssen Sie sich mal vorstellen. Die Frau wird über Jahrzehnte von ihrem Mann drangsaliert, und sie schämt sich dafür«, echauffierte sie sich.

»Hat denn niemand Wilhelm darauf angesprochen?«, fragte Philip ruhig.

»Es hat sich ja keiner getraut. Unsere Ehemänner haben feige den Mund gehalten. Alle miteinander. Wir konnten ja nichts ausrichten. Küche und Kindererziehung, mehr haben wir nicht gelernt. Wie oft habe ich mir gewünscht, eine Frau aus der heutigen Generation zu sein. Die lassen sich das nicht mehr gefallen.«

Ihre Wut war nicht zu überhören. Wenn genau das Philips Absicht gewesen war, hatte er es geschafft.

»Hat Olga sich deshalb das Leben genommen?«

Plötzlich schossen ihr Tränen in die Augen.

»Sie hat gekämpft wie eine Löwin. Aber am Ende war

es zu spät. Wir haben …« Lydia brach mitten im Satz ab. Sie drückte sich das Taschentuch gegen den Mund und schaute Hilfe suchend nach oben.

Plötzlich kam Peter der Gedanke, dass sie nicht allein im Haus waren. Er warf Philip einen Blick zu, der ihn allerdings nicht erwiderte. Philips Augen ruhten auf Lydia, die sichtlich nach Fassung rang. In ihrer Rage hatte sie sich verraten. Und sie wusste das.

»Haben Sie versucht, ihr zu helfen?«

Sie antwortete nicht. Stattdessen presste sie die Lippen aufeinander.

»Frau Jessen, was ist mit Wilhelm passiert?«

»Er ist abgehauen. Weil Olga es nicht mehr aushielt und immer mehr dem Alkohol verfiel.«

Sie alle drei wussten, dass sie log. Peter sah sie eindringlich an, doch sie schüttelte eisern den Kopf. Jemand musste ihr massiv zugesetzt haben. Und er wurde das Gefühl nicht los, dass dieser Jemand sehr viel näher war, als ihnen lieb war. Womöglich konnte er sie hören. Peter musste immer wieder an Hauke denken. Befand sich ihr Freund in diesem Haus? Hatte Elsa ihn hierher gebracht? Seine Gedanken rasten. Wenn sie sie beobachtete, war es unmöglich, unbemerkt an seine Waffe zu kommen. Er schaute in den Garten hinaus. Durch die Scheiben sah er ein kleines Häuschen, das vermutlich für die Gartenmöbel und -geräte genutzt wurde. Das schwache Licht, das aus dem Fenster schimmerte, entging ihm nicht. Hielten sie sich dort versteckt?

»Lydia, wer hat Wilhelm umgebracht? Waren Sie das?«
»Nein!«

»Wer dann? Olga?«

Sie presste das Taschentuch noch fester zusammen.

»Wenn Sie uns helfen, Frau Jessen, geht das Ganze für

Sie glimpflich aus. War es ein Unfall? Wilhelm will zuschlagen, doch Olga wehrt sich, das erste Mal. Schubst ihn, er fällt zu Boden und kommt unglücklich an der Tischkante auf. Er ist sofort tot. In ihrer Verzweiflung wendet Olga sich an Sie. Und Sie beschließen, ihr zu helfen. Lassen die Leiche verschwinden. War es so?«

Lydia liefen die Tränen über die Wangen.

»Nein«, hauchte sie, auf das feuchte Taschentuch starrend.

»Wie war es dann? Erzählen Sie es mir.«

Peters Blick wanderte von Lydia zum Gartenhäuschen und wieder zurück. Wenn sie doch endlich etwas sagen würde. Mein Gott, wie lang dauerte das bloß, dachte er und stand kurz vor der Explosion.

»Lydia, zwingt dich jemand zu lügen?«, mischte er sich ein.

Die Frau schüttelte den Kopf.

»Hör zu, dir kann gar nichts passieren. Wir sind von der Polizei. Wenn dich jemand bedroht, dann musst du uns das sagen. Du brauchst keine Angst zu haben.«

Endlich blickte sie auf. Sie rang mit sich, das war nicht zu übersehen. Es musste ihnen auf der Stelle etwas einfallen, um diese absurde Situation zu beenden.

»Frau Jessen, ich sehe, Sie haben Angst. Ist jemand hier? Vielleicht oben oder im Garten? Werden Sie bedroht?«

Fast unmerklich schüttelte sie den Kopf. Peter unterdrückte den Seufzer der Erleichterung.

»Was ist passiert?«, fragte Philip erneut.

Lydia schloss die Augen. Es war zum Verrücktwerden. Wenn sie recht hatten, war dieses Verbrechen ein Gemeinschaftsprojekt der Landfrauen gewesen. Und Lydia hatte nicht vor, ihre Komplizinnen kampflos preiszugeben.

Doch sie mussten unbedingt herausfinden, wo Hauke steckte und ob er in Gefahr war. Die Zeit rannte ihnen davon.

»Es ist vorbei, Lydia. Willst du wegen denen ins Gefängnis gehen? Die haben Hauke in ihrer Gewalt, meinen Freund und Kollegen. Sag uns endlich, was passiert ist!«

»Ihre Hilfe würde sich strafmildernd auswirken. Dafür könnten wir uns starkmachen.«

Als sie immer noch schwieg, setzte Peter nach: »Deine Kameradinnen haben einen Polizeibeamten entführt. Einen Staatsbediensteten. Ist dir klar, was das heißt? Wir reden hier von versuchtem Mord!«

»Es geht nicht um euch. Es geht um uns. Begreift das denn niemand? Wir haben eine Stimme. Wir werden uns nicht länger unterdrücken lassen.«

Ihr Ausbruch kam überraschend. Es schien, als befreite sie sich von einer jahrzehntelangen Bürde.

»War Ihr Mann Ihnen gegenüber auch gewalttätig?«

»Nein. Aber er hatte sich auf Wilhelms Seite geschlagen. Er hat es lange vor mir gewusst und dieses Schwein gedeckt. Wissen Sie, wie sich das anfühlt? Olga hat über Jahrzehnte Schläge eingesteckt. Ich habe es geheim gehalten, weil sie es so gewollt hat.«

Sie machte eine kurze Pause.

»Nach Olgas Tod habe ich Fritz erzählt, wie Wilhelm ums Leben gekommen ist. Er sollte verstehen, dass wir zu allem fähig sind und wir uns nicht länger so behandeln lassen. Er war ein jämmerlicher Schlappschwanz. Abgehauen ist er, weil er Angst hatte, dass wir ihn umbringen. Er glaubte, dass er sich vor uns verstecken konnte. Hat bei den Deckmannschen Kuhlen gezeltet. Sven hat ihn mit Essen versorgt. Nadja hat es mir erzählt.«

»Liegt Herr Kranz deswegen im Koma?«, hakte Philip nach.

»Das war ein Unfall, er sollte uns nur erzählen, wo mein Mann sich versteckt hält. Aber er weigerte sich. Als er weglaufen wollte, stolperte er. Dann endlich hat er uns verraten, wo wir ihn finden, und wir haben den Notarzt gerufen.«

»Das alles, weil Fritz seinen Freund hatte beschützen wollen?«, fragte Peter ungläubig.

»Ich dachte, ich kenne ihn. Aber wissen Sie, was er zu mir gesagt hat? Er sagte, dass er Wilhelm bewundere, der verstünde, wie man eine Frau behandelt. Mein eigener Ehemann hat nicht nur davon gewusst, sondern es auch noch gutgeheißen. Er hat zugesehen und im Stillen applaudiert.«

»Und deshalb musste er sterben?«, fragte Philip.

Lydias Augen füllten sich wieder mit Tränen.

»Wie ist Wilhelm ums Leben gekommen?«

»Er hat Olga geschlagen und gedemütigt. Sie hat sich nie gewehrt. Sie glaubte, es aushalten zu müssen, wegen der Kinder. Sie verdiente kein eigenes Geld, hatte Angst, sie zu verlieren. Außerdem hat sie dieses Schwein geliebt. Schöne Liebe! Ihre blauen Flecken versuchte sie unter ihrem Pullover zu verdecken. Mitten im Sommer! Ein anderes Mal war es ein aufgeschlagenes Knie.«

Lydia stockte. Sie wischte mit dem Taschentuch über ihre Wangen. Dann schnäuzte sie sich.

»Eines Tages habe ich es Ruth erzählt. Ich musste mit jemandem darüber sprechen. Wir haben so viele Pläne geschmiedet, aber wir waren zu feige, uns zu wehren. Bis Elsa kam.«

»Wo ist Wilhelm? Ist er tot?«, fragte Philip.

Sie nickte stumm.

»Wer hat ihn umgebracht? Elsa?«

»Nein, wir haben es gemeinsam getan. Mit vereinter

Kraft. Elsa hat alles verändert. Sie hat uns Mut gemacht, uns zur Wehr zu setzen. Die Gewalt nicht mehr schweigend hinzunehmen. Uns nicht mehr von der Angst beherrschen zu lassen. Wir nehmen unser Leben von nun an selbst in die Hand.«

»Wie ist er zu Tode gekommen?«, fragte Goldberg leise.

»Er war jagen. Nur dass er dieses Mal nicht der Jäger, sondern die Beute war.«

»Was? Ihr habt ihn erschossen?«, entfuhr es Peter.

»Nachdem er alles gestanden hatte, haben wir ihm die Wahl gelassen. Gefängnis oder Freitod. Und er hat den Tod gewählt.«

»Wo ist die Leiche?«, fragte Philip.

»Die ist längst Fischfutter. Die Fische aus dem Tümpel esse ich seitdem nicht mehr.«

»Was? Ihr habt ihn in den Deckmannschen Kuhlen versenkt?« Peter starrte sie entsetzt an.

»Nein. Wir sind nach Bokel gefahren. Er hat doch immer so gern geangelt. Da ist es nur gerecht, der Natur etwas zurückzugeben.«

»Wieso hat Olga sich ausgerechnet nach Wilhelms Tod das Leben genommen? Nun war sie doch frei«, fragte Philip.

»Olga ging es nicht besser. Sie trank noch mehr. Das schlechte Gewissen plagte sie. Ich glaube, sie konnte es nicht ertragen, mitschuldig an seinem Tod zu sein. Sie hat dieses Schwein geliebt. Als ich sie fand, lag sie auf dem Bett. Ihr Abschiedsbrief auf dem Nachttisch. Ich wollte ihn gerade lesen, als ich unten die Tür hörte. Ich weiß nicht wieso, aber plötzlich habe ich Angst bekommen und mich versteckt. Als die Luft rein war, bin ich aus dem Haus gestürmt.«

»Mit dem Brief?«, fragte Philip.

Sie nickte.

»Wessen Idee war der Sensenmann?«, wollte Peter wissen, der kaum fassen konnte, was er da hörte.

»Elsas. Es sollte ein Tribunal werden. Ein heiliges Opfer für alle unterdrückten Frauen dieser Welt. Eine Botschaft, verstehen Sie? Wir können uns wehren. Wir müssen uns wehren. Unsere nächtlichen Einsätze haben wir gefilmt. Elsa bereitet eine Kampagne in den sozialen Netzwerken vor. Größer noch als MeToo. Endlich bekommen die Opfer eine Stimme. Wir werden die Welt verändern.«

Peter bekam es zunehmend mit der Angst zu tun. Diese Frauen hatten ja den Verstand verloren! Elsa musste sie einer regelrechten Gehirnwäsche unterzogen haben. Anders war das nicht zu erklären. Wie machte man sonst aus einer Gruppe von älteren Damen ein Himmelfahrtskommando?

»Wer ist wir?«

»Elsa, Olga, Ruth und ich.«

»Wer von Ihnen war der Mann, der das Boot in Freiburg von Paul Degen gekauft hat?«, fragte Philip.

Lydia lächelte.

»Ruth. Wir haben unsere Männer mit ihren eigenen Waffen geschlagen. Die Verkleidung war auch Elsas Idee. Eine tolle Frau, nicht wahr?«

Peter traute seinen Ohren nicht. Und Hauke war in der Gewalt dieser Person. Sie mussten sich endlich beeilen.

»Wurde Elsa von ihrem Vater misshandelt?«, riss Philip ihn aus seinen Überlegungen.

Lydia drehte den Kopf und sah ihn überrascht an. »Woher wissen Sie das?«

Er zog das Foto aus der Tasche und legte es auf den Tisch. »Ist er das?«

»Sie trägt es immer bei sich, um nicht zu vergessen, was er ihrer Familie angetan hat. Er hat sie tyrannisiert. Elsas Mutter und die beiden Töchter. Ihr Gesicht ließ er immer unversehrt. Ein kluger, brutaler Schläger.«

Jetzt platzte Peter der Kragen. »Lydia, wo ist mein Kollege?«

»Sie wird ihm nichts antun. Das hat sie versprochen. Unsere Bewegung richtet sich gegen schuldige Männer. Wir wollten doch nur wissen, was die Polizei herausgefunden hat.«

»Hören Sie, Frau Jessen, ich würde meinen Kollegen gerne unversehrt wiedersehen«, sagte Philip beschwörend. »Ich denke, zwei Tote und ein schwer verletztes Opfer sind mehr als genug. Glauben Sie nicht, dass die sinnlose Gewalt aufhören sollte? Hauke Thomsen ist unschuldig. Aber im Moment ist Elsa vielleicht nicht mehr in der Lage, schuldig von unschuldig zu unterscheiden. Ich frage Sie also jetzt zum letzten Mal: Wo ist er?«

Sie sah ihn an.

»Mensch, nun sag schon. Wo?«, rief Peter, der Mühe hatte nicht aufzuspringen.

»Sie hat gesagt, sie bringt ihn zur Kirche.«

»Zur Kirche? Warum in Gottes Namen?«, schnauzte Peter.

»Was hat sie vor?«, fragte Philip, um Beherrschung bemüht.

»Sie will ein Zeichen setzen.«

»Mein Gott, Lydia, lass dir nicht alles aus der Nase ziehen!«

»Ich weiß es nicht!«, rief sie. »Elsa hat manchmal spinnerte Ideen. Ich habe sie nicht gefragt. Es ging alles so schnell. Elsas Anruf, und dann standet ihr plötzlich vor der Tür. Ich habe nicht nachgedacht. Elsa wird ihm nichts tun.«

»Ist sie bewaffnet?«, fragte Philip, der als Einziger die Nerven zu behalten schien.

»Nein, außer einem kleinen Elektroschocker, mit dem sie sich im Notfall verteidigt. Das ist so ein Tick von ihr. Unsere Bewegung glaubt nicht an Waffen.«

»Dein Mann ist mit einem stumpfen Gegenstand erschlagen worden. Ist das etwa keine Waffe?«, rief Peter.

»Das waren andere Umstände. Er wollte mir nicht zuhören, da habe ich ihm die Whiskyflasche über den Kopf gezogen.«

»Was denn für eine Whiskyflasche, zum Teufel?«

»Wir haben ihn beim Sperrwerk gefunden. Ich habe so getan, als wollte ich mich mit ihm versöhnen. Aber er versuchte wegzulaufen, und da habe ich ihm den nächstbesten Gegenstand auf den Kopf gehauen. Das war eine Flasche aus dem Koffer von Sven.«

Die beiden Polizisten warfen sich einen kurzen Blick zu.

»Hören Sie, Frau Jessen, ich unterbreite Ihnen einen Vorschlag, den Sie besser annehmen sollten, wenn Sie nicht den Rest Ihres Lebens im Gefängnis verbringen möchten.«

32

Kaum waren sie vor der Tür, hatte Peter bereits sein Smartphone am Ohr und forderte Verstärkung an.

»Danke, und beeilt euch!« Er unterbrach die Verbindung. »Wir können nicht tatenlos warten. Was ist, wenn Lydia uns doch verrät?«

»Das Risiko müssen wir eingehen.«

»Toller Plan, Philip.«

»Spar deine Kräfte und steig ein.«

»Ich glaube das alles nicht, was hat diese Elsa an sich, dass sie aus einem Haufen harmloser Landfrauen eine männermordende Bande macht?«

»Frag Hauke.«

»Sie wird sie ja nicht sexuell betört haben wie ihn.«

»Es sind nur drei Frauen, Peter. Das ist noch keine männermordende Bande. Und Olga können wir getrost ausschließen.«

»Drei zu viel, wenn du mich fragst.«

Goldberg nahm die Abzweigung bei Rosi und raste durch das abendliche Kophusen. Elsa tat ihm leid. Sie musste schwer traumatisiert sein. Damit kannte er sich aus. Die letzten Tage bei Judith hatten ihm gezeigt, wie fragil nicht nur der menschliche Körper war, sondern auch der Geist. Elsas Kindheit musste die Hölle gewesen sein. Ihr mangelndes Urvertrauen war irreparabel zerstört worden. Wie nahezu alle Kinder aus gewalttätigen Familien hatte sie sich vermutlich schuldig und wertlos gefühlt. Das sollte ihr Verbrechen nicht entschuldigen, aber er hatte in der Zeit mit Judith mehr denn je begriffen, was Resozialisation bedeutete. Wer sich außerhalb der Gesellschaft befand, musste die Möglichkeit bekommen, sich wieder einzugliedern. Davon war er überzeugt. Erst recht, nachdem er in den letzten Wochen erlebt hatte, wie komplex die menschlichen Empfindungen waren. Und wie leicht sich ein Häkchen in dem seelischen Gefüge löste. Welchen Weg man danach einschlug, war eine Entscheidung, die man zwar allein traf, aber man traf sie aus dem Gelernten und dem Erlebten heraus. Man war die Summe seiner Erfahrungen, und es brauchte viel Kraft und Mut, sich gegen das Erlernte zu wenden und neue Wege zu gehen.

»Die werden ihn doch nicht umbringen, oder?«

Goldberg schüttelte den Kopf und trat das Gaspedal durch. Er hatte Lydia aufgetragen, Elsa anzurufen und ihr zu erzählen, dass die Polizei unverrichteter Dinge wieder weggefahren sei. Die Landfrau hatte zugestimmt, aber ob sie sich wirklich daran hielt? Wenn nicht, würde ihnen gleich ein Empfangskomitee gegenübertreten. Oder im schlimmsten Fall würde Hauke die Konsequenzen tragen müssen.

Sie erreichten die Kophusener Kirche. Der Parkplatz

befand sich auf der Rückseite. Die Beamten stiegen aus und hasteten im Licht der Laternen zum Portal. Auf dem runden Vorplatz trieben sich einige Spaziergänger herum, die neugierig stehen geblieben waren.

»Oh, Scheiße«, entfuhr es Peter.

In der Mitte des Rondells stand eine steinerne Figur auf einem Sockel. Goldberg wusste nicht, wer oder was das säulenartige Gebilde darstellen sollte, und im Moment war ihm das auch völlig egal, denn da lag Hauke vor ihnen.

»Hast du ein Messer dabei?«, fragte er.

»Ja.«

Peter kramte in seiner Hosentasche und zog sein Geheimwerkzeug heraus. Ein Einbruch-Set, das er immer bei sich trug. Der Kommissar beugte sich zu Hauke hinab. Ihr Kollege schien bewusstlos zu sein.

»Hauke?«, rief Goldberg.

»Hauke, wach auf!«

Peter schnitt den Kabelbinder durch, mit dem Elsa seine Hände um die Säule herum gefesselt hatte. Goldberg tätschelte ihrem Kollegen das Gesicht. Dann fühlte er seinen Puls.

»Er lebt doch noch, oder?«

»Ja, aber wir rufen besser einen Notarzt.«

Goldberg zückte sein Telefon und erledigte den Anruf im Handumdrehen.

»Sie kommen.«

Peter gab seinem Freund ein paar sanfte Ohrfeigen und rief dabei immer wieder seinen Namen. Endlich schlug Hauke die Augen auf.

»Was ist denn los?«, stammelte er, als wäre er soeben aus dem Schlaf geweckt worden.

»Geht es dir gut?«, fragte Peter gleichermaßen besorgt und erleichtert.

Hauke nickte. Er brauchte einen Moment, um sich zurechtzufinden. Als er an sich heruntersah, wurde er schlagartig munter.

»Was zum Teufel soll das?«

Goldberg musste sich ein Grinsen verkneifen. Ihr Freund war nackt. Um seinen Hals hatte man ihm ein riesiges Pappschild gehängt, das notdürftig die unteren Körperregionen bedeckte. Darauf stand »#strikebackwomen«.

»Ich glaube, du gehst viral«, bemerkte Goldberg.

»Ruf die Kollegen an, sofort. Die sollen sich um den Kanal kümmern. Ich hab keinen Bock, so in den sozialen Netzwerken die Runde zu machen.«

»Ich habe dich immer gewarnt, dass dich deine Frauengeschichten eines Tages in Teufels Küche bringen werden.«

»Sei still.«

Hauke hob den Kopf, und sein Blick streifte die stehen gebliebenen Passanten.

»Hey, das ist ein polizeilicher Einsatz, also Abmarsch. Hier gibt es nicht zu gucken.«

Ein älteres Ehepaar gehorchte und machte sich von dannen. Den Rest übernahm Goldberg. Er sorgte dafür, dass sämtliche Fotos gelöscht wurden. Zum Glück waren es nicht viele Schaulustige. Von Elsa war allerdings keine Spur zu sehen. Sie hatte sich aus dem Staub gemacht.

»Hat sie gesagt, wo sie hin ist?«, fragte Peter.

»Ja, klar. Sie hat mir die Adresse dagelassen.«

»Hauke, ich kann nichts dafür.«

»Verdammte Scheiße, was mache ich jetzt? Soll ich etwa so ins Krankenhaus?«

Wie aufs Stichwort sahen sie die Blaulichter der Kollegen. Goldberg zog sein Sakko aus und reichte es Hauke.

»Hier.«

Er brummte etwas Unverständliches und knotete es notdürftig um seine Hüften.

»Toll. Die macht mich zum Gespött der gesamten Polizei.«

»Hauptsache, du bist am Leben!«

»Ja, toll, von einer Frau überwältigt und betäubt.«

»Nicht der richtige Zeitpunkt für Sexismus, Hauke. Kannst du laufen?«

»Ja, sie hat mich mit einem Elektroschocker niedergestreckt und nicht zum Krüppel gemacht.«

»Du lässt dich jetzt ins Krankenhaus bringen und lässt dich durchchecken«, bestimmte Goldberg und half ihrem Freund, wieder auf die Beine zu kommen.

»Der Elektroschocker war mit Sicherheit getunt, das sage ich dir. Dauerte keine Sekunde, und ich lag am Boden wie ein Zitteraal.«

»Hat sie was zu dir gesagt?«, fragte Peter.

»Ja, und ob! Die Alte ist komplett durchgedreht. Redete wirres Zeug von einer viralen Kampagne, die größer wird als #MeToo. Die will uns fertigmachen.«

Goldberg griff Hauke unter die Arme. Widerstrebend ließ er es zu. Langsam gingen sie dem heranfahrenden Streifenwagen entgegen. Den Blick diskret zur Seite gedreht.

33

Die Kripo war angerückt. Erstaunlicherweise ging es für Hauke weniger peinlich aus als befürchtet. Er berichtete dem Ermittlungsleiter Dietmar Klose, was passiert war, und wurde danach ins nächstgelegene Krankenhaus nach Elmshorn gebracht. Vorsichtshalber. Ein elektrischer Schock konnte unter Umständen Folgen haben. Goldberg hatte darauf bestanden, und Peter folgte ihm im Streifenwagen, um ihn später nach Hause zu fahren.

»Ist ja viel los bei euch«, bemerkte Klose mit einem verächtlichen Blick auf die Statue, an der Hauke gefesselt gelegen hatte.

Goldberg ignorierte die Bemerkung. Der Leiter der Kripo war ihm egal. Er würde die weitere Ermittlung übernehmen und die Fahndung nach Elsa einleiten. Mehr konnten sie im Augenblick ohnehin nicht tun.

»Irgendeine Ahnung, wo die Dame hin ist?«

Goldberg schüttelte den Kopf.

»Müssen ja mächtig schlau sein, wenn sie so ausgefuchste Polizeibeamte wie euch hinters Licht führen konnten.«

Klose grinste breit. Der Mann war ein Idiot. Es war nicht die Mühe wert, sich darüber aufzuregen.

»Jetzt ist der Fall ja in den Händen von echten Profis. Viel Glück«, erwiderte Goldberg.

Er ließ Klose einfach stehen. Es wurmte ihn, dass sie Elsa nicht erwischt hatten. Lydia hatte ihre Komplizin gewarnt. Der Unfall von Sven Kranz würde neu untersucht werden müssen. Welche Rolle seine Frau dabei spielte, blieb abzuwarten.

Den Tumult hinter sich lassend, trat Goldberg den Rückweg an. Aber wohin? Um Lydia und Ruth würden sich ebenfalls die Kollegen aus Itzehoe kümmern. Wenn sie noch zu Hause waren und nicht auch schon das Weite gesucht hatten. In den nächsten Tagen würde er Peter bitten, das Netz zu durchforsten. Er war gespannt, ob sie ihre Kampagnenpläne verwirklichten. Goldberg dachte zurück an einen Fall häuslicher Gewalt, der ihn damals in seiner Berliner Zeit sehr aufgewühlt hatte. Bestimmt ein Dutzend Mal hatten sie ein und dieselbe Frau aus der Wohnung geholt, in der sie von ihrem Mann immer wieder übel zugerichtet worden war. Sie hatten sie in ein Frauenhaus gebracht. Doch sie kehrte jedes Mal zurück. Bis sie sie schließlich tot aufgefunden hatten. Später vor Gericht hatte sich herausgestellt, dass der Mann ebenfalls Opfer häuslicher Gewalt gewesen war. Als Kind war er regelmäßig von seinem Vater mit dem Gürtel verprügelt worden. Ein mörderischer Kreislauf. Lydia hatte erstes Licht ins Dunkle gebracht. Alle weiteren Details würden die Kollegen klären müssen. Goldberg hoffte, dass Klose über ein paar kluge und fähige Mitarbeiter verfügte, die das für ihn übernahmen.

Als er aus seinen Gedanken auftauchte, stellte er fest, dass er sich auf direktem Weg zu Rosi befand. Eine gute Idee, dachte er, diesen Abend mit einem Espresso ausklingen zu lassen. Vielleicht trank er sogar ein Glas Rotwein. Auf den letzten Metern zückte er sein altes Nokiatelefon und schrieb seinen Kollegen eine Nachricht. Nach wenigen Minuten erhielt er eine Antwort, dass sie nachkommen würden, sobald Hauke untersucht worden war. Goldberg schob das Ding zurück in die Hosentasche und öffnete die Tür zum Gasthaus.

Kaum dass er den Raum betreten hatte, fiel sein Blick auf die Frau, die am Tresen saß. Ihr dunkles Haar erkannte er sofort. Rosi, die gerade Gläser spülte, lächelte ihm zu. Dann beugte sie sich hinab und flüsterte der Frau etwas ins Ohr. Goldberg blieb unschlüssig stehen. Darauf war er nicht vorbereitet gewesen. Was sollte er tun? Die Flucht ergreifen? Dafür war es zu spät. Die Frau drehte sich um. Ihren Blick konnte Goldberg nicht deuten, und trotzdem verfehlte er seine Wirkung nicht. Er spürte die Stiche, als würden aus ihren Augen Pfeile schießen.

»Hey, Philip. Einen Espresso?«, rief Rosi.

Goldberg nickte. Zu mehr fühlte er sich außerstande.

»Du musst an den Tresen kommen, es sind alle Tische besetzt.«

Er zögerte. Ehe Magda ihm nicht die eindeutige Erlaubnis erteilte, näher zu kommen, würde er einfach stehenbleiben.

»Nun zier dich nicht so«, forderte Rosi ihn auf.

Seine Augen blieben auf Magda gerichtet. Wäre er rührselig veranlagt gewesen, hätte er später behauptet, dass es in diesem Moment nichts gab, außer ihnen beiden. Aber das stimmte natürlich nicht. Der Laden brummte. Nach einer gefühlten Ewigkeit bedeutete Magda ihm endlich, herzukommen. Goldberg fühlte sich unsicher und verwirrt. Er hatte sie seit drei Monaten nicht mehr gesehen. Seit sie ihn fortgeschickt hatte. So hatte er sich ihr Wiedersehen nicht vorgestellt. Seine Überlegungen, wie er sie zurückerobern könnte, waren ins Leere gelaufen. Außer der einen Idee, von der er nicht sicher war, ob er das überhaupt wollte. Geschweige denn sie. Auf wackligen Beinen schritt er zum Tresen und versuchte, die richtigen Worte in seinem Kopf zurechtzulegen. Aber er blieb leer. Es war wie bei ihrem ersten Treffen vor fünf Jahren. Nur dass sie inzwischen ein Paar gewesen waren und er das alles aufs Spiel gesetzt hatte, um herauszufinden, ob er nicht doch eine andere liebte. Und das tat er. In einem Paralleluniversum gewissermaßen. In dieser Welt aber wollte er mit Magda zusammen sein. Das hatte er begriffen. Die Frage war, ob sie es auch wollte.

»Setz dich.«

Ihre Stimme klang so brüchig, wie seine Beine sich anfühlten.

»Bist du sicher?«

»Nein. Tu es trotzdem.«

Er nahm neben ihr auf einem der Barhocker Platz. Rosi hatte den Espresso fertig und stellte ihn vor ihm auf dem Tresen ab.

»Du siehst aus, als könntest du auch etwas Sprit vertragen.«

Goldberg nickte und deutete auf den Rotwein, der vor seiner Sitznachbarin stand. Lächelnd nahm Rosi ein Glas vom Regal und füllte es mit ihrem samtig schimmernden Hauswein.

»Wohl bekomm's.«

»Danke.«

Rosi wandte sich ihrer Aushilfe zu. Bärbel schien heute freizuhaben, jedenfalls war sie weit und breit nicht zu sehen. Magda hob ihr Glas an, und sie prosteten sich zu. Goldberg spürte ein warmes Gefühl im Bauch. Und das kam nicht vom Rotwein.

»Ich habe schon gehört, dass du wieder da bist.«

Wie sollte er ihr erklären, dass er nicht zuerst zu ihr gekommen war? Er an ihrer Stelle wäre sicher furchtbar enttäuscht und verletzt. Doch Magda überraschte ihn.

»Wolltest du einen Heiratsantrag vorbereiten? Wehe, dem werde ich nicht zustimmen. Ich heirate nicht noch einmal.«

Goldberg blickte in ihre braunen Augen. Ihr ironisches Lächeln hatte ihm gefehlt. Ein wohliger Schauer durchflutete ihn. Sollte es so einfach sein? Reichte es, dass sich seine Gefühle zu ihr nicht verändert hatten und sie dies spürte?

»Wie willst du es also anstellen?«, fragte sie.

Falsch gedacht. So leicht würde sie es ihm nicht machen.

»Ich überlege noch.«

»Ist ja bisher nicht viel bei rausgekommen.«

»Meine beste Idee hast du mir ja gerade eindrucksvoll zerschmettert.«

»Tut mir leid.«

»Ich habe es ja verdient.«

»Willst du es überhaupt?«

»Was?«

»Uns.«

»Ja. Judith und mich verbindet nur noch die Erinnerung. Es war, als lebten wir in einer Art Zeitblase. Sie im Gefängnis und ich in einem schäbigen Hotelzimmer. Die

Schnittmenge bestand aus den kurzen Treffen im Besucherraum. Unser gemeinsames Leben, das wir geführt haben, ist mit Muriel gestorben. Das weiß ich jetzt.«

»Das tut mir leid.«

»Nein, das muss es nicht. Ich bin erleichtert. Froh, dass dieser absurde, irrationale Traum vorbei ist.«

»Muriel wird euch immer verbinden.«

»Ja, aber das ist mehr was Spirituelles, wenn du so willst. Das hat nichts mit meinem Leben hier bei dir zu tun.«

»Hattest du eine Sitzung mit Sohanraj?«, fragte sie ungläubig.

»Nein, da bin ich von ganz alleine draufgekommen.«

Goldberg warf ihr einen kurzen Seitenblick zu.

»Magda, es tut mir leid«, sagte er ernst. »Ich hätte uns vertrauen sollen. Ich hätte mich nicht so einfach von dir wegschicken lassen dürfen.«

»Ja, viel Widerstand hast du tatsächlich nicht geleistet.«

»Ich weiß. Ich hatte mich ganz schön verrannt.«

»Und jetzt?«

»Bin ich wieder da.«

»Ach so, der Herr Kommissar kehrt zurück und alles geht wieder auf Anfang?«

»Nein, so habe ich das nicht gemeint.«

»Wie dann?«

Sie beide mussten einen seltsamen Anblick abgeben, fand Goldberg. Zwei Menschen, die in ihre Gläser starrten, als würden sie darin Antworten finden. Wenn sie nur lange genug hineinschauten. Oder tief genug. Er war noch nie sonderlich gut mit Worten gewesen. Es fiel ihm schwer, das auszudrücken, was er in seinem Innersten empfand. Gerade jetzt, wo es so dringend erforderlich war, streikte sein Verstand. Würde er seinem Gefühl vertrauen, würde er sie einfach vom Stuhl in seine Arme fegen und ihr einen leidenschaftlichen Kuss geben. Aber er ahnte, dass es nicht funktionieren würde. Er hatte sie verlassen. Wenn auch nur auf Zeit. Er war zu einer anderen Frau gegangen. Wie lange er geblieben war, spielte dabei keine Rolle. Es musste etwas geben, womit er ihr beweisen konnte, dass er sie liebte und bei ihr bleiben wollte. Nicht nur bis zum nächsten Crash, sondern für immer. Ohne einen solchen Beweis würde sie nicht zu ihm zurückkommen. So viel stand fest.

»Was hältst du von einem Ausflug?«, fragte er.

»Ein Ausflug?«

»Ja, im wahrsten Sinne des Wortes. Hier in der Nähe gibt es doch diesen Hubschrauber-Landeplatz. Da kann man auch Rundflüge machen.«

»Und dann? Willst du von Bord springen?«

»Wenn es sein muss.«

»Philip, ich glaube nicht, dass wir ...«

»Bitte«, unterbrach er sie, »lass es mich wenigstens versuchen.«

Für einen Moment starrten sie schweigend ins Leere.

»Liebst du sie noch?«, fragte Magda nach einer Weile.

Die Frage traf ihn wie ein Faustschlag in die Magengrube. Doch ihm blieb keine Zeit, darüber nachzudenken, jede Sekunde, die er verstreichen ließ, würde sie ihm als ein potenzielles Ja auslegen.

»Nein.«

»Warum bist du dann zu ihr gegangen?«

»Weil ich wissen wollte, was das ist, was uns verbindet. Ob es über Muriel hinausgeht.«

»Ob es immer noch Liebe ist?«

»Ja.«

»Und?«

»Ich liebe die Frau, die sie früher gewesen ist, und das

aber auch nur als der Philip, der ich früher gewesen bin. Die Gefühle kann ich nicht leugnen, aber sie stammen aus einer anderen Zeit, die keinerlei Bezug zu dir hat. Das Zusammensein jetzt glich einem Schauspiel, als wären wir in unsere früheren Rollen geschlüpft und hätten uns alte Fotos und Filme angesehen. Aber wir haben uns verändert. Beide. Wir sind nicht mehr die, die auf den Bildern zu sehen sind. Die Gefühle für uns existieren nur in dieser einen Dimension. Zwischen dem heutigen Philip und der heutigen Judith gibt es nur noch die Erinnerung.«

»Also liebt der Philip von damals sie immer noch?«

»Vielleicht. Ein bisschen. Aber dieser Mensch bin ich nicht mehr. Ich bin der, der hier vor dir sitzt und darauf hofft, dass du ihm eine Chance gibst.«

»So einfach ist das nicht.«

»Das hast du das letzte Mal auch gesagt.«

»Ja, aber dieses Mal hast du Mist gebaut. Du hast mich für eine andere Frau verlassen, hast mich angelogen.«

»Okay, ich mache dir einen Vorschlag.«

»Ich höre.«

»Gib mir zwei Wochen.«

»Wofür? Mich zu überzeugen? Bist du Superman?«

»Wenn es sein muss.« Er sah sie an. »Bitte. Zwei Wochen deines Lebens.«

Sie seufzte laut.

»Vierzehn Tage, Herr Goldberg, und keinen Tag mehr.«

Ihr zartes Lächeln ermutigte ihn. Es löste eine Welle der Euphorie in ihm aus. Das würden die unvergesslichsten zwei Wochen in ihrem Leben werden. Das schwor er sich und ahnte nicht, wie sehr er damit recht behalten sollte.

Danksagung

Zunächst möchte ich meinem hochgeschätzten Team danken, das mich zum Teil bereits von Anfang an begleitet und mich in unverzichtbarer Weise unterstützt, Goldberg & Co zum Leben zu erwecken. Namentlich sind das: Stefan Wendel, mein Lektor, meine beiden Korrektorinnen Sonja Hartl und Rita Nandy, meine Cover-Designerin Svenja Sund und nicht zuletzt Fabian Tormin für seine tontechnische Unterstützung bei der Hörbuchproduktion. Es ist nicht nur ihre Art, wie sie den sprichwörtlichen Rotstift ansetzen und präzise den Text sezieren, oder mich mit ihrem Sachverstand und Können beeindrucken. Vielmehr ist es ihre andauernde Begeisterung für meine Bücher. Die Fürsorge, die sie sowohl der Geschichte und den Figuren entgegenbringen und ihre Liebe zum Detail, die ihre Mitarbeit für mich so wertvoll macht. Ich hoffe, wir werden noch viele Fälle gemeinsam zur Welt bringen.

Sandra Schlichenmaier danke ich für ihre Arbeit als Erstleserin. Sie hat diesen Part mit großer Sorgfalt und bewundernswertem Eifer erledigt. Ihr lautes Lachen beim Lesen hat mein Herz erfreut, ebenso wie ihr beständiger Elan, der nicht abzureißen scheint.

Es gibt einen Menschen, ohne den diese Geschichte nicht hätte entstehen können: Carsten Wittmaack. Denn ohne ihn wäre ich sicher nicht nach Kronsnest gefahren und hätte diesen zauberhaften Ort entdeckt. Und das wäre sehr schade gewesen, wie ich finde. In diesem Sinne freue ich mich auf den nächsten Ausflug mit ihm.

Es gibt eine Gruppe von Menschen, die mich ebenfalls zu diesem Band inspiriert haben. Ich danke den Landfrauen aus der Umgebung für ihren herzlichen Empfang bei den Lesungen, für die spannenden Einblicke und natürlich dafür, dass ich durch sie den Mehlbüddel wiederentdeckt habe. Die kriminelle Energie der Frauen in meinem Buch ist frei erfunden und entbehrt jeglicher realen Vorlage.

Ebenso verhält es sich mit den Fährmännern und -frauen des Fährvereins Kronsnest, den Polizeibeamten aus Krempe und Itzehoe und den Mitarbeitern der Werft in Freiburg an der Elbe. Auch sie entspringen meiner Fantasie und sind allesamt frei erfunden!

Meiner Mutter danke ich wie immer für ihre Übersetzung ins Plattdeutsche. Durch sie erhält Bärbel Thomsen in den Hörbüchern eine ganz eigene Stimme.

Abschließend möchte ich Ihnen, den Lesern und Leserinnen, meinen herzlichsten Dank aussprechen. Ihre Treue und Ihre Lesefreude sind es, die mir immer wieder zeigen, dass das, was ich tue, von Bedeutung ist. Wenn auch nur für einen flüchtigen Augenblick …

Bitte beachten Sie auch die folgenden Seiten.

Melden Sie sich für den Newsletter an unter:
https://www.nicolewollschlaeger.de/newsletter/
Oder folgen Sie der Autorin auf Facebook und Instagram.

Philip Goldbergs erster Fall!

»Nicole Wollschlaeger gelingt es (...), vielschichtige Charaktere, dichtes atmosphärisches Lokalkolorit und eine durchaus spannende Geschichte zu entwickeln. Man darf gespannt sein, was von der Autorin noch kommt.« *Hamburger Abendblatt*

Nicole Wollschlaeger
ELBSCHULD
Kriminalroman

ISBN: 9783741255526
Auch als eBook und Hörbuch

Hilde Deterding ist davon überzeugt, Morddrohungen aus dem Jenseits zu erhalten.

Als an ihrem vergifteten Hund die Spuren menschlicher Asche gefunden werden, nimmt Goldberg die Ermittlungen zum Leidwesen seiner beiden Kollegen auf. Und schon bald stecken sie in einem kuriosen Fall, der auch in ihm alte Geister wecken wird.

Mehr Informationen unter:
www.nicolewollschlaeger.de

Die ELB-Krimireihe geht weiter!

»Oft begegnet man seinem Schicksal auf eben jener Straße,
die man einschlägt, um es zu vermeiden.«

Nicole Wollschlaeger
ELBSCHMERZ
Kriminalroman

ISBN: 9783744874229
Auch als eBook und Hörbuch

Das neue Ayurveda-Zentrum Namaste ist ein Ort der Stille
und inneren Einkehr. Bis plötzlich eine Patientin spurlos verschwindet. Kommissar Goldberg und seine beiden Kollegen,
die nur an einem teambildenden Yoga-Kurs teilnehmen
wollten, befinden sich unversehens in ihrem nächsten Fall.
Alles deutet auf eine Entführung hin. Als eine rätselhafte Krä-
he aus Schnee das Verschwinden zweier weiterer Patienten
ankündigt, scheint es auch dieses Mal nicht mit rechten Dingen zuzugehen. Und schon bald entpuppt sich das Namaste
als Schauplatz eines weit zurückliegenden Dramas, das unwillkürlich auf eine menschliche Katastrophe zusteuert.

Philip Goldberg ist zurück!

»Goldberg schüttelte den Kopf. Das würde er nicht zulassen.
Niemand starb in seinen Armen. Nicht noch einmal.«

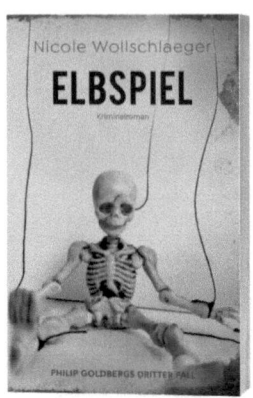

Nicole Wollschlaeger
ELBSPIEL
Kriminalroman

ISBN: 9783752895261
Auch als eBook und Hörbuch!

Helle Aufregung in Kophusen. Anlässlich des 125. Bestehen
der Gemeinde soll der Jedermann aufgeführt werden – unter
der Regie des einstigen Starschauspielers Arno Menzinger.
Die Kophusener reißen sich um die Rollen und geben alles,
mit dabei sein zu dürfen. Doch irgendjemand scheint das
Theaterspiel mit allen Mitteln sabotieren zu wollen und
schreckt nicht einmal vor einem Leichendiebstahl zurück.
Die Jagd nach dem Täter führt das Kophusener Ermittler-
Trio um Kommissar Philip Goldberg dieses Mal in eine
Welt aus Schein und Sein. Mit tödlichem Ende.

Philip Goldberg ermittelt wieder!

»Die Erkenntnis traf sie wie ein Schlag auf den Hinterkopf.
Sie würde nicht mehr mit ihr sprechen können.
Es war zu spät ...«

Nicole Wollschlaeger
ELBGIFT
Kriminalroman

ISBN: 9783744883139
Auch als eBook und Hörbuch

Herzversagen, attestiert der medizinische Direktor, als in Kophusens exklusiver Seniorenresidenz eine kerngesunde Bewohnerin zusammenbricht und stirbt. Doch Polizeiobermeister Peter Brandt hegt Zweifel an der natürlichen Todesursache.
Gemeinsam mit seinen Kollegen Philip Goldberg und Hauke Thomsen stellt er heimlich Nachforschungen an. Wenig später wird in dem Seniorenstift eingebrochen, und der Hausarzt der Verstorbenen ist spurlos verschwunden. Spätestens als tatsächlich ein Mord geschieht, liegt auf der Hand: In der noblen Seniorenresidenz ist etwas faul. Die Kripo aus Itzehoe übernimmt, doch die drei Kophusener Polizisten lassen sich den Fall nicht so einfach wegnehmen und ermitteln auf eigene Faust weiter ...

Die ELB-Krimireihe ist auch als digitales Hörbuch erhältlich

Gelesen von der Autorin.

Eine Fantasy-Geschichte ab 10 Jahren

Schatten über Nargon
Die Kugel des Kummers

Nicole Wollschlaeger
Schatten über Nargon
Die Kugel des Kummers

Kinderbuch

ISBN: 978-3-74487417-5
Auch als eBook erhältlich

Eigentlich wollte sich Daniel auf dem Jungsklo nur vor Matze und seiner Gang verstecken. Als jedoch plötzlich ein kleiner buckliger Mann namens Marvinius in der Toilettenkabine auftaucht, wartet eine ganz andere Herausforderung auf ihn: Marvinius nimmt ihn mit ins Land Nargon, wo Daniel die Kugel des Kummers zurückholen soll, die der teuflische Burbas Bittermund gestohlen hat. Ehe er sich versieht, steckt Daniel mitten in einem haarsträubenden Abenteuer. Doch zumindest steht ihm mit Herrn Tasso ein ausgewachsener Drache zur Seite. Aber kann Daniel ihm wirklich trauen …